Die Poren meiner Haut öffnen sich schlagartig, und kalter Schweiß überzieht meinen gesamten Körper. Meine Knie werden weich wie Götterspeise, meine Hände zittern unkontrolliert. Aus einem Reflex heraus knalle ich die Tür wieder zu und hoffe, dass sich alles um eine postsexuelle Seitensprungs-Fata-Morgana handelt. Leider klingelt es erneut.

»Carlita, mi amor! Hab ich dich mehr vermisst wie die Wüste das Wasser!«

Mir läuft ein Schauer über den Rücken, als ich Jesús' Stimme höre. Dieses Mal ist es allerdings keine heiße Woge der Leidenschaft, es ist eine eiskalte Welle des Schreckens.

Den ersten One-Night-Stand ihres Lebens, so beschließt Karla, wird sie mal ganz schnell wieder vergessen. Die Chancen stehen gut, denn wie sollte Björn auch von »dieser Sache« auf Kuba erfahren, dieser politisch isolierten Insel, 7990 Kilometer weit weg von Deutschland?

Zum Beispiel, wenn »diese Sache« kurz darauf mit Sack und Pack an der Tür der gemeinsamen Kölner Wohnung klingelt. Und Karla plötzlich nicht nur zwischen zwei Männern steht, die unterschiedlicher nicht sein können, sondern vor der größten Herausforderung ihres Lebens.

Nina Schmidt, 1971 in Krefeld geboren, studierte Kommunikationswissenschaften in Essen und arbeitete danach als Presseredakteurin beim Fernsehen. Sie lebt seit über zehn Jahren in ihrer Wahlheimat Köln.

Im Fischer Taschenbuch Verlag erschienen:
›Bis einer heult‹ (Bd. 17 429)
›Abgebrezelt‹ (Bd. 18 474)

Nina Schmidt

Gegessen wird woanders

Roman

Fischer
Taschenbuch
Verlag

Originalausgabe
Veröffentlicht im Fischer Taschenbuch Verlag,
einem Unternehmen der S. Fischer Verlag GmbH,
Frankfurt am Main, Juli 2011

Satz: Pinkuin Satz und Datentechnik, Berlin
Druck und Bindung: CPI – Clausen & Bosse, Leck
Printed in Germany
ISBN 978-3-596-18947-2

No hay mal que por bien no venga.

(Nichts ist so schlecht, als dass es nicht auch zu etwas gut sein könnte.)

1. Verkehrte Welt

»Excuse me, Lady!«, dringt es zäh in die völlig überhitzten Synapsen meines verschlafenen Gehirns. Mein Mund steht offen, und meine Zunge liegt darin wie ein verendeter Wal in der Wüste. Bin ich wach? Oder träume ich auf Englisch? Ich schlucke ein paarmal trocken, öffne schwerfällig ein Auge und sehe Yvette, meine beste Freundin, die in dem Liegestuhl neben mir am Strand liegt und schläft. Sie war zumindest so schlau, sich nicht in die pralle Sonne zu legen.

»Excuse me, Lady!«

Die Stimme war offensichtlich doch nicht Teil eines internationalen Traums, sondern real. Ich drehe mich langsam um. Es fühlt sich unangenehm an, als sich das Plastik der Liege von meiner Wange löst, wobei ein zäher Speichelfaden in meinem Mundwinkel die Verbindung zwischen meinem Gesicht und dem Sonnenmöbel aufrechterhält. Ich kann mir in diesem Moment bildhaft vorstellen, wie schön sich das Zopfmuster in meine Haut gegraben hat. Ich wische die Spucke von meinem Mund und drehe mich schwerfällig um. Vor mir steht ein sehr dunkelhäutiger Mann in einem schmutzigen T-Shirt, kurzen Hosen und einer zerschlissenen Burger-King-Kappe auf dem Kopf. Er grinst mich an und entblößt das, was vielleicht irgendwann mal ein Gebiss war. Jetzt erinnert es eher an ein paar Eiszapfen in einer dunklen Grotte.

»Where do you come from?«, fragt er mich und lässt sich ungefragt neben meiner Liege nieder. Dass er mich geweckt hat, scheint kein Problem für ihn zu sein.

Ich seufze. »Germany«, antworte ich unwillig.

Das ist gefühlt das 899ste Gespräch, das ich in dieser Form mit einem Kubaner beginne und das zu 100 Prozent damit enden wird, dass ich ein paar Dollar weniger im Portemonnaie habe. Ich bin ein absolut hoffnungsloser Fall in Sachen Touristennepp. Allein in diesem Urlaub habe ich schon drei miese Sonnenbrillen, zwei Strandtücher, von denen ich Ausschlag bekomme, und vier Handtaschen gekauft, von denen ich weiß, dass sie schon auseinanderfallen, wenn ich nur einen Lippenstift hineinstecke. Ganz zu schweigen von den zahlreichen Dosen »Coooola, Fanta, Beeeeeeer!«, die ich mir auch ohne Durst durch meine Kehle gezwungen habe. Ich fühle mich im Ausland ständig gezwungen, besonders nett zu sein, um den schlechten Ruf, den die Deutschen in vielen Teilen der Welt immer noch genießen, irgendwie zu verbessern. Ich bin selbst dann unfassbar nett, wenn ich für eine grobgeschnitzte Obstschale das Achtfache zahle wie ein Einheimischer, man mich im Café stundenlang auf mein Getränk warten lässt, nur weil ich eine Frau bin, oder wenn man mir alle zwei Minuten ins Ohr schreit, dass es in irgendeinem Restaurant »Chiiiiiiiiiiicken, fresh fruiiiiiiiiiit und salaaaaaad« gibt. Allerdings muss ich sagen, dass dieses Land selbst mich an meine persönlichen Grenzen bringt, was dazu geführt hat, dass Yvette und ich nur einmal unser Vier-Sterne-Resort verlassen und lediglich einen einzigen Ausflug nach Havanna unternommen haben. Zugegeben, Havanna ist eine unglaublich faszinierende Stadt, mit ihren maroden Kolonialbauten, dem Malecón – der steinernen Ufermauer, über die ununterbrochen die Brandung in die Stadt schwappt –, den klapprigen alten amerikanischen Straßenkreuzern, die gern mal mitten auf der Straße aufgebockt und repariert werden. Das Leben spielt sich hauptsächlich auf der Straße ab. Es wird getanzt, geraucht, palavert, es werden Geschäfte gemacht, Menschen ziehen auf Handkarren riesige zerbeulte US-Kühlschränke durch die Gegend, Kinder spielen in Hinterhöfen zwischen Müll und Schutt Baseball, und alte Männer sitzen an klapprigen Tischen und spielen Domino mit selbstgeschnitzten Dominosteinen. Havanna ist eine Zeitmaschine, in der einen nur die zahlreichen Touristen mit ihren bunten Hemden, den neumodischen Nike-Turnschuhen und den modernen Kameras zurück in das 21. Jahrhundert holen. Havanna ist aber auch eine mehr als anstrengende Stadt. In Sachen Touristennepp toppt diese Stadt den Strand von Varadero, an dem wir gerade liegen, bei weitem. An jeder Ecke bekommt man eine andere Geschichte erzählt, warum man jemandem unbedingt ein paar Dollar geben sollte. Yvette und ich sind natürlich sofort darauf reingefallen. Eine sehr dünne Kubanerin in angeschmutzter Kleidung hat uns, kaum in Havanna angekommen, angesprochen und uns ihr Leid geklagt. Sie könne keine Milch für ihr Kind kaufen, das Hunger leide, und ob wir nicht schnell mit ihr in den Supermarkt gehen und welche kaufen könnten. Wir haben natürlich sofort eingewilligt und sind mit der Frau in den Supermarkt. Sie nahm einen Einkaufskorb und packte zwei Liter Milch hinein, aber nicht nur das, dazu kamen Babynahrung, Windeln, eine Creme, Reis, Bohnen, Bananen und eine Babyrassel. Ich habe daraufhin versucht, ihr zu erklären, dass wir nur die Milch bezahlen wollten, aber auf wundersame Weise waren der Kubanerin die Englischkenntnisse schlagartig abhandengekommen. An der Kasse hat sie alles ganz selbstverständlich auf das Band gestellt, und als es ans Bezahlen ging, war sie schneller aus dem Laden verschwunden als ein Erdmännchen in seinem Loch. Yvette und ich mussten den kompletten Einkauf der Dame bezahlen. Nachdem wir dann die Milchgeschichte weitere dreizehn Mal gehört und insgesamt 20 Dollar für ein paar Fotos von Zigarre rauchenden alten Frauen bezahlt hatten, hatten wir genug von der kubanischen Realität, die mich in diesem Moment in Gestalt des abgerissenen Kubaners vor meiner Sonnenliege wieder einholt.

Yvette ist mittlerweile auch wach geworden und blinzelt von

ihrem Badehandtuch zerknautscht zu mir und dem neben mir hockenden Mann herüber.

»Ahhhhh … Deutsland«, freut der sich gerade.

»Genau.«

»Deutse Frauen sind gute Frauen, sehr gute Frauen!«, freut er sich jetzt noch mehr und entblößt ein paar weitere braune Zahnreste. Ich möchte das Gespräch nicht weiter vertiefen und antworte lediglich mit einem kurzen Nicken. »Kubanise Männer auch sehr gut! Ich heiß Carlos.«

Ich nicke wieder und würde so langsam gern wissen, wie er jetzt den Bogen zu meinem Geld hinbekommt. Es dauert noch ein paar belanglose Sätze darüber, wie es uns auf Kuba gefällt, wie lange wir schon da sind und wann wir wieder fahren, bis er meine Neugier befriedigt:

»Listen, please! Ich habe eine kleine Problem mit mein Miete. Kann nich zahle. Vielleicht können wir mache Deal, du zahlst mein Miete, und ich geb dir Sex dafür! Gute Sex! Sehr gute Sex!«

Entgeistert starre ich den Mann an, der so erwartungsvoll guckt, als hätte er mir gerade ein nagelneues Mini Cooper Cabrio in Chilirot für 100 Euro angeboten. Es dauert ein paar Sekunden, bis ich den Deal wirklich verstanden habe. Ich schaue hilfesuchend zu Yvette, die so tut, als ob sie im Reiseführer liest. Zwei Wochen hat sie nicht ein einziges Mal einen Blick in das Buch geworfen, und heute, am letzten Tag unseres Urlaubs, liest sie in dem Ding, als ob darin stünde, wie man aus Hasenkötteln Diamanten zaubert.

»Lady! Is wirklich guter Deal for you!«

»Bitte gehen Sie! Sofort!«, antworte ich, so ruhig es mir möglich ist, schließlich hat auch meine Gutmütigkeit eine Grenze, und die ist hier definitiv erreicht, wenn nicht sogar meilenweit überschritten.

Carlos schaut ziemlich verdattert, so als hätte ich gesagt, er könne sich seinen scheiß roten Mini sonst wohin stecken, macht aber keinerlei Anstalten, meiner Bitte nachzukommen. Also greife ich nach meiner Shorts, die neben der Liege im Sand liegt, und fingere einen schmutzigen Schein aus der Tasche. »Hier sind zehn Dollar. Und jetzt gehen Sie bitte!«, ich halte ihm den Schein hin, und so langsam scheint er zu verstehen, dass aus seinem Deal nichts wird.

Er steht auf und klopft sich den Sand von seiner fleckigen Hose. Mit einem verächtlichen Grinsen im Gesicht nimmt er das Geld und schleudert mir noch ein »Du bis bestimmt frigidde!« entgegen. Dann dreht er sich um und läuft hocherhobenen Hauptes in Richtung *Coral Beach Hotel*, ohne mich eines weiteren Blickes zu würdigen. Bei zwei mindestens sechzigjährigen Damen mit Blumenkohlfrisur und Elefantenbikini bleibt er erneut stehen.

»Schon schlimm, dass sich hier auch schon die Männer prostituieren müssen«, sage ich zu Yvette, die jetzt, wo der Kerl weg ist, wieder hinter ihrem Reiseführer aufgetaucht ist.

»Du hast dem jetzt nicht Geld gegeben, oder?«, fragt sie fassungslos.

»Doch, tat mir irgendwie leid der Kerl, obwohl er nicht gerade dankbar war, wie ich finde.«

»Meine Big Mother T.! Am besten, du hättest ihm neben seiner Miete auch noch deine private Zahnzusatzversicherung geschenkt.« Yvette fängt an zu lachen. Sie nennt mich immer *Big Mother T.*, weil sie der Meinung ist, dass ein einfaches *Mutter Teresa* nicht ausreicht, um meine grenzenlose Gutmütigkeit in Worte zu fassen.

»Sag mal, hast du verstanden, was der zum Schluss noch gesagt hat? Was soll ich sein?«, frage ich sie.

»Frigide«, antwortet sie, »du bist bestimmt frigide! Hat er gesagt«, und schüttelt sich jetzt darüber vor Lachen.

Ich werfe ihr mein Handtuch über den Kopf, was ihr blödes

Gekichere aber nicht beendet, sondern lediglich dämpft. Ich? Frigide? Jetzt ärgere ich mich doch, dass ich diesem zahnlosen Kasper für seine Unverschämtheit auch noch zehn Dollar gegeben habe.

»Wie kommt so ein abgewrackter Typ eigentlich darauf, dass ich Sex mit ihm haben will!?«, überlege ich laut. Gut, ich bin über dreißig, habe auch nicht gerade eine Idealfigur und Ansätze von Orangenhaut, aber es ist bestimmt nicht so, dass ich keinen mehr abbekommen würde, wenn ich es denn wollte. Obwohl ich zugeben muss, dass ich meinen Marktwert schon lange nicht mehr getestet habe, aber warum auch, ich habe ja einen Freund.

Das Grinsen in Yvettes braunem Gesicht, das jetzt wieder unter dem Handtuch zum Vorschein kommt, ist mindestens so breit wie die Queen Mary 2. »Der wollte nicht einfach so Sex mit dir, liebe Karla. Du sollst dafür auch noch bezahlen, glaub nicht, dass der umsonst mit dir schlafen wollte!«

Yvette fällt fast vor Lachen von ihrer Liege, und obwohl die ganze Geschichte ja schon irgendwie lustig ist, bin ich doch auch gekränkt. Ich meine, warum hat der mich angesprochen und nicht Yvette? Das muss doch einen Grund haben! Vielleicht, weil Yvette wesentlich schlanker ist und viel schönere Haare hat als ich. Dafür hat sie fürchterlich hässliche und knubbelige Zehen, während meine perfekt geformt sind. Vielleicht hat Carlos einfach nicht auf unsere Füße geachtet.

Während ich weiter düster darüber nachdenke, ob es tatsächlich schon so weit ist, dass ich für Sex mit einem heruntergekommenen Typen bezahlen muss, sehe ich unseren Barkeeper Jesús mit einem Tablett zum Strand kommen. Er kommt direkt auf uns zu, und meine Laune verbessert sich schlagartig.

»Señoritas! Lust auf eine bissche Obst? Is so frisch wie eine kalte Regenschauer nach Hitzewelle.«

Jesús hält uns das Tablett, auf dem eine Auswahl an frischer Ananas, Papaya, Melone und Weintrauben hübsch drapiert ist, unter die Nasen. Ich greife dankbar nach einem Stück Melone und schiebe es mir in den immer noch trockenen Mund. Jesús lächelt mich an, und trotz der 33 Grad, die wir hier am weißsandigen Strand haben, läuft mir ein Schauer über den Rücken. *Dieser* Kubaner ist wirklich verdammt attraktiv, mit seinen halblangen schwarzen Haaren, die ihm in glänzenden Strähnen verwegen ins hübsche Gesicht hängen, den beneidenswert langen und schwarzen Wimpern, seinen muskulösen olivbraunen Armen und den sportlichen langen Beinen, die in seiner schwarzen Kellneruniform stecken. Und Zähne hat der! So weiß wie der kubanische Sand und so regelmäßig wie die Zahnrädchen in einer Schweizer Uhr. Jetzt wird mir auch klar, warum auf unserem Reiseführer steht: *Kuba – Land der Gegensätze.*

»Danke, Jesús! Sehr, sehr lecker! Und nett, dass du uns das sogar an den Strand bringst«, strahle ich ihn an.

»Besondere Service für besondere Gäste. In Kuba behandelt man schöne Fraue besser wie die Engländer ihre Königin!« Jesús strahlt zurück, und ich fühle mich direkt viel besser. *Schöne Frau*, genau!

Ich liebe die blumige Ausdrucksweise der Kubaner. In Kuba sind Dinge nicht einfach nur groß, hoch oder breit, nein, sie sind mindestens so groß wie der afrikanische Kontinent, um einiges höher als der Mount Everest und viel breiter als ein schwangeres Nilpferd.

»Sehen wir dich heute wieder an der Bar, oder hast du frei? Ist nämlich unser letzter Abend«, frage ich ihn, während ich auf einem Stück Ananas kaue.

»Jesús ist immer da, das liegt in die Natur der Dinge«, lacht er. »Is wirklich sehr traurig, dass ihr schon müsst weg. Aber zum Abschied, wir feiern heute zusammen eine große Fiesta, versproche! Bis später, señoritas!« Damit dreht er sich um und geht mitsamt seinem knackigen kleinen Hintern zurück zum Hotel, in dem wir die letzten zwei Wochen verbracht haben und an dessen Bar uns Jesús jede Menge wahnsinnig guter Cocktails serviert hat.

»Mein Gott, Karla, nimm das anzügliche Grinsen aus dem Gesicht! Was denkst du dir nur?«

»Bei dem würd ich mir das mit der Miete noch mal überlegen, das denk ich mir. Und außerdem, Appetit holen kann man sich ja wohl.«

»Also, Karla, echt, wenn Björn dich jetzt hören könnte!«

»Kann er aber nicht«, sage ich trotzig. Moralpäpstin Yvette kann einem wirklich jeden Spaß verderben. Für sie fängt Fremdgehen an, wenn man einer männlichen Person unter 50 einen guten Tag wünscht, und wenn ich einmal in acht Jahren Beziehung einem anderen Mann hinterhergucke, tut sie fast so, als hätte ich mit ihm das komplette Kamasutra durchgevögelt. Ich drehe mich demonstrativ auf den Bauch, um die Farbe meines Rückens an die rote Farbe meines Dekolletés anzupassen. Yvettes Handy piepst, und ich bin froh, dass sie das auf andere Gedanken bringt. Garantiert wieder eine Nachricht von ihrem Freund. Sveni schickt mindestens sieben Nachrichten am Tag, eine belangloser als die andere. An Yvettes Stelle hätte ich mein Handy schon längst ins Meer geworfen oder dem Zimmermädchen geschenkt. Allerdings würde es wahrscheinlich gegen die Menschenrechte verstoßen, der armen Rosalia Svenis debile Nachrichten zuzumuten.

»Und was schreibt er diesmal? Findet er seine Socken nicht, oder will er wissen, wie man die Klospülung bedient?«

»Neee, der Vierscheibentoaster ist angekommen! Den hat Sveni sich bestellt, damit es morgens bei uns schneller geht mit dem Frühstück.«

»Vierscheibentoaster? Wofür das? Warum habt ihr nicht einfach einen zweiten dazugekauft? Das wär doch dasselbe.«

»Wär es nicht, weil die Toasts dann asynchron aus den Toastern kämen.«

»Weil du ja vier Toasts synchron schmieren kannst, oder?«

»Ich nicht, aber Sveni und ich schon.«

»Spießerin!«

»Hexe!«

Ich lasse meinen Kopf auf mein Handtuch sinken. In Sachen Sveni ist meiner Freundin Yvette einfach nicht zu helfen. Ich kann absolut nicht begreifen, wie sich eine so intelligente Frau wie Yvette in so eine »Der-BVB-geht-über-alles«-Schnarchnase verlieben kann. Früher hätte sie mit so einem Himbeertoni noch nicht mal einen Schokoriegel geteilt, heute teilt sie sich sogar eine Wohnung mit ihm.

»Ich weiß, dass du Sveni nicht besonders leiden kannst, Karla, aber find dich endlich damit ab, dass er nun mal mein Freund ist und wir ganz bestimmt irgendwann heiraten werden.«

Und das ist das Schlimmste an dieser Beziehung: Meine hübsche, im Leben stehende Freundin Yvette wartet auch noch darauf, dass dieser Valiumheinz sie fragt, ob sie ihn heiratet! Das will einfach nicht in meinen Schädel und ist ein ständiger Streitpunkt zwischen uns, der manchmal sogar unsere Freundschaft in Gefahr bringt.

»Falls er dich fragt!«

»Das wird er schon noch. Davon bin ich überzeugt.«

»Ich versteh echt nicht, warum du unbedingt heiraten willst, und dann auch noch Sveni, diesen Langweiler.«

Yvette verzieht angesäuert das Gesicht. »Na ja, dein Björn ist ja nun auch nicht gerade Crocodile Dundee!«

»Stimmt«, gebe ich zu. »Aber zumindest trägt er keine Pullunder. Und wir heiraten ja auch nicht.«

Während ich das sage, schaue ich den Strand hinunter in Richtung *Coral Beach Hotel* und sehe gerade noch, wie Mietnomade Carlos und eine der beiden älteren Damen im Hotel verschwinden.

»Vielleicht heiratet ihr ja nur nicht, weil Björn dich auch noch nicht gefragt hat. Oder hat er dich vielleicht gefragt, und du hast nein gesagt?«

»Nein, er hat mich nicht gefragt, aber ich will ja auch nicht heiraten, zumindest noch nicht.«

»Ja, ja, die sind mir zu sauer, sagte der Fuchs zu den Trauben, an die er nicht herankam.«

»Du mit deinen bescheuerten Sprüchen! Wenn ich unbedingt heiraten wollte, würde ich Björn einfach fragen. Wir leben im 21. Jahrhundert! Da muss Frau nicht mehr darauf warten, bis Mann sie fragt.«

»Aha! Du meinst also, dass ich Sveni fragen sollte, ob er mich heiratet?«

»Bloß nicht! Auf gar keinen Fall!«

»Also, manchmal versteh ich dich und deine Logik einfach nicht, Karla.«

»Yvette, im Gegensatz zu mir leidest du an einem akuten Schub Torschlusspanik, das geht wieder vorbei. Eine Hochzeit mit Sveni wäre da echt die falsche Therapie.«

»So, so, und woran leidest dann du?«

»Hmmm, ich würde mal sagen, es handelt sich um eine leichte Form der ›Ich-binde-mich-bis-ans-Ende-meiner-Tage-an-einen-Banker‹-Phobie, gepaart mit einer sehr speziellen Form der sogenannten ›Das-war's-dann‹-Angst.«

Yvette muss laut lachen. »Und wie therapiert man so was, Frau Dr. Sommer?«

»Ehrlich gesagt, bin ich mir nicht sicher, ob das überhaupt heilbar ist.«

Ich krame in meiner geblümten Strandtasche und fische eine Tüte Maoam aus einer der Seitentaschen. Ich nehme eine Handvoll aus der Tüte, packe die kleinen Früchtchen aus und schiebe sie mir systematisch eines nach dem anderen in den Mund. Ich könnte nie nur ein Maoam essen, ich muss mir immer mindestens sieben nacheinander in den Mund stecken, wobei ich für jedes allerhöchstens 15 Sekunden brauche: Kauen, den süßen und herrlich künstlichen Geschmack nach Erdbeer, Cola oder Apfel genießen, kurz noch mal kauen, noch am Stück runterschlucken, um schnell Platz für das nächste zu schaffen.

»Heißt das, du würdest nein sagen, wenn Björn dich fragen würde?«

»Weißt du was? Mir ist verdammt heiß. Lass uns ins Wasser gehen«, antworte ich Yvette laut schmatzend.

»Du würdest also ja sagen?«

»Liebe Yvette, ich werde weder nein noch ja sagen, da es keine Frage gibt, auf die irgendjemand eine Antwort dieser Art erwartet.«

»Ahhhhhh … also doch. Du wartest nur darauf, dass Björn dich fragt!«

»Ich warte darauf, dass du dich endlich aus deiner Liege schälst und wir ins Wasser gehen können, das ist alles.«

Yvette erhebt sich endlich, und wir laufen durch den heißen Sand, um in das 25 Grad warme Wasser zu springen, was Yvette aber keineswegs davon abhält, weiter auf dem blöden Hochzeitsthema rumzureiten: »Du kannst doch heutzutage froh sein, wenn dich mit über dreißig überhaupt noch jemand fragt, ob du ihn heiraten willst, es sei denn, du stehst auf Siebzigjährige. Da hätten wir noch Chancen.«

»Yvette, jetzt hör endlich auf!«

»Die erfolgreichen Männer in den Dreißigern suchen sich doch alle Frauen, die mindestens zehn Jahre jünger sind als sie selbst. Da haben sie dann auch noch mehr Zeit für Kinder und müssen sich nicht ständig das Genöle anhören, dass die biologische Uhr tickt und tickt und tickt. Das müsstest du doch auch schon ziemlich laut hören.«

»Yvette! Jetzt reicht's!«

»Und musst du sogar im Wasser diese scheiß Kaubonbons in dich reinstopfen? Das ist doch echt pervers!«

Ich stecke mir schnell das letzte Maoam in den Mund, schwimme auf Yvette zu und tauche sie mehrfach mit dem Kopf unter Wasser. Yvette rächt sich kurz darauf, und wir liefern uns eine ausgelassene Wasserschlacht. Ein herrlicher Augenblick der Unbeschwertheit, von dem ich in diesem Moment noch nicht weiß, dass er für lange Zeit der letzte sein wird.

2. Cuba Libre

»Sag mal, meinst du nicht, dass das ein bisschen sehr aufreizend ist?«

Yvette guckt mich an, als wäre ich die junge Uschi Obermaier, die ihr gerade eröffnet, dass sie ihr den Freund ausspannen wird.

Ich schaue in den großen Hotelzimmerspiegel und sehe eine ziemlich braune Frau in einem ziemlich kurzen Jeansminirock, einem ziemlich engen roten Top und dunkelbraunen Leder-Flipflops. Alles sitzt zugegebenermaßen ein bisschen spack, aber als ich die Sachen gekauft habe, war ich noch voller Hoffnung, es innerhalb von ein paar Wochen zur Bikinifigur zu schaffen. Aber leider ist mein Körper mehr als wankelmütig, er kann sich einfach nicht entscheiden, in welche Kleidergröße er denn nun passen möchte. Nehme ich heute die 38? Oder doch lieber die 40? Oder ist heute vielleicht ein besonders schlechter 42er-Tag? Was ich davon halte, ist meiner Figur dabei ziemlich egal, und wir liefern uns seit mindestens 16 Jahren einen erbitterten Kampf um die 38. Heute habe ich mal wieder verloren, aber was soll's! Ich bin im Urlaub und habe keine Lust, mir darüber Gedanken zu machen, außerdem bin ich sehr braun, was meiner Meinung nach optisch aus der 40 eine 38 macht. Yvette schaut nach wie vor skeptisch.

»Du findest meine Beine zu dick, stimmt's?« Ich schaue Yvette, die auf dem Bett sitzt, im Spiegel fragend an.

»Nein, das meine ich nicht, aber dein Rock ist so kurz, der verdeckt nicht mal deinen Slip!«

Ich drehe mich vor dem Spiegel und sehe tatsächlich ein bisschen schwarzen Stoff unter dem Rock hervorblitzen. »Ach je, du hast recht. Ich zieh mir einen String an.«

Yvette verdreht seufzend die Augen, während ich einen klitzekleinen schwarzen String aus einer Schublade im Schrank nehme. Ich ziehe die Unterhose, die ich anhabe, aus und den String über, wobei es bei den drei dünnen Schnürchen gar nicht so leicht ist herauszufinden, wo vorne und wo hinten sein soll. Ich betrachte mich erneut im Spiegel, drehe mich hin und her und bin zufrieden. In Deutschland würde ich das zwar niemals anziehen, aber das ist ja das Schöne im Urlaub, da kann man ruhig mal ein bisschen Gas geben. »Weißt du, woran man als Frau erkennt, dass man alt wird?«, frage ich Yvette, die den Kopf schüttelt. »Daran, dass einem Stringtangas plötzlich zu unbequem sind, dass man lieber Baumwollschlüpper trägt als knappe sexy Wäsche.«

»Pffff … also, bevor es mir den ganzen Abend am Hintern kneift und an Stellen reibt, die nur selten das Tageslicht erblicken, bin ich ehrlich gesagt lieber alt. Und Sveni hat sich noch nicht wegen irgendwelcher Schlüpper beschwert.«

»Das glaub ich sofort!«

»Du kannst mich nicht ärgern, Karla, gib auf.« Yvette fängt an, *Alle meine Entchen* zu pfeifen und eingehend ihre Fingernägel zu betrachten.

Ich stehe wieder vor dem Spiegel. »Und? Besser so?«, frage ich Yvette.

»Viel besser, so angezogen könntest du jetzt sogar alleine durch Kabul laufen, ohne dass es die Taliban stören würde.«

Yvette ist mittlerweile aufgestanden und fährt mit dem Finger über den Türrahmen zum Bad, um zu schauen, ob da Staub ist. Yvette ist Hotelfachfrau und kann einfach nicht abschalten. Täglich überprüft sie die Sauberkeit des Bades, des Schlafzimmers und des Balkons. Manchmal legt sie Fallen aus und checkt, ob die Zimmermädchen beispielsweise das Taschentuch finden, das sie unter das Bett gelegt hat, oder das Haar weg ist, das Yvette ans

Waschbecken geklebt hat. Auf Fuerteventura hat sie mal täglich Blätter in den Pool geworfen, um zu sehen, ob und wann genau diese wieder rausgefischt würden, und eine Statistik erstellt. Derartige Berichte veröffentlicht sie dann auf holidaycheck.de und freut sich ein Loch in den Bauch, wenn viele Reiselustige ihre Ergüsse lesen und kommentieren. Ich glaube, im Durchschnitt wurden die Blätter alle sieben Stunden aus dem Pool entfernt, was nach Yvettes Meinung gerade noch im Rahmen war. Dass Yvette in ihrem Urlaub nicht auch noch in den Personaltoiletten und der Hotelküche Keimproben entnimmt, ist eigentlich alles. Aber Yvette ist nun mal seit über zwanzig Jahren meine beste Freundin, der ich die ein oder andere Macke, die sich insbesondere in den letzten zehn Jahren manifestiert hat, gerne nachsehe. Nur bei Sveni stoße ich an die Grenzen meiner Toleranz.

»Mensch, Yvette, kannst du nicht mal Urlaub von deinem Job machen?«

»Nein. Es sei denn, ich schlafe am Strand.«

Nachdem Yvette alles inspiziert hat, fängt sie an zu packen. Sie räumt die verbliebenen sauberen T-Shirts in ihren Koffer, nimmt ihre Unterwäsche aus der Schublade und packt ihre weißen Turnschuhe in eine Plastiktüte. Ich setze mich aufs Bett und schaue ihr zu, wie sie ein paar Kleider vom Bügel nimmt und ordentlich zusammenlegt.

»Willst du nicht auch schon mal ein bisschen packen? Wir müssen morgen schließlich ziemlich früh raus«, sagt sie.

»Ich weiß«, seufze ich, »aber ich hab noch überhaupt keine Lust zu packen. Am liebsten würd ich gar nicht packen und einfach hierbleiben.« Ich lasse mich auch aufs Bett fallen und starre an die Decke, an der sich ein wackeliger Ventilator aus Holzimitat gemächlich dreht. »Weißt du, Yvette, manchmal denke ich, ich hätte mehr aus meinem Leben machen können. Ich meine, was ist aus mir geworden?«

»Wieso? Du hast einen krisensicheren Job, einen netten

Freund, eine schöne Wohnung. Das ist doch nicht schlecht, oder?«

»Stimmt, es ist nicht schlecht, aber ›nicht schlecht‹ ist nicht ›super‹. Vielleicht hätte ich, anstatt die Banklehre zu machen, doch lieber ins Ausland gehen sollen. Fremde Länder, Abenteuer, mediterrane Küche, von der ich nicht jedes Jahr vier Kilo zunehme! Wäre ich ins Ausland gegangen, wäre ich jetzt bestimmt eine Konfektionsgröße 36«, seufze ich und greife in die Tüte Maomix, die auf meinem Nachttisch liegt, und ziehe fünf rosagelbe Maoam-Stripes raus, die ich nach und nach von ihrer Verpackung befreie und mir in Rekordgeschwindigkeit in den Mund schiebe.

»Ach, Karla, vorbei ist vorbei! Und abnehmen würdest du von ganz alleine, wenn du endlich damit aufhören würdest, dir ständig diese ekligen Kaubonbons reinzustopfen. Also, ich freu mich jetzt schon ein bisschen auf zu Hause. Und auf Sveni natürlich!«

»Puuuuuh …«, seufze ich.

»Vermisst du Björn denn gar nicht?« Yvette, die gerade ihren Föhn in den Koffer drückt, dreht sich zu mir um und schaut mich fragend an.

»Doch, schon. Klar! Aber wenn ich daran denke, dass ich am Montag wieder in die Bank muss, wird mir speiübel.«

»Ach, Karla, du weißt doch, wie das ist. Nach ein paar Tagen in Deutschland hast du dich wieder dran gewöhnt, und alles läuft seinen ganz normalen Gang.«

»Genau, alles läuft dann wieder seinen ganz normalen Gang. Das ist ja das Schlimme. Ich bin gerade mal 32 Jahre alt, und alles läuft seinen Gang! Ich finde das manchmal echt frustrierend.«

»Nun ja, 32 ist nun mal nicht mehr 18. Ist doch normal, dass man mit Anfang dreißig ein geregeltes Leben führt.«

Ich werfe einen Blick auf die Tüte auf meinem Nachttisch, überlege, ob ich noch ein Maoam vorm Essen vertrage, beherrsche mich aber. »Das war vielleicht normal, als die Lebenserwartung von Frauen noch bei 45 Jahren lag. Aber jetzt liegt die bei mindestens 85! Da reicht ein geregeltes Leben doch auch noch mit Mitte fünfzig.«

»Wenn ich dich nicht so gut kennen würde und schon mindestens vierzehn Urlaube mit dir verbracht hätte, würde ich mir jetzt Sorgen machen. Aber so weiß ich, dass es sich lediglich um deine ganz normale ›Der-Urlaub-ist-zu-Ende-und-ich-muss-wieder-arbeiten‹-Depression handelt, die in wenigen Tagen verflogen ist.«

»Ich weiß nicht. Dieses Mal ist es anders. Schlimmer«, seufze ich. »Aber was soll's, hierbleiben kann ich sowieso nicht, das verhindert allein schon mein überzogenes Girokonto. Lass uns essen gehen, bevor uns die bescheuerten anderen Pauschaltouristen wieder die ganzen Garnelen wegessen. Das könnte ich heute nicht ertragen.«

Ich hieve mich vom Bett und werfe einen letzten Blick in den Spiegel. »Jetzt mal ehrlich, wie sehe ich aus?«, frage ich Yvette.

»Ein bisschen nach Herbertstraße.«

»Herbertstraße? Gut! Dann passt ja alles.«

3. Christa Kolumbus

Ich nippe an meinem mittlerweile dritten Cuba Libre. Jesús, unser schöner Barkeeper, meint es mit der Mischung heute ganz besonders gut. An der Hotelbar ist nicht mehr wirklich viel los. Die meisten Leute gehen hier relativ früh ins Bett, was daran liegen mag, dass der Altersdurchschnitt im Hotel bei ungefähr 67 Jahren liegt. Yvette sitzt neben mir in einem Korbstuhl und gähnt. Jesús, den ich – wie die meisten der wenigen Frauen unter fünfzig – schon seit geraumer Zeit beobachte, kommt an unseren Tisch.

»Hab ich gleich Feierabend, dann könne wir endlich los und zusamme tanzen gehe. Große Fiesta bei ein Freund von mir und nich weiter von hier als Orange von Orangenbaum.«

Jesús strahlt mich an, und ich merke, wie ich dahinschmelze. Jesús hat einen wunderschönen Akzent. Er hat uns erzählt, dass seine Großmutter im Zuge eines kubanisch-deutschen Austauschs aus Dresden nach Havanna kam, sich in einen Kubaner verliebte, dablieb und die deutsche Sprache an ihre Tochter und ihren Enkel weitergegeben hat. Und obwohl ich normalerweise so gar nicht auf Akzent stehe, finde ich ihn bei Jesús besonders sexy. Yvette scheint – im Gegensatz zu mir – Jesús' Charme und Sprachwitz allerdings nicht zu erliegen: »Ganz lieb von dir, aber unser Flieger geht morgen ziemlich früh. Ich glaube, es ist besser, wenn wir jetzt mal so langsam ins Bett gehen.« Sie steht auf und scheint ganz automatisch davon auszugehen, dass ich mitkomme.

»Jetzt warte doch mal, Yvette. Ist doch 'ne tolle Gelegenheit, mal so eine echte kubanische Fiesta zu sehen. Ich finde, wir sollten mitgehen.«

»Hast du mal auf die Uhr geguckt? Es ist schon kurz nach halb eins, und wir werden um halb sechs zum Flughafen abgeholt. Sorry, aber das wird mir echt zu spät.«

»Ach, Yvette, du bist immer so vernünftig! Schau, das ist doch unser letzter Abend, es ist warm, es gibt Rum im Überfluss und schlafen kann man doch im Flieger oder zu Hause«, versuche ich sie zu überreden, weiß aber, dass meine Karten ziemlich schlecht stehen. Wenn Yvette nach Hause will, dann geht sie auch nach Hause. Im Gegensatz zu mir, die sich immer und immer wieder auf ein letztes Glas überreden lässt und am Ende des Abends sieben letzte Gläser getrunken hat.

»Dann komms du halt noch mit. Als Kubaner kann ich nich ohne weibliche Begleitung auf ein Party.«

Jesús schaut mich aus seinen fast schwarzen Augen herausfordernd an, Yvette dagegen guckt ziemlich kritisch aus der Wäsche. Es handelt sich mal wieder um ein klassisches Dilemma: Gehe ich mit Yvette, werde ich – wer weiß, wie lange – das schreckliche Gefühl haben, eine echte und einzigartige kubanische Fiesta mit einem unglaublich gutaussehenden Mann verpasst zu haben. Gehe ich mit Jesús, ist Yvette sauer, ich werde höchstwahrscheinlich morgen verkatert in den Flieger steigen müssen und mein Freund Björn wird wenig begeistert sein, seine runtergefeierte Freundin am Flughafen in Düsseldorf abzuholen. Ich trinke einen großen Schluck Cuba Libre. Mit dem erdig-warmen Aroma des Rums, der mir trügerisch sanft die Kehle herunterläuft, um dann in meinem Magen heftig zu explodieren, kommt auch eine Entscheidung.

»Yvette, ich bin echt noch gar nicht müde. Geh du doch schon mal vor, ich komme später nach. In ein oder zwei Stündchen.«

Yvette guckt unzufrieden. »Bist du sicher?«

»Ich pass auf sie auf. Versproche! Besser als eine Mutter auf ihre frischgeborene Kind«, versucht Jesús Yvette zu beruhigen. Daraufhin guckt sie allerdings noch kritischer.

»Ja, ich bin mir sicher, mach dir keine Sorgen. Ich hab auch mein Handy dabei, für alle Fälle! Und du weißt ja, mit wem ich unterwegs bin«, sage ich.

»Deshalb ja! Aber gut, wenn du unbedingt willst … Dann viel Spaß noch. Und denk dran, dass du auch noch packen musst!«

»Ich denk an nichts anderes, versprochen. Bis gleich, Yvette!«

»Gute Nacht.«

Als Jesús sich umgezogen und mich nach meinem mittlerweile vierten Cuba Libre eingesammelt hat, verlassen wir unter den neidischen Blicken der noch übrigen Damen gemeinsam das Hotel. Jesús sieht ohne seine Kellneruniform noch besser aus. Er trägt beige Bermudas, ein rotes T-Shirt, das seine beneidenswerte Hautfarbe zur Geltung bringt, und rote Gummi-Flipflops. Ich finde, dass er der gerechte Ausgleich zum zahnlosen Mietnomaden von heute Mittag ist.

Wir gehen nicht in Richtung Strand, sondern laufen landeinwärts. Ich biege mit Jesús um ein paar Ecken, und man merkt, dass wir den touristischen Bereich von Varadero so langsam verlassen. Die Gassen werden enger, die Häuser bunter, und sämtliche elektrische Leitungen hängen vorlaut und besorgniserregend außerhalb der Häuser. Es ist warm, und ich genieße die exotisch-fremde Atmosphäre in diesen kleinen Straßen. Es sind nicht mehr allzu viele Menschen unterwegs, aber aus den blauen, grünen und rosa Häusern dringen gedämpfte Fernsehgeräusche, hier und da ein lautstarker Streit oder Kindergeschrei. Vor einigen Häusern sitzen Männer auf wackligen Stühlen, trinken Rum und unterhalten sich mit einem Nachbarn. Wir hätten doch öfter mal unsere Hotelanlage verlassen sollen, denke ich mir.

Jesús läuft neben mir, und ich bin nicht sicher, ob es tatsächlich noch so warm ist in dieser Nacht oder ob er diese unglaubliche Hitze in mir auslöst. Der Rum dreht seine langsamen, aber konsequenten Runden in meinem Kreislauf und vernebelt mir das Gehirn auf eine äußerst angenehme Weise. Das Leben ist schön! Ich fühle mich wie eine mutige Abenteurerin, ganz allein auf Entdeckungsfahrt in einem fremden Land, ich bin die Christa Kolumbus der Karibik, weit weg von meiner Bank und meinem langweiligen Leben in Deutschland.

Wir biegen um zwei weitere Ecken, und ich höre Musik. Wir betreten eine Art Hinterhof mit unbefestigtem Lehmboden. An den Bäumen hängen Lichterketten, die wild und erotisch tanzende Paare in ein buntes Licht tauchen. Ein paar ältere Kubaner sitzen auf provisorisch zusammengenagelten Bänken am Rande der Tanzfläche und palavern lautstark miteinander, mindestens zehn Hühner mischen sich auf der Suche nach ein paar Körnern unter die Tanzenden, und drei ziemlich alte Männer stehen auf ein paar Holzpaletten und bilden die Band. Der drahtige Geiger ist weiß, hat einen mächtigen schwarzen Schnauzbart und streicht konzentriert mit seinem Bogen über die Saiten. Neben ihm steht ein sehr dunkelhäutiger Kubaner in einem der typischen weißen Baumwollhemden, die man hier trägt und von denen ich Björn auch eins gekauft habe. Der Mann klopft mit einem Stöckchen auf ein Instrument, das aussieht wie eine hölzerne Vase. Genau so ein Ding hat mir Björns Mutter mal mitgebracht, als wir sie zum Essen eingeladen haben; es ist sofort in den Tiefen eines Küchenschranks verschwunden, wo es immer so lange liegt, bis Björns Eltern mal wieder zu Besuch kommen. Der Musiker trägt einen lustigen, viel zu kleinen Strohhut und hat einen Heidenspaß mit seinem ungewöhnlichen Instrument. Der Gitarrist, dessen achtzigster Geburtstag garantiert schon einige Jahre hinter ihm liegt, trägt eine grüne Baskenmütze auf seinen grauen Haaren und ein lustiges quietschoranges Sweatshirt, das so aussieht, als hätte er es sich für diesen Abend von seinem Teenager-Enkel geliehen. Alte Menschen sind in Kuba wesentlich attraktiver als die Senioren in Deutschland. Wahrscheinlich, weil die meisten hier noch gertenschlank sind, während die Deutschen im Alter nach und nach die Form von riesigen Kartoffeln mit weißen, altersfleckigen Armen und Beinen annehmen. Außerdem ist der Kontrast von schwarzer Haut und grauen Haaren wesentlich schöner als der von lilagefärbten Haaren zu weißer Haut. Die drei Männer auf der Bühne bewegen sich sehr behände, und so mancher deutsche Zwanzigjährige wäre froh, wenn er nur halb so energiegeladen die Hüften schwingen könnte. Dazu machen die drei Oldies auch noch unglaublich mitreißende Musik, und alle, die in diesem Hinterhof noch irgendwie in der Lage sind, sich dazu zu bewegen – auch wenn es nur noch zwei gichtkranke krumme Finger sind –, tun dies voller Hingabe. Jesús wird von allen Seiten lautstark begrüßt. Er stellt mich seinen Freunden vor, und die sind so herzlich zu mir, dass ich mich sofort wie ein Teil dieses buntgemischten und so fröhlichen Völkchens fühle. Es ist einfach nur wundervoll!

Jesús zieht mich auf die Tanzfläche. Ganz kurz habe ich Angst, mich zu blamieren, da ich noch nie eine Tanzschule von innen gesehen habe und schon gar nicht Salsa tanzen kann. Die Probestunde am Hotelpool, bei der ich mit einem dickbäuchigen Hannoveraner mit Mundgeruch tanzen musste, hat leider eher an eine Reha-Maßnahme erinnert als an einen erotischen Tanz. Aber Jesús ist ein begnadeter Tänzer, der mir sofort das Gefühl gibt, dass das, was ich hier mache, nicht aussieht wie eine Vorstellung der Augsburger Puppenkiste, sondern vielleicht doch ein bisschen sexy-dynamisch. Ich fühle mich so wohl wie schon lange nicht mehr. Frei, begehrenswert, kosmopolitisch, so als würde ich schon immer hier hingehören. Das ist Leben, wie es sein soll! Ich gebe mich voll in Jesús' Hände, er schleudert mich elegant über seine Knie, an denen ich mich reibe und das Gefühl habe, dass an dieser Stelle Funken sprühen. Ab und zu machen wir kurze Pausen, in denen Jesús mir jede Menge Komplimente für die »tollste Beine von die ganze Insel« macht, uns jede Menge von dem besten Mojito, den ich je getrunken habe, besorgt, um dann so schnell wie möglich wieder auf die Tanzfläche zu gehen. Wir tanzen mit jedem Mojito ausgelassener, die Lichter der Lichterketten verschwimmen zu einem grobpixeligen Farbmeer, und Jesús riecht so verdammt gut, dass ich alles um mich herum vergesse.

4. Abstrakte Landschaften

Ich wache auf. Sehr langsam, meine Augen sind noch geschlossen. Ich weiß nicht, wo ich bin, alles fühlt sich irgendwie komisch an, ganz anders als in den letzten beiden Wochen. Bin ich am Strand eingeschlafen? Aber ich höre weder das Meer noch sonst irgendwelche Geräusche, die auf ein nahe liegendes Gewässer schließen lassen. Ich mache meine Augen vorsichtig auf, erst das rechte und dann ganz langsam das linke. Ich sehe ein Fenster, vor dem eine graue Gardine hängt, und weiß spätestens jetzt, dass ich definitiv nicht am Strand liege. Das fahle Licht von draußen fällt schwach in ein kleines Zimmer, ich liege in einem Bett, aber es ist ganz eindeutig nicht das Hotelbett. Ich schaue an meinem Körper hinunter und sehe … nichts. O Gott, NICHTS! Kein Hemdchen, kein Höschen, kein BH. Ich bin splitterfasernackt! Ich kneife die Augen zu, balle meine Hände zu kleinen Fäusten, so dass die Knöchel weiß hervortreten, und bete inbrünstig: ›Lieber Gott, bitte lass es Yvette sein, die neben mir liegt!‹ Ich mache die Augen wieder auf und schaue vorsichtig nach rechts. Neben mir liegt Jesús. Ebenfalls nackt. Ach du Scheiße! Ganz langsam und zäh tröpfeln kleine Erinnerungsfetzen in mein Bewusstsein. Die Hotelbar, Yvette, die allein ins Bett geht, der kubanische Hinterhof, die Band mit den drei alten Männern, die Mojitos. Sexy Jesús! Noch mehr Mojitos. Ein heißer Kuss in einer dunklen Gasse! Mein Blick bleibt an Jesús hängen. Er schläft ohne Decke, und kurz verharre ich in der Betrachtung seines schönen Körpers, der vollkommen entspannt auf einem alten Laken liegt, kein Hauch von einer Morgenerektion, ein Bild trügerischer Unschuld. Jesús präsentiert sich mir wie eine antike Statue eines olympischen

Athleten, mit zartem Sixpack, muskulösen Oberschenkeln und keinem einzigen störenden Haar auf der Brust. Man sieht seinem Körper an, dass er – im Gegensatz zu meinem – die magische dreißig noch lange nicht überschritten hat. Ich habe mich schon manchmal gefragt, was Frauen an einem jüngeren Mann finden, ob ein junger Körper männliche Reife und Erfahrung wirklich ausgleichen kann. Ja, er kann! Unter Umständen und mit sehr viel Alkohol.

›Habe ich das getan, wonach es aussieht?‹, frage ich mich, immer noch versunken in Jesús' Anblick. Ich meine, so wie der Typ aussieht, könnte ich es mir ja noch nicht mal verdenken, aber das bin doch nicht ich!? Ich bin doch gar nicht der Typ für schnellen Sex und One-Night-Stands, zumindest war ich es in den letzten 32 Jahren nicht. Habe ich mit Jesús geschlafen? Ich versuche mich an irgendetwas zu erinnern, was sich in dieser Nacht in diesem Raum abgespielt hat, aber es ist furchtbar heiß und stickig, ich habe schrecklichen Durst und bin nicht in der Lage, mich zu konzentrieren. Mein Blick schweift durch den spärlich möblierten kleinen Raum. Es gibt ein Regal, in dem ein paar Bücher, ein bisschen Geschirr und ein paar Töpfe stehen. Neben dem Regal hängt ein Waschbecken mit einem kleinen gesprungenen Spiegel darüber. Auf der anderen Seite des Raumes stehen ein krummer Stuhl, ein kleiner Tisch und eine Staffelei. Auf dem Tisch liegen drei Pinsel und ein paar Tuben, wahrscheinlich mit Farben. Eine tsunamigleiche Welle der Übelkeit ergreift meinen Körper. Ich springe auf, greife panisch nach meinem Stringtanga, der neben dem Bett liegt, und versuche ihn mir auf dem Weg zum Waschbecken überzustreifen. Meine Füße verfangen sich in dem Teil, und ich knalle der Länge nach auf den Steinboden, der mit seinen verblichenen blumigen Ornamenten an eine glanzvollere Zeit erinnert. Der Boden ist schmutzig, und der Staub kitzelt mir in der Nase. Ich lausche, ob Jesús aufgewacht ist, aber er rührt sich nicht. Also rapple ich mich wieder hoch und stolpere endlich zu dem Waschbecken, um gierig Wasser zu trinken, das einen metallenen Geschmack hat. Danach halte ich mein Gesicht unter den kühlen Strahl. Mir geht es verdammt schlecht, und ich habe Schwierigkeiten, mich auf den Beinen zu halten. Nüchtern ist definitiv anders!

Ich schaue in den Spiegel und sehe eine fürchterlich zerzauste Frau, unter der Sonnenbräune käseweiß, zerknittert um und rot in den Augen, zerknautscht und um Jahre gealtert. Ich schlucke den sauren Geschmack herunter, der mir die Kehle hinaufsteigt. Es schmeckt noch ein bisschen nach Rum und Minze. Ich stütze mich am Waschbecken ab und fasse in Metallfolie. Auf dem Waschbeckenrand liegt die quadratische Verpackung eines Kondoms. Die Packung ist auf der einen Seite aufgerissen. Ich drücke drauf und muss feststellen, dass sie leer ist. Zumindest zwei Antworten auf meine vielen Fragen: Wir haben miteinander geschlafen, und wir haben verhütet. Gut, es hätte also schlimmer kommen können, ich könnte schwanger sein oder mich mit HIV angesteckt haben, allerdings hätte es natürlich auch besser laufen können, in dem ich nämlich keinen Sex mit unserem Barkeeper gehabt hätte.

Es wird ein bisschen heller in dem kleinen Raum, und im Spiegel sehe ich Bilder, die an den Wänden hängen. Viele Bilder. An jeder Wand des Raumes hängen mindestens sieben Ölgemälde in verschiedenen Größen, und es sind verdammt kleine Wände. Zwischen den Bildern bröckelt der Putz von der Wand. Ich kann auf die Entfernung nicht sehen, was darauf ist, gehe zu einem der Werke hin und betrachte es genauer. Ich sehe schwarze, lockige Fäden, vielleicht abgestorbene Bäume, rosafarbene Hügel und dunkle Schluchten und habe absolut keine Ahnung, was das sein soll, aber mir könnte man auch einen Van Gogh vor die Nase halten, und das Einzige, was ich sehen würde, wäre ein hässlicher Strauß Sonnenblumen. So viel zu meinem Kunstverständnis. Vielleicht handelt es sich ja um abstrakte Landschaften. Dann betrachte ich das Bild, das noch auf der Staffelei steht, es ist das gleiche Motiv, nur dass die abgestorbenen Bäume nicht schwarz, sondern gelb sind. Neben der Staffelei liegt ein Foto, ich nehme es in die Hand und betrachte es genauer. Es dauert eine Weile, bis ich erkenne, was darauf zu sehen ist. Von wegen Landschaften! Es handelt sich ganz eindeutig um die Nahaufnahme einer Vagina, und zwar die einer blonden Frau. Auf dem Tisch liegen noch mehr Fotos. Ich lasse die Bilder durch meine Finger gleiten und betrachte sie. Das sind alles Fotos von Muschis, alle in Nahaufnahme. Jetzt weiß ich auch, was die Bilder an den Wänden darstellen: Vaginen in Öl. Mit großen Schamlippen, mit kleinen Schamlippen, Vaginen von blonden, von brünetten, von schwarzen, von jungen und sogar von sehr alten Frauen, was man an den grauen Haaren und den Folgen der Schwerkraft, die auch vor den weiblichen Geschlechtsteilen nicht haltmacht, sehen kann. Ich habe meine eigene in der Form das letzte Mal mit 14 Jahren gesehen und das auch nur, weil in der *Bravo* stand, dass man sich mit seinen Geschlechtsorganen anfreunden und sie dazu zumindest mal gesehen haben sollte. Ich gerate in Panik, durchsuche mit meinen Augen hektisch das Zimmer und finde das, was ich befürchtet habe. Neben Jesús' Bett liegt eine alte Kamera. Ich schaue an mir runter. Ich bin immer noch fast nackt und habe nicht die leiseste Ahnung, was in der letzten Nacht passiert ist. Der wird doch wohl nicht … bevor ich den Gedanken zu Ende denken kann, fällt mein Blick auf meine Armbanduhr, die neben dem Bett auf dem Boden liegt. Es ist 05:10 Uhr. Ich versuche mich zu konzentrieren: der Flieger! Wann sollten wir noch mal abgeholt werden? Mein Gehirn läuft nur im Standby-Modus, es nimmt mir sehr übel, dass ich einen Teil von ihm gestern so ungehemmt in Alkohol ertränkt habe, und verweigert mir zunächst seinen Dienst. Nur unter größter Anstrengung kann ich ihm die Information entlocken: 5:30 Uhr. Um 05:30 Uhr werden wir im Hotel abgeholt. Verdammter Mist! Ich werde in genau 20 Minuten abgeholt, um wieder nach Deutschland zu fliegen! Panisch greife ich nach meinen restlichen Klamotten, die am Boden liegen, und der Uhr, ziehe mich in Sekunden an und schnappe mir den Fotoapparat, den ich schnell in meiner Tasche verschwinden lasse. In diesem Moment wacht Jesús auf. Er schaut mich mit verschlafenen Augen an.

»Ay, Carlita. Was is los? Warum wills du schon gehen?«

Sein Blick ruht auf mir, ein leichtes Lächeln umspielt seine vollen Lippen, und er sieht so gar nicht aus wie ein Perverser.

»Wollen? Ich muss! Mein Flieger!«

Ich will mich schon umdrehen, als Jesús aus dem Bett springt.

»Warte kurz, mi amor«, der nackte Jesús kommt zu mir und nimmt mich fest in den Arm, sein männlicher Geruch steigt mir in die Nase, und das Gefühl seiner weichen Haut an meiner Wange vernebelt mir das Hirn noch ein bisschen mehr. »Ich werde dich vermissen, chiquita.«

»Wieso Chiquita? Erinner ich dich in irgendeiner Form an eine Banane?«

»Nein, du erinnerst mich an Liebe, an Leidenschaft! Ich wusste nicht, dass deutsche Frauen können sein, so, so, so unglaublich …«

»Jesús, bitte, sag nichts! Lass mich einfach nur gehen, ja?«

»Natürlich, ich wollte dir nur sagen, dass es war so schön mit dir, Carlita, so schön wie ich mir das Fallen von Schnee im Winter vorstelle! Wir müssen uns unbedingt wiedersehen, wir müssen uns schreiben. Und du musst zurück nach Kuba komme, so schnell wie möglich!«

»Äh ja, klar. Mal sehen«, antworte ich ausweichend und erstaunt über Jesús' leidenschaftlichen Ausbruch.

»Brauch ich noch dein Adresse, um zu schreibe!«

Eigentlich möchte ich ihm meine Adresse nicht geben, aber wenn ich jetzt anfange, mit ihm darüber zu diskutieren, verpasse ich garantiert meinen Flieger. Ich krame in meiner Tasche und finde in einem Seitenfach noch eine verknickte Visitenkarte, die ich ihm in die Hand drücke. Falls er mir tatsächlich schreiben sollte, wovon ich nicht ausgehe, geht die Post an die Bank und nicht zu mir nach Hause. Mein Blick fällt auf meine Armbanduhr. Es ist 05:15 Uhr!

»Jesús, ich muss wirklich sofort los. Der Flieger geht gleich!«

Er nimmt mich noch mal in den Arm und flüstert mir ins Ohr: »Carlita, du bis wirklich das Beste, was mir seit sehr lange ist passiert!« Er schaut dabei verdammt traurig aus der Wäsche, so als würde es ihm tatsächlich etwas ausmachen, dass ich nun aus seinem Leben gehe. »Warte noch kurz!« Jesús dreht sich um und geht zu dem kleinen Regal in der Ecke des Zimmers.

»Jesús, ich muss wirklich los …«, drängle ich, aber da ist er auch schon wieder bei mir. In der Hand hat er ein Armband aus bunten Glasperlen.

»Das soll dich beschütze … und dich an mich erinnern! Es ist von eine kubanische Santero besprochen, solange du es trägs, has du viel Glück in Liebe!«

»Und wenn ich es nicht trage?«

»Du muss es tragen!«

Er zieht mir das Armband über das Handgelenk und gibt mir noch einen weichlippigen Kuss. Ich lächle ihn kurz an, bedanke mich und verlasse dann das Zimmer schneller als ein Niesen die verschnupfte Nase.

Kaum bin ich zur Tür heraus, macht sich ein sehr böses Gefühl in mir breit und wischt das Lächeln schlagartig aus meinem Gesicht. Schuldgefühle wollen sich wie bösartige Geschwüre in mir ausbreiten. Ich wende meine letzten Kraftreserven auf, um sie zu verdrängen. Für Katzenjammer ist schließlich später noch Zeit, jetzt muss ich so schnell wie möglich zurück ins Hotel! Ich renne durch einen schäbigen braunen Flur, mit unzähligen Briefkästen, die größtenteils nur noch halb an der schmutzigen Wand hängen, überall kommen Elektrokabel aus der Wand, es riecht nach Urin und Müll. Ich reiße die Haustür auf und bin unendlich froh, an der frischen Luft und im Licht zu sein. Die aufgehende Sonne scheint – als wollte sie mich verhöhnen – jungfräulich in die kleine Straße, in der ich stehe und die ich noch nie zuvor gesehen habe, zumindest nicht nüchtern. Ich habe absolut keine Ahnung, in welcher Richtung mein verdammtes Hotel liegt. Ich überlege kurz, zurückzugehen und Jesús zu fragen, aber wer weiß, ob er mich ein zweites Mal gehen lassen würde. Ich entscheide mich kurzerhand für links und renne los.

Die Uhr zeigt an, dass es 05:18 Uhr ist. Warum nur hat sich Yvette nicht bei mir gemeldet, frage ich mich und ziehe, während ich durch die einsame Gasse laufe, mein Handy aus meiner Handtasche. Ich drücke auf den kleinen On-Knopf, und das Display leuchtet auf: 27 Anrufe in Abwesenheit! 27-mal Yvette. Verdammt! Da muss ich wohl was nicht mitbekommen haben. Ich drücke auf den Rückrufknopf und halte mir das Handy ans Ohr, während ich rechts abbiege. Die Straße, in die ich einbiege, sieht exakt so aus wie die, aus der ich gerade komme. Ich renne weiter, und der Alkohol schlägt bösartige Wellen in meinem Kopf, und mein Magen droht mit Generalstreik. Bevor es auch nur einmal richtig tuten kann, ist Yvette schon am Apparat.

»Karla?«

»Jaaaa, ich bin's«, schnaufe ich in mein Telefon.

»Um Gottes willen! Wo bist du? Was ist denn nur passiert?« Ihre Stimme droht ins Hysterische abzugleiten.

»Yvette, alles in Ordnung! Ich bin auf dem Weg ins Hotel. Gleich da!«, japse ich, kurz vor der Ohnmacht.

»Alles in Ordnung?«, schreit sie, »alles in Ordnung? Wir werden in fünf Minuten abgeholt, und du bist nicht da! Ich hab mir unglaubliche Sorgen gemacht!«

»Sorry, aber die Fiesta war so schön, und irgendwie hab ich die Zeit vergessen.«

»Ja klar! Und weil es so schön war, hast du auch nicht gemerkt, dass bereits die Sonne aufgeht, oder was? Und das soll ich dir glauben? Mensch, Karla, ich war kurz davor, die Polizei zu alarmieren!«

Ich kann Yvette einfach nicht anlügen, sie merkt es sowieso sofort. »Also gut, ich habe bei Jesús übernachtet. Yvette, lass uns später drüber reden. Kannst du mir einen Gefallen tun und ganz schnell meine Sachen packen?«

»Das glaub ich jetzt nicht. Du hast was?«

»Yvette, bitte, mein Koffer …«

»Hab ich schon gepackt! Oh … da klingelt schon der Boy … wann bist du da?«

»Fünf Minuten! Höchstens!«

»Gut, solange werde ich den Bus wohl aufhalten können, aber beeil dich, verdammt nochmal!«

»Jaaaaaaaa …«

Ich lege auf und friemle mein Handy wieder in meine Tasche. Ich weiß immer noch nicht, wo ich bin, und so langsam macht sich Verzweiflung in mir breit. Wenn ich nicht bald irgendetwas sehe, das mir bekannt vorkommt, kann ich den Flug vergessen. Ich biege um eine weitere Ecke und dann – es erscheint mir fast wie ein Wunder – sehe ich das Meer. Hurra, das ist meine Rettung. Ich renne runter zum Strand und entdecke ein paar hundert Meter weiter entfernt das *Coral Beach*, dahinter liegt unser Hotel. Der weiße, menschenleere Strand ist wunderschön, das türkisblaue Meer glitzert in der Morgensonne, und am liebsten würde ich mir die Klamotten vom Leib reißen, ins Meer springen und Air Berlin ohne mich zurück nach Deutschland fliegen lassen. Ich bleibe stehen und starre auf das verführerische Blau. Wenn es nur irgendetwas gäbe, das es rechtfertigen würde, hierzubleiben, ich würde es tun! Aber ich kann es drehen und wenden, wie ich will, es würde keinen Sinn machen, also setze ich mich wieder in Bewegung und komme wenige Minuten später fix und fertig am Hintereingang des Hotels an. An einer riesigen Kokospalme muss ich mich kurz festhalten, die Anstrengung, gepaart mit diesem fürchterlichen Kater, ist einfach zu viel, und mir wird furchtbar übel. In dem Moment, in dem ich mich in das gepflegte Blumenbeet der Hotelanlage übergeben muss, kommt ein älteres Ehepaar mit Badetüchern vorbei, und ich weiß endlich, wie es sein konnte, dass die meisten Liegen immer schon reserviert waren, wenn Yvette und ich nach dem Frühstück zum Pool gegangen sind. Die beiden sind offensichtlich entsetzt, als sie sehen und hören, wie ich die Blumen mit halbverdautem Mojito gieße. Sie bleiben stehen und starren mich unverhohlen an. Ich fühle mich – warum auch immer – gezwungen, mich zu rechtfertigen.

»Entschuldigung, aber ich vertrag morgens einfach keine Eier. Ach ja … und dass ich auch noch in den Pool … das tut mir echt leid!«

5. Blümchensex & Liebesschaukel

»Na endlich!«, schnauzt mich Yvette an, als ich völlig außer Atem am Bus vor dem Hotel ankomme. Dann dreht sie sich um und steigt wortlos ein. Sie macht dabei ein Gesicht, als ob sie gerade aus Versehen ein Fläschchen Chanel N° 5 geext hätte. Zwei weitere Rentnerpaare und eine Dame mittleren Alters mit einem riesigen Sonnenhut auf dem Kopf sitzen schon im Bus und schauen mich genervt an. Der Busfahrer schimpft irgendwas auf Spanisch, als auch ich einsteige und mich in den Sitz neben Yvette fallen lasse. Ich bin vollkommen am Ende, meine Nerven flattern, und mein Körper läuft auf Notstrom. Yvette zieht immer noch eine Schnute.

»Hast du zufällig ein Wasser dabei?«, frage ich sie kleinlaut.

Yvette greift in ihre Tasche und holt eine Halbliterflasche Wasser heraus, die sie mir wortlos reicht. Ich trinke sie in einem Zug leer und gebe ihr die leere Flasche zurück. Yvette packt sie kopfschüttelnd zurück in ihre Tasche, während ich aus dem Fenster schaue.

Die wunderschöne kubanische Landschaft zieht an mir vorbei, mit dem roten Sand und den grünen Palmen. Es sieht alles irgendwie unwirklich aus, so als hätte man eine Kulisse für einen romantischen Karibikfilm aufgebaut. Ich versuche, meine Übelkeit unter Kontrolle zu halten, und bin ganz froh, dass Yvette so sauer auf mich ist, dass sie noch nicht mal mit mir diskutieren beziehungsweise streiten will. Ich wäre ihr in diesem Moment hilflos ausgeliefert.

Am Flughafen angekommen, checken wir schweigsam ein. Ich bin gespannt, ob Yvette trotz der Eiszeit zwischen uns neben mir sitzen will oder ob sie nach einem einzelnen Platz fragt. Sie fragt nicht nach einem anderen Platz, wir sitzen also nebeneinander, und ich bin erleichtert. So habe ich genug Zeit, mich ein bisschen zu sammeln und die Dinge mit ihr wieder in die Reihe zu bringen.

Im Flugzeug bemerke ich, dass ich die Einzige bin, die lediglich ein Tanktop, Minirock und Flipflops trägt, alle anderen haben lange Hosen, geschlossene Schuhe und Fleecepullover an, was nicht weiter verwunderlich ist: Es ist November. Ich überlege kurz, ob ich Yvette dafür verantwortlich machen soll, dass sie vergessen hat, mir ein paar vernünftige Klamotten in eine Extratasche zu packen, entscheide mich aber dagegen, als ich ihren schildkrötenartigen Gesichtsausdruck sehe, und bitte die Stewardess um eine Decke.

»Da haben Sie Glück, das ist die letzte.«

Die Stewardess reicht mir eine 1×1 Meter große rote Zwergen-Fleecedecke.

»Entschuldigung, ich wollte eine Decke, kein Gästehandtuch!«, beschwere ich mich bei ihr.

»Was anderes haben wir nicht. Vielleicht sollten Sie sich einfach einen Pullover anziehen«, antwortet sie spitz.

»Vielen Dank für den Tipp! Dass ich da nicht alleine draufgekommen bin«, antworte ich sarkastisch, während ich versuche, zumindest einen Teil meines Körpers mit dem Deckchen zu bedecken.

Mit einem »Sehr gerne!« und einem falschen Lächeln im Gesicht verschwindet die Dame hinter dem Vorhang, der zur Bordküche führt.

Mein Magen schmerzt, und ich suche nach dem Hebel, mit dem man die Sitzlehne nach hinten stellen kann. Yvette beobachtet mich von der Seite.

»Man kann die Rückenlehnen auf diesen Plätzen nicht nach hinten stellen«, kommentiert sie meine Bemühungen trocken.

Ich schaue nach hinten und bemerke erst jetzt, dass wir in der letzten Reihe sitzen. Direkt hinter mir befindet sich die Wand zur Toilette.

»Das gibt's doch wohl nicht! Das können die doch nicht machen. Ich will einen anderen Platz!«

»Es gibt keinen mehr, wir waren die letzten am Check-in, und warum, das brauch ich dir ja wohl nicht zu erzählen.«

Ich beschließe, darauf nichts zu erwidern, und versuche mich stattdessen so klein wie möglich zu machen, so dass zumindest meine nackten Arme unter das armselige Air-Berlin-Handtuch passen. Weil ich so aufrecht sitze, muss ich mir das Teil in den Ausschnitt meine Tops stecken, damit es nicht ständig runterrutscht.

Yvette schweigt. Als wir in der Luft sind, setzt sie sich demonstrativ ihre iPod-Kopfhörer auf. Mir tut es gar nicht gut, mich mit mir selbst zu beschäftigen. So langsam und mit voranschreitender Ernüchterung wird mir nämlich klar, was ich getan habe: Ich habe meinen Freund Björn mit einem kubanischen Kellner betrogen, der höchstwahrscheinlich meine Geschlechtsteile berührt und fotografiert hat und dem ich dann auch noch die Kamera gestohlen habe! Seit fast acht Jahren bin ich nun schon mit Björn zusammen, und noch nie habe ich ihn betrogen, noch nicht mal in Gedanken. Sicher ist eine Beziehung nach so vielen Jahren nicht mehr sehr aufregend, man kennt sich eben irgendwann in- und auswendig, und es gibt nur noch wenige Überraschungen, auch oder vor allem sexuell. Natürlich haben auch wir die Phasen hinter uns gebracht, in denen wir versucht haben, unser Liebesleben ein wenig anzuheizen, inspiriert durch zahlreiche Frauenzeitschriften, die einem ständig einreden wollen, dass Blümchensex in etwa so schlimm ist wie Lepra, bei Lepra aber der Vorteil besteht, dass man irgendwann daran stirbt. Mindestens dreimal im Jahr titeln diese Zeitschriften mit Schlagzeilen wie: *Jetzt kommt der Frühling! Wie Sie den Sex mit Ihrem Partner ganz neu aufblühen lassen* oder *Ende mit der Flaute im Bett: Wie Sie Ihren Partner mit sexy Reizwäsche in den Wahnsinn treiben!* oder *Nie wieder Blümchensex! Die besten Sexstellungen zum Nachmachen.* Ich habe mit Björn tatsächlich mal versucht, zwei oder drei Sexstellungen aus einer dieser Zeitschriften nachzumachen, was dazu führte, dass ich den fiesesten Wadenkrampf aller Zeiten bekam und wir gar keinen Sex mehr hatten. Wir sind sogar so weit gegangen, dass wir uns eine Liebesschaukel gekauft und an die Holzbalken in unserem Schlafzimmer gehängt haben. Ich habe es nach zehn unglaublich peinlichen Minuten tatsächlich irgendwie geschafft, mich in diesen Sitz aus Nylongurten zu hieven. Es gibt nichts, was unsexier ist als eine Frau mit annähernd Normalgewicht, die in so einen Sitz gequetscht ist. Mein Hintern drückte sich durch sämtliche Schlaufen und Ösen, wovon es mehr als genug gab, und das Ganze sah aus, als hätte man einen riesigen Klumpen rohen Teig in eine klitzekleine Netzstrumpfhose gepresst. An Sex war auch damit nicht zu denken, und wir sind zu unseren Standardpraktiken zurückgekehrt. Und ehrlich gesagt, war ich damit doch auch immer ganz zufrieden. Ich meine, was ist daran so toll, wenn man auf dem ungesaugten Teppich vögelt und sich dabei die Knie aufschubbert? Oder auf einem Kneipenklo, auf das ich mich unter normalen Umständen noch nicht mal setzen würde?

Warum also dann die Geschichte mit Jesús? War es Abenteuerlust? Ich kann ja nicht leugnen, dass die Berührung eines fremden Mannes, in dem Fall die Berührungen von Jesús, etwas in mir ausgelöst haben, ich endlich mal wieder dieses Kribbeln verspürt habe, das eine fremde Hand auf dem Körper auslöst, von der man nicht so genau weiß, was sie als Nächstes tun wird. Klar hatte ich Spaß daran, mit Jesús zu flirten, es war toll, sich wieder mal so begehrenswert zu fühlen, und das von einem so jungen und schönen Mann. Aber Sex? Das wollte ich nicht. Vor allem wollte ich keinen Sex, an den ich mich hinterher noch nicht mal erinnern kann. Was bringt einem das, außer einem schlechten Gewissen? Ich bin nur froh, dass wir wenigstens Kondome benutzt haben, sonst könnte ich erst mal sehen, wie ich schnellstmöglich heimlich einen Aidstest mache.

Das hat Björn nicht verdient. Ich bin mir sicher, dass er mich noch nie betrogen hat. Mag sein, dass er manchmal ein wenig konservativ ist, dass es ihn stört, wenn ich zu viel trinke, meine schmutzige Wäsche im Bad verteile, überall Maoam-Papierchen rumfliegen und ich morgens immer zu spät dran bin, wo für ihn Pünktlichkeit am Arbeitsplatz erstes Gebot ist. Andererseits ist er in der Lage, sich selbst was zu essen zu machen, er weiß, wie man eine Waschmaschine bedient, hat noch nie meinen Geburtstag vergessen und wirft schmutzige Wäsche grundsätzlich immer sofort in den Wäschekorb. Auch äußerlich gibt es wenig zu meckern. Der kleine Bauchansatz, den er hat, stört mich nicht, im Gegenteil, wäre er gertenschlank, stünde ich unter noch größerem Druck, was meine Figur angeht. Er ist sehr gepflegt, duscht täglich, benutzt Deo, rasiert sich und anders als die meisten anderen Männer, die ihre Fußnägel gern mal mit dem Klipser zu scharfkantigen Mordinstrumenten umfunktionieren, feilt er seine akribisch. Er ist ehrgeizig, verdient gutes Geld und klettert – im Gegensatz zu mir – die Karriereleiter kontinuierlich nach oben.

Warum betrügt man so einen Mann? Andere Frauen würden viel dafür geben, so einen Partner zu haben. Andererseits – versuche ich mich zu beruhigen – kann so was doch mal passieren. Die moderne Frau von heute besorgt sich nun mal ab und zu Sex auch außerhalb der Beziehung. Männer machen so was doch ständig! Was ist schon dabei, wenn man sich auch als Frau mal ein bisschen Befriedigung und Abenteuer sucht? Und im Endeffekt hat Björn ja auch irgendwie was davon, wenn er eine zufriedenere Freundin hat, oder?

Um mich selbst zu schützen, versuche ich an das zu glauben,

was ich da gerade gedacht habe, weiß aber, dass meine Argumentation auf einem äußerst sandigen Fundament gebaut ist. Und ich weiß auch, dass Björn niemals, absolut niemals von meiner Affäre mit Jesús erfahren darf. Unsere Beziehung wäre sofort beendet, Björn legt großen Wert auf Treue und er ist ein Mann, der eisern an seinen Prinzipien festhält. Und eins weiß ich in diesem Moment sicher: Ich will Björn nicht verlieren. Unter keinen Umständen. Nicht für eine kleine, schmuddelige und bedeutungslose Affäre, nicht für Sex, an den ich mich nicht mal erinnern kann. Toll, dass mir ausgerechnet jetzt klar wird, wie sehr ich an ihm hänge, dass ich ihn immer noch liebe, dass ich ihn auf gar keinen Fall verlieren möchte. Karla, Königin des perfekten Timings! Oder weiß ich es vielleicht nur, *weil* ich mit Jesús in die Kiste gestiegen bin? Manche Dinge weiß man eben erst so richtig zu schätzen, wenn sie zu verschwinden drohen.

Ich schaue rüber zu Yvette, die mit unbewegtem Gesicht Musik hört. Sie ist definitiv das schwächste Glied in der Affären-Geheimhaltungskette, aber nur, wenn ich ihr davon erzähle, und das werde ich einfach nicht tun, denn noch weiß sie ja nicht, was in der Nacht passiert ist. Ich werde ihr einfach erzählen, dass es schon zu spät war, um noch nach Hause zu gehen, und ich aus Vernunftgründen dann ein paar Stunden bei Jesús auf dem Sofa geschlafen habe. Ganz einfach. Nix passiert, gar nix! Noch nicht mal ein Gute-Nacht-Küsschen.

Als der Steward kommt und Yvette die Kopfhörer abnimmt, um sich einen Tomatensaft zu bestellen, nutze ich die Gelegenheit, sie anzusprechen.

»Yvette?«, frage ich zaghaft.

»Was?«

»Danke!«

»Wofür?«

»Dafür, dass du meinen Koffer gepackt und den Bus aufgehalten hast.«

»Was blieb mir übrig?«

»Na, du hättest mich in diesem komischen Land zurücklassen können.«

»Wahrscheinlich hätte ich dir damit doch einen Gefallen getan, oder?« Yvette schaut mir in die Augen.

»Nein, ich bin froh, dass ich jetzt mit dir nach Hause fliege«, antworte ich ihr leise.

»Wieso? War deine kubanische Fiesta doch nicht so toll?«

»Doch, schon. Ach, Yvette, jetzt komm schon, ich weiß, dass du sauer auf mich bist, aber glaub mir, es tut mir leid, dass du dir Sorgen gemacht hast. Ich hätte dir Bescheid sagen müssen. Das tut mir ehrlich leid! Aber jetzt bin ich da, und alles ist gut.« Ich gucke sie so dackeläugig an, dass selbst der größte Hundehasser ein Bröckchen Fleisch unter den Tisch fallen lassen würde.

»Komisch, du siehst gar nicht so aus, als ob alles gut ist. Man könnte meinen, du hast mit einem Piranha Blues getanzt. Was hast du bloß getrieben?«

»Getrieben ist das richtige Wort!«, antworte ich unüberlegt.

Yvette starrt mich entsetzt an, und ich könnte mir sofort eine scheuern.

»Du hast …?«

Ich schaue sie an und weiß, dass lügen zwar sinnvoll wäre, aber jetzt auch zwecklos ist. Verschweigen hätte funktioniert, aber lügen? Yvette und ich kennen uns einfach zu gut, sie würde sofort merken, wenn ich ihr nicht die Wahrheit sage. Ich bin wirklich zu dämlich und habe es eigentlich nicht besser verdient.

»Du hast … mit Jesús … geschlafen?«, kreischt Yvette und guckt mich an, als ob ich gerade den Dritten Weltkrieg verkündet hätte. Der Mann, der vor Yvette sitzt, dreht sich neugierig um und lächelt mich anzüglich an.

»Musst du so schreien? Bitte doch gleich die Stewardess, eine Durchsage zu machen!«

Ich bin erstaunt, zu welchen kreativen Leistungen mein Hirn

nach der letzten Nacht noch fähig ist, es formuliert sofort eine mögliche Ansage:

»*Ladies und Gentlemen, wir möchten Sie darüber informieren, dass sich die zerschredderte Brünette auf Sitz 24 H letzte Nacht von einem kubanischen Kellner hat vögeln lassen und die nun folgenden Turbulenzen nichts mit dem Wetter zu tun haben, sondern ausschließlich auf das Konto der Fremdgängerin gehen. Falls Sie das Bedürfnis haben, Gegenstände auf die treulose Passagierin zu werfen, haben Sie die Möglichkeit, bei unserem Bordpersonal faule Eier und überreife Tomaten zollfrei zu erwerben.*«

»Und … hast du?« Yvette starrt mich an.

»Ja!«, seufze ich. »Ich habe mit Jesús geschlafen.«

Das Grinsen des Mannes in der Reihe vor uns, der mittlerweile sein Gesicht über die Rückenlehne geschoben hat, um ja nichts zu verpassen, wird breiter. Ich trete hart gegen Yvettes Sitz, was den Mann nach vorn schleudert. Die Cola fällt ihm aus der Hand und ergießt sich über seine Hose. Er fängt an zu fluchen und sucht hektisch nach irgendetwas, mit dem er das klebrige Zeug abwischen kann. Eine der Stewardessen läuft sofort los, um dem Mann zu helfen. Yvette wendet sich wieder zu mir. »Und was ist mit Björn? Willst du ihn verlassen?«

Das ist wieder mal typisch für Yvette. Manchmal kommt es mir wirklich vor, als säße in Yvettes Kopf ein kleiner Autor für überdrehte Soaps, der ihr nicht nur vorgibt, was sie als Nächstes sagen soll, sondern auch noch Regieanweisungen parat hat: *Bei der Frage »Willst du ihn verlassen?« reißt die Protagonistin entsetzt die Augen auf und schlägt theatralisch die Hand vor den Mund.*

»Ach, Yvette! Ich hab lediglich mit Jesús geschlafen, ich will ihn ja nicht heiraten.«

»Du willst Björn also nichts davon erzählen?«

Die Protagonistin ist vollkommen entsetzt und schaut ihre Freundin missbilligend an, wobei sich eine unschöne Zornesfalte zwischen ihren Augenbrauen bildet.

»Natürlich will ich ihm davon nichts erzählen! Ich bin doch nicht bescheuert. Das war doch nur ein Urlaubsflirt!«

»Nur ein Urlaubsflirt? Unter flirten versteh ich aber was anderes. Mensch, Karla, warum machste denn so was?«

»Na, warum geht man wohl mit einem anderen Mann ins Bett? Weil's Spaß macht! Weil's geil ist, wenn du so willst.« Yvettes spießige und moraline Haltung ärgert mich, sie tut ja fast so, als ob ich den Papst zum Gangbang überredet hätte. »Und was Björn angeht ... was er nicht weiß, macht ihn nicht heiß. Wir erzählen ihm einfach nichts davon, und alles geht wieder seinen Gang. So magst du es doch«, seufze ich.

Ich sehe Yvette an, dass es in ihrem Köpfchen rotiert. Anscheinend ist der kleine Autor mit der Situation überfordert, oder er macht gerade eine Kaffeepause. Nach einer kurze Weile sagt sie: »Aber ich bin doch irgendwie auch mit Björn befreundet und Sveni sowieso. Du verlangst ganz schön viel von mir.«

»Yvette! Du bist vor allem meine und nicht Björns Freundin, und ob du willst oder nicht, du musst mir eins versprechen: kein Sterbenswörtchen zu Björn und ... kein Sterbenswörtchen zu Sveni.«

»Ich weiß nicht, eigentlich haben Sveni und ich keine Geheimnisse voreinander.«

»Ach, Yvette, wir sind seit über zwanzig Jahren Freundinnen! Ich habe fünf Freunde von dir überstanden, von denen einer schwul geworden ist und einer dich mit deiner Schwester betrogen hat, ich habe deine Hotelfachschule mit dir durchgepaukt und dir deinen Schülerausweis gefälscht, als du noch keine sechzehn warst und wegen eines Typen unbedingt ins *Palace* wolltest. Sieh mal, ich erwarte ja nicht von dir, dass du das gutheißt, was ich da gemacht habe, aber du solltest es akzeptieren, so wie ich akzeptiere, dass du mit Sveni zusammen bist.«

»Also, hör mal, das ist doch wohl ein bisschen was anderes. Und von *akzeptieren* kann ja wohl keine Rede sein. Hast du nicht im Urlaub noch gesagt, dass du auf gar keinen Fall meine Trauzeugin werden willst, wenn ich diesen Langweiler heirate? Nennst du das akzeptieren?«

»Ja schon, also nein …«

»Wenn du mir versprichst, meine Trauzeugin zu werden, werde ich die Klappe halten, sogar vor Sveni!« Yvette guckt mich kämpferisch an. Offensichtlich ist der kleine Autor frisch gestärkt aus seiner Kaffeepause gekommen und hat sich einen neuen Wendepunkt für die Geschichte überlegt.

Der Mann in der Reihe vor uns hat sich offensichtlich von der Cola auf seiner Hose erholt und dreht sich zu mir um.

»Also, ich würd's machen!«

Ich ignoriere ihn und wende mich wieder an Yvette.

»Das ist Erpressung!«

»Richtig.«

»Das kann ich nicht!«

»Dann weiß ich noch nicht, ob ich Sveni belügen kann. Er wird bestimmt fragen, wie alles so war im Urlaub.«

»Yvette, du bist eine Hexe!«

»Und du 'ne Schlampe! Deal?«

Ich überlege kurz, aber im Endeffekt bleibt mir sowieso keine Wahl. »Deal!«, seufze ich.

In dem Moment kommt die Stewardess und serviert Frühstück. Wir schweigen ein paar Minuten, während Yvette hungrig isst. Ich versuche, durch den Mund zu atmen, weil ich schon den Geruch des Rühreis nicht ertragen kann. Als Yvette fertig ist mit ihrem Frühstück, dreht sie sich wieder zu mir.

»Sag mal, das mit Jesús … war's denn wenigstens gut?«

Ich schaue sie an, und dieses Mal sind es meine Wangen, die feuerrot erblühen. »Ehrlich gesagt, ich habe absolut keine Ahnung.«

»Was? Was soll das heißen?«

»Dass ich mich an nichts mehr erinnern kann. Ich weiß, dass

wir Sex miteinander hatten, aber ich weiß nicht, wie er war! Ich hab's irgendwie vergessen.«

»Vergessen? Das muss ja 'ne heiße Nacht gewesen sein, wenn du dich nicht daran erinnern kannst. Ich wette, dass du es nicht vergessen, sondern verdrängt hast. Wahrscheinlich war unser kleiner kubanische Kellner die totale Niete im Bett!«

»Ach, das glaub ich nicht. Ich war einfach nur zu betrunken ...«

»Erinnerst du dich noch an den hübschen Sportstudenten, mit dem du mal was hattest, mit dem, der aussah wie Orlando Bloom?«

»Mein Gott, Yvette, das ist über zehn Jahre her, aber ja, ich erinner mich, aber ...«

»Weißt du auch noch, wie ihr beiden nach der Sportlerparty zu ihm gefahren seid?«

»Ja, sicher, aber was tut das jetzt zur Sache?«

»Du warst sternhagelvoll an dem Abend!«

»Yvette, ich weiß, dass ich ab und zu zu viel trinke, aber was hat das mit Jesús' Liebhaberqualitäten zu tun?«

»Ganz einfach, nach der Geschichte mit Orlando hast du mir mindestens vier Wochen lang vorgeschwärmt, wie gut der im Bett war, und zwar in allen erdenklichen Einzelheiten. Du konntest dich sogar daran erinnern, welche Brust er zuerst angefasst hat und dass er beim Küssen bevorzugt nach rechts drehte und ...«

»Schon gut, schon gut, ich weiß das noch ... und weil ich mich im Gegensatz dazu an den Sex mit Jesús nicht erinnern kann, gehst du davon aus, dass er total schlecht war?«

»Ich bin mir sogar sicher!«

»Ich auch«, der Mann vor uns hat sich wieder umgedreht. »Diese Latinos werden sexuell doch total überschätzt.«

6. Neuwagen

»Da seid ihr ja endlich! Willkommen zu Hause«, begrüßt uns Björn, als wir endlich aus dem Ankunftsbereich kommen, und nimmt mich in den Arm. Ich atme seinen Duft ein. Björn riecht ganz anders als Jesús, Björn riecht nach »nach Hause kommen«, und das riecht heute verdammt gut.

Als wir uns wieder trennen, gibt er mir eine rote Rose, dann schaut er mich kritisch an: »Hey … na, so richtig erholt siehst du ja nicht aus, wenn ich ehrlich bin.«

»Ach … weißt du, der lange Flug, ich konnte nicht richtig schlafen im Flugzeug, und es gab schreckliche Turbulenzen.«

»Aha. Und anscheinend hast du vergessen, dass hier Winter ist«, lacht er. »Der Yvette scheint das nicht so viel ausgemacht zu haben, die sieht erholt aus.«

Björn begrüßt auch Yvette mit Küsschen und überreicht ihr eine gelbe Rose.

»Ich hab ja auch nicht …«, setzt Yvette an.

»Yvette! Wieso ist Sveni noch mal nicht hier?«, falle ich ihr ins Wort, weil ich weiß, dass sie sauer auf Sveni ist, weil der sie nicht abholen wollte.

»Du weißt doch, dass heute der BVB spielt und er deshalb nicht kommen kann.«

»Ach ja, stimmt. Fußball. Das ist natürlich wichtiger!«

»Fängst du schon wieder an? Ich dachte, wir hätten uns geeinigt, dass …«

»Eben! Daran wollte ich dich nur noch mal erinnern.«

»So, Mädels, seid ihr startklar?«

Björn tut so, als hätte er unseren kleinen, für ihn bestimmt etwas merkwürdigen Dialog gar nicht mitbekommen, packt unsere Koffer auf einen Gepäckwagen, gibt mir seine dicke Jacke, und wir gehen zusammen Richtung Parkhaus, in dem Björn unser gemeinsames Auto geparkt hat. Zwischendurch lasse ich mich zurückfallen und werfe – schlechten Gewissens, aber was bleibt mir übrig? – heimlich Jesús' Kamera in einen Abfalleimer.

Als Björn das Parkticket bezahlt, fragt er: »Na, wart ihr denn auch anständig in eurem Mädelsurlaub?«

Björn würde nicht im Traum darauf kommen, dass ich nicht anständig gewesen sein könnte.

»Also, ich für meinen Teil …«, setzt Yvette an, aber bevor sie den Satz auch nur zu Ende denken kann, schiebe ich ihr den Gepäckwagen in die Hacken. »Aua! Sag mal, spinnst du?«

»Tschuldigung, Yvettchen, ich bin ausgerutscht.«

»Was wolltest du sagen?«, will Björn wissen.

»Ich wollte sagen, dass ich für meinen Teil … der Meinung bin, dass wir öfter so einen anständigen Mädelsurlaub machen sollten.«

»Also, ich finde, einmal im Jahr reicht«, lacht Björn. »Ich will schließlich auch mal mit meiner Freundin verreisen.«

»Aber ihr findet doch sowieso kein gemeinsames Reiseziel«, stichelt Yvette und hat damit leider nicht ganz unrecht.

Björn und ich sind in Sachen Urlaub vollkommen unterschiedlicher Meinung. Björn hasst Hitze. Alles, was wärmer ist als 21 Grad, empfindet er als den Vorhof zur Hölle, wechselt alle zehn Minuten sein Hemd, weil er angeblich so schwitzt, und macht ein Gesicht wie ein Eisbär im Backofen. Björn fährt gern nach Norwegen, Schweden oder Dänemark, am liebsten in die Natur, wo sonst nichts ist, keine Kneipe, kein Restaurant, wo man also selber kochen muss und niemand das Zimmer aufräumt, geschweige denn, dass man jeden Tag frische Handtücher bekommt. Aus diesem Grund fahre ich mindestens einmal im

Jahr mit Yvette in den Urlaub, und Björn macht eine nordische Natur-Pur-Tour mit Sveni, mit Selbstversorgung, Lagerfeuerromantik und eiskaltem Brunnenwasser anstelle der Dusche.

Wir steigen in unser Auto, einen kleinen 3er-BMW. Der Wagen riecht irgendwie eigenartig, nicht wie sonst. Die Ursache ist ziemlich schnell klar, am Rückspiegel hängt ein blauer Papp-Tannenbaum, der vor meinem Urlaub noch nicht da war, und von dem dieser widerlich-chemische Geruch ausgeht. Ich drehe das Teil um, um die Duftrichtung zu sehen, und falle fast vom Glauben ab: Mein Freund Björn hat einen Wunderbaum der Duftnote *Neuwagen* in unseren drei Jahre alten BMW gehängt.

»Björn, dass ist jetzt echt nicht dein Ernst, oder?«

»Wieso? Ich finde, das riecht super, so als wäre der Wagen gerade eben erst ausgeliefert worden.«

»Ist er aber nicht, und deshalb sollte er auch nicht danach riechen!«

»Ich find schon. Und weißt du, was das Beste daran ist?«

Ich schüttle den Kopf, da ich mir wirklich überhaupt nicht vorstellen kann, was an einem Duftbaum *Neuwagen* in irgendeiner Form gut sein soll.

»Das Beste ist, wenn ich den Wagen mal verkaufe, wirkt das garantiert verkaufsfördernd. Die Leute haben bei einer Probefahrt dann einfach das Gefühl, in einem Neuwagen zu sitzen, und sind bereit, mehr dafür zu bezahlen. Ich schätze mal, so um die sieben Prozent mehr.« Björn guckt mich so stolz an, als hätte man ihn aufgrund dieser Idee soeben zum Manager des Jahres gewählt.

»Aber über einen Vierscheibentoaster lästern«, kommt es von Yvette hämisch von der Rückbank.

»Vierscheibentoaster? Wer hat so was?«

»Sveni!«

»Und warum kauft er sich nicht zwei normale?«, fragt Björn ehrlich interessiert, und die beiden fangen tatsächlich eine Diskussion über die Vor- und Nachteile eines Vierscheibentoasters an, während ich mich darauf konzentriere, mich wegen des penetranten Neuwagengeruchs nicht zu übergeben.

Als wir Yvette zu Hause abgeliefert haben und Björn und ich endlich in unserer Wohnung in Köln angekommen sind, verabschiede ich mich sofort ins Bad, um zu duschen und mir endlich die Nacht mit Jesús vom Körper zu waschen. Meine Haut riecht noch ein wenig nach ihm, und ich schäme mich dafür, dass ich Björn so vorführe, auch wenn er es nicht mitbekommt.

Nach der Dusche mit mindestens einem halben Liter Duschgel und Shampoo fühle ich mich besser. Mit dem Geruch von Jesús ist auch ein großer Teil meines schlechten Gewissens im Abfluss verschwunden, und während ich mich eincreme, beschließe ich, die Geschichte unter »Ausrutscher« abzulegen und nie wieder hervorzuholen. Warum sollte ich meine Beziehung wegen eines Mannes aufs Spiel setzen, der fast 8000 Kilometer entfernt auf einer Insel sitzt, die er – so traurig das auch ist –, noch nicht mal verlassen darf, und der höchstwahrscheinlich auch noch ein totaler Versager in Sachen Erotik ist. Außerdem liebe ich Jesús nicht. Er war lediglich ein hübscher Urlaubsflirt, den ich einfach in den Papierkorb verschiebe und von meiner Festplatte lösche. Und vielleicht hatte die ganze Geschichte ja auch was Gutes, vielleicht hat sie Björn und mich einander wieder nähergebracht. Alltag, ich komme – und jetzt erscheint er mir lange nicht mehr so bedrohlich wie noch auf Kuba. Ich nehme das Armband, das Jesús mir geschenkt hat, drehe die bunten Perlen in den Fingern und sage laut: »Jesús, ich danke dir für diese Erkenntnis!«

»Sag mal, betest du?«

Ich zucke zusammen. Björn steht in der Badezimmertür und schaut mich fragend an.

»Ja, ich bete … ich bete, dass … ähm … dass morgen nicht Montag ist!«

Björn lacht. »Hmmm, da bin ich mir leider ziemlich sicher, dass Jesus dein Gebet nicht erhören wird.«

Als Björn das Bad wieder verlassen hat, schmeiße ich auch das Armband in den Mülleimer. Pech in der Liebe, ha! Was will irgendein kubanischer Scharlatan schon von meinem Liebesglück wissen!?!

7. Rohe Eier

»Guten Morgen, die Damen!«

Heinz Dreher aus der Kreditabteilung steht wie jeden Morgen mit einer Tasse Kaffee in der Hand in Maries und meinem Büro, das innenarchitektonisch in etwa so angestaubt ist wie das Bankwesen an sich. Auch wenn wir mittlerweile komplett auf digitale Archivierung umgestellt haben, stehen an den Wänden immer noch riesige Regale mit zahlreichen handbeschrifteten Aktenordnern, die Teppiche sind so grau wie die Gesichter der meisten Angestellten hier, und die Deko beschränkt sich auf zwei Postkarten, die Marie von einer Kollegin aus der Schalterhalle aus dem Mallorca-Urlaub geschickt bekommen hat, einen Diddl-Maus-Kalender auf ihrem Schreibtisch und ein Australien-Mousepad auf meinem. Auf der ansonsten leeren Fensterbank steht eine rosafarbene Gießkanne, die vollkommen überflüssig ist, weil es in diesem Büro nur eine deprimierende Plastikpalme gibt, deren künstliche Wedel unter der Last des Bürostaubs traurig nach unten hängen. Bestimmt könnte man den Raum mit dem ein oder anderen Detail ein wenig aufhübschen, aber man sieht es in der PMS-Bank nicht gern, wenn man private Dinge auf seinen Schreibtisch stellt oder an die Wand hängt, nichts soll von der Arbeit ablenken. Meine Kollegin Marie stört das nicht weiter, sie fügt sich problemlos in ihre Umgebung ein. Mit ihrem blassen Gesicht, der ovalen Brille, dem strengen Zopf und dem immer grauen Kostüm passt sie hervorragend in dieses Büro. Marie ist immer pünktlich, nie krank, sie ist glücklich verheiratet und ausgeglichen. Einmal die Woche geht sie ins Fitnessstudio – ohne Ausnahme – und ins Kino. Sie liest Bücher von Herta Müller, hat keinen Fernseher im Schlafzimmer und fährt im Urlaub mit ihrem Mann gern mal zu den Salzburger Festspielen. Marie ist oft konservativer als der ZDF-Fernsehgarten und manchmal langweiliger als ein asiatischer Arthouse-Film in Originalsprache, aber sie ist auch der korrekteste Mensch, den ich kenne. Sie hilft mir, wenn ich mal wieder schludrig gearbeitet habe, oder deckt mich beim Chef, wenn ich verschlafe; sie ist ein durch und durch netter Mensch, den ich sehr zu schätzen weiß, auch wenn wir niemals wirklich Freundinnen werden.

Herr Dreher guckt mich und Marie erwartungsfroh an. »Wie behandeln Banker Ihre Kunden? Na?« Da wir beide nicht reagieren, spricht er einfach weiter: »Wie rohe Eier!«, lacht er und fragt dann oberlehrerhaft mit dem Zeigefinger in der Luft: »Und? Wie behandelt man rohe Eier?«

»Man haut sie in die Pfanne«, antworten Marie und ich synchron.

Herr Dreher ist seit über 40 Jahren bei der PMS-Bank angestellt, damit so gut wie unkündbar und wartet jetzt im Grunde nur noch darauf, endlich in Rente zu gehen. Allerdings ist Herr Dreher gerade mal 60. Den bescheuerten Banker-Eier-Witz hat er mindestens schon hundertmal erzählt. Herrn Dreher macht es aber nichts aus, dass wir seine Witze schon kennen, Herr Dreher ist das gewöhnt. Seit Jahren erzählt er am Tag mindestens drei Bankwitze, mit Vorliebe immer dieselben, und treibt seine Kollegen damit in den Wahnsinn. Ich bin mir sicher, dass die drei Frühverrentungen und die beiden Burn-outs in unserer Bank auf sein Konto gehen.

»Aber den kennen Sie bestimmt noch nicht: Wo ist der Unterschied zwischen Bankern und Terroristen?«

Die einzige Möglichkeit, Heinz Drehers Witzefeuerwerk zum Erlöschen zu bringen, ist, so zu tun, als würde man einen Witz noch nicht kennen. Deshalb zucken Marie und ich ahnungslos mit den Schultern.

»Na, Terroristen haben Sympathisanten!«

Ich fange herzhaft an zu lachen, Herr Dreher freut sich, lacht noch lauter und verschwindet zufrieden ins nächste Büro, in dem Herr Markwort und Herr Kücklein, unsere beiden Controller, sitzen. Marie lacht nicht, sondern guckt mich irritiert an.

»Was ist denn mit dir los?«, fragt sie über unsere beiden Schreibtische hinweg, »seit wann lachst du über seine Witze?«

»Weiß nicht, ich fand's irgendwie lustig. Wie viele sind's denn noch?«

»3400.«

Das ist die Zahl der Witze, die uns Herr Dreher auf der Grundlage von drei Witzen täglich, abzüglich Urlaub und Feiertage, noch bis zu seiner Pensionierung erzählen wird. Das noch zu erwartende Witzvolumen wird von uns täglich neu berechnet und dokumentiert.

»Na, das ist ja so langsam überschaubar!«

Marie schaut mich jetzt noch irritierter an. »Dein Urlaub muss ja echt schön gewesen sein, dass du das so positiv siehst, normalerweise stürzt dich diese Info doch sofort in eine schwerwiegende Depression. Ich wundere mich sowieso über deine gute Laune. Wenn du sonst aus dem Urlaub kommst, kann man dich drei Tage nicht ansprechen.«

»Weißt du, Marie, der Urlaub war zwar schön, aber dieses Mal bin ich irgendwie froh, wieder zu Hause zu sein. Das Einzige, was mich stört, ist diese verdammte Kälte hier.«

Ich stehe auf, gehe auf die andere Seite des Raumes und drehe die Heizung auf die nächsthöhere Stufe.

Marie schüttelt ungläubig den Kopf. »Karla, hier drin sind es mindestens 25 Grad!«

»Ich muss mich vorwärmen. Björn will unbedingt Heizkosten sparen. Er hat gestern ausgerechnet, dass wir in diesem Jahr schon acht Prozent mehr Gas verbraucht haben als im Vorjahr, und das bei gestiegenen Gaspreisen. Er meint, das seien dann mindestens vierzehn Prozent höhere Heizkosten und an die Nachzahlung dürfe er gar nicht denken. Seit gestern sind es deshalb höchstens noch achtzehn Grad in unserer Wohnung, das Schlafzimmer wird gar nicht mehr beheizt, und ich schlafe mit Socken. Ich frier allein schon bei dem Gedanken daran.«

Ich gehe noch mal zurück zum Heizkörper und drehe ihn voll auf, schließlich zahlt hier die Bank, und die kann es sich, im Gegensatz zu uns, noch leisten.

Mein Telefon klingelt. Es ist Björn.

»Karla, es gibt was, worüber du dich sehr freuen kannst!«

»Sind die Gaspreise gefallen?«

»Nein, das nicht, aber du kannst dich darüber freuen, dass die PMS-Bank meine Arbeit ab sofort mehr zu schätzen weiß.«

»Hört sich gut an. Wie genau sieht diese erhöhte Wertschätzung aus?«

»Zehn Prozent mehr Gehalt und die Aussicht auf eine baldige Beförderung zum leitenden Fondsmanager!« Björns Stimme überschlägt sich fast vor Freude. »Na, was sagst du?«

»Toll!«

»Toll?«

»Ja, toll!«

»Das ist alles?«

»Nun ja, toll ist doch schon ziemlich viel, oder?«

»Zehn Prozent! Das sind brutto immerhin über 600 Euro! Und vielleicht bin ich bald sogar in der Geschäftsführung.«

Ich kann mich nicht so richtig über Björns Gehaltserhöhung freuen, nicht dass ich es ihm nicht gönne, im Gegenteil, aber durch sein stetiges Fortkommen demonstriert er mir schmerzlich meinen fortwährenden Stillstand. Seit wir beide in der Bank arbeiten, hat Björn bereits zum vierten Mal eine Gehaltserhöhung bekommen, während ich immer noch auf meinem Einstiegsgehalt festsitze. Wenn das so weitergeht, verdiene ich bald weniger als die Putzfrau, die abends die Krümel unter meinem Schreibtisch wegsaugt.

»Freut mich für dich. Ehrlich.«

»Das klingt jetzt aber nicht wirklich so.«

Björn wirkt enttäuscht, was ich ja auch verstehen kann. Ich versuche mich also ehrlich zu freuen und suche nach einem positiven Aufhänger. »Doch, das ist toll! Jetzt können wir es uns ja wieder leisten, vernünftig zu heizen.«

»Nun ja, das ist ja nur brutto«, überlegt er laut. »Netto hab ich noch nicht ausgerechnet. Vielleicht komm ich dadurch ja auch in eine andere Steuerprogression, und es lohnt sich gar nicht. Mist, daran hab ich noch gar nicht gedacht. Ich muss sofort in der Buchhaltung anrufen und fragen, nicht dass ich hinterher schlechter dastehe als vorher.«

Mein »Mach das, Schatz« hört Björn schon gar nicht mehr, er hat bereits aufgelegt.

In dem Moment steckt Heinz Dreher erneut seinen Kopf in das Büro von Marie und mir, anscheinend hat ihn mein Lachen über seinen Witz motiviert: »Die Damen! Was möchte ein Bankkunde, wenn er ein Kondom und ein Ei am Schalter abgibt?«

Marie und ich schauen uns verzweifelt an, sagen aber beide nichts.

»Einen Überziehungskredit bis Ostern!«

Heinz Drehers schallendes Altherren-Lachen hört man noch ein paar Sekunden lang über den Flur donnern.

8. Osteuropäische Landbevölkerung

Am Abend sitzen Björn, Yvette, Sveni und ich im *Guten Abend*, einem gemütlichen Lokal im Belgischen Viertel, das Brauhauskultur und biologische Lebensmittel miteinander kombiniert, was sich leider vor allem im Preis niederschlägt. Björn wollte unbedingt seine Gehaltserhöhung mit uns feiern und hat uns drei zum Essen eingeladen. Nachdem wir ökologisch hoffentlich unbedenkliche Rouladen vertilgt und die beiden Männer beschlossen haben, im nächsten Jahr mit einem Postschiff die norwegische Küste entlangzureisen, wir Mädels stattdessen lieber mit der AIDA in die Südsee schippern möchten, kommt plötzlich die Kellnerin mit einer Flasche Sekt und vier Gläsern an unseren Tisch. Björn bedankt sich, womit klar ist, dass er den Sekt bestellt hat.

»Hey, was hat denn die Buchhaltung gesagt? Musst du weniger Steuern zahlen als gedacht?«, frage ich Björn, der normalerweise nicht der Typ ist, der eine Flasche Sekt ausgibt, auch nicht bei einer zehnprozentigen Gehaltserhöhung.

»Nein, darum geht es gar nicht. Es geht um etwas viel Wichtigeres!«

»Aha, und worum?«, frage ich neugierig.

Anstatt zu antworten, erhebt sich Björn vom Tisch und schaut mich an. Yvette und Sveni setzen gespannte Mienen auf, anscheinend sind sie genauso ahnungslos wie ich.

»Karla! Ich weiß, es ist ein wenig ungewöhnlich an diesem Ort, aber ich will einfach nicht mehr länger warten. In der Zeit, in der du, liebe Karla, mit Yvette im Urlaub warst, habe ich gemerkt, wie sehr du mir fehlst, und vor allem, wie wichtig du für mich geworden bist. Wir sind jetzt seit fast acht Jahren zusammen, und ich finde, es ist an der Zeit, einen Schritt weiter zu gehen, und deshalb …«, er macht eine bedeutsame Pause, »… möchte ich dich heute und hier, unter den Augen unserer besten Freunde, fragen, ob du meine Frau werden willst.«

Mein Gott, man könnte meinen, Björn hält eine Rede vor dem Finanzvorstand der Bank. Wieso ist er nur immer so steif?

»Karla?«

Björn steht immer noch und schaut mich erwartungsvoll an.

»Ähm … was?«

»Na, ich hab dich gefragt, ob du meine Frau werden willst.«

»Deine Frau?«

Ich schlucke den Sekt runter, und ganz langsam sickert das, was Björn gesagt hat, in mein Bewusstsein. Er hat mich tatsächlich gefragt, ob ich seine Frau werden will, und ich bin völlig unvorbereitet auf diese Frage. Ich meine, normalerweise merkt frau doch, wenn der Mann ihr in absehbarer Zeit diese Frage stellen will, oder? Björn war aber wie immer, nichts hat darauf hingedeutet, dass er mich heiraten will. Ich versuche, in mich reinzuhorchen, was nicht so einfach ist, wenn einen drei Augenpaare anstarren, als würde man gleich den Gewinner einer millionenschweren Sofortrente verkünden. Yvette zieht gespannt ihre Augenbrauen nach oben.

»Ja, meine Frau! Du weißt schon, Mann und Frau, Eheleute.«

»Eheleute? Das klingt jetzt aber spießig.«

»Karla, lass den armen Björn doch nicht so hängen!«, fährt mich Yvette an.

»Man wird doch noch mal kurz darüber nachdenken dürfen, ich meine, so eine Frage bekommt man doch nicht jeden Tag gestellt, oder?« Ich schaue in die Runde, aber Yvette macht nur ein sauertöpfisches Gesicht, während Sveni gedankenverloren einen Fleck aus seinem Hemd reibt.

»Also, Karla, wenn du jetzt nicht bald antwortest, ziehe ich die Frage zurück. Willst du oder willst du nicht?«

Ich schaue in das Gesicht meines sonst so selbstsicheren Freundes und sehe das erste Mal eine gewisse Unsicherheit in seinem Blick. Ich lasse noch ein paar Sekunden verstreichen, ehe ich aufstehe und ihm endlich antworte.

»Also gut … ich will!«

Ich spreche es aus und bin zu meiner Verwunderung sofort unendlich erleichtert. Ich habe mich entschieden und das innerhalb weniger Minuten, was äußerst beachtlich ist, wenn man bedenkt, dass ich normalerweise schon mit einer Speisekarte überfordert bin, auf der mehr als fünf Gerichte stehen. Ganz langsam kapiere ich, was hier eigentlich passiert, und es fühlt sich erstaunlicherweise verdammt gut an. Karla Freytag wird heiraten!

Björn und ich umarmen uns, und in diesem Moment fühlt sich alles so richtig an, alle Unsicherheiten sind verschwunden, es ist wie zu Hause ankommen, nachdem man jahrelang durch ein Dritte-Welt-Land gereist ist. Ich fühle mich wie die Heldin in einem schwülstigen Arztroman: *Karla – Diagnose: Liebe.*

»Darf ich dich küssen?«, fragt mich Dr. Björn, seine Wangen leuchten rot, und man könnte meinen, er hätte den Arztroman ebenfalls gelesen.

»Seit wann fragst du?«

»Seit wir verlobt sind!«, und dann küsst er mich. Björns Kuss schmeckt so wie die Küsse, die wir uns gegeben haben, als wir frisch verliebt waren. Nach Leidenschaft. Und auch ein bisschen nach Bio-Roulade. Sveni, Yvette und das komplette Restaurant applaudieren. Die Bedienung kommt noch mal an den Tisch, in der Hand hält sie einen riesigen Strauß roter Rosen, sie gibt ihn Björn, der ihn mir mit den Worten »Für die zukünftige Frau Kaschinsky« überreicht.

Erneuter Applaus, Sveni und Yvette gratulieren uns, dann setzen wir uns wieder und stoßen mit dem Sekt an.

Nachdem sich die Aufregung ein wenig gelegt hat und wir ausgiebig darüber diskutiert haben, wann man so eine Hochzeit am besten feiert, meint Mister Stimmungscrasher Sveni, dass sich Heiraten ja vor allem auch steuerlich lohnen würde.

»Aber nicht bei uns, da wir natürlich beide unsere Steuerklasse behalten werden«, antworte ich wie aus der Pistole geschossen.

»Aber das macht doch gar keinen Sinn, ich meine, wenn man schon heiratet …«, meint Sveni und macht dabei ein Gesicht wie ein zerknautschtes Sofakissen.

»Wir heiraten aber auf gar keinen Fall aus steuerlichen Gründen«, unterbreche ich ihn schnell und schaue Björn dabei zustimmungsheischend an.

»Natürlich nicht, Schatz«, meint er lapidar, und mein Glücksspiegel sinkt um einen Punkt nach unten.

»Ich bestehe darauf, dass wir beide unsere Steuerklassen behalten!«

»Jetzt reg dich nicht auf, Karla. Das müssen wir doch wirklich nicht hier und jetzt entscheiden.« Björn legt beschwichtigend seine Hand auf meinen Oberschenkel.

»Also, ich finde das ja gar nicht so schlimm, wenn man, ich sag mal, auch wegen der Steuer heiratet. Was meinst du, Sveni?«, mischt sich Yvette in unsere Diskussion.

Ich starre sie ungläubig an. Das hat sie jetzt nicht wirklich gesagt, oder? Sveni ist weniger irritiert, kratzt sich am Bauch und nimmt noch einen Schluck von seinem Sekt.

»Weiß nicht. Wenn ich auch mal ’ne große Gehaltserhöhung bekommen würde, vielleicht, aber ich bin nun mal selbständig.«

Sveni lacht doof und kapiert natürlich überhaupt nicht, wie sehr er damit Yvettes Hoffnungen zunichte macht. Die sieht ihre Felle davonschwimmen und macht ein entsprechendes Gesicht. Sie tut mir in diesem Moment sehr leid, weil ich weiß, wie schwierig es für sie ist, dass ich, die bisher gar nicht so einen großen Wert aufs Heiraten gelegt hat, nun vor ihr vor den Traualtar trete. Ich rechne ihr hoch an, dass sie trotzdem versucht, sich für mich zu freuen.

»Lasst uns das Thema Steuern doch für heute beenden und lieber noch ein bisschen Sekt trinken!«, meint Björn, und alle nehmen ihr Glas erneut in die Hand.

»Über unseren gemeinsamen Namen müssen wir allerdings auch noch mal sprechen«, sage ich, als ich mit Björn anstoße.

»Wieso?«

»Nun ja, ich will eben nicht Karla Kaschinsky heißen.«

»Warum nicht?« Björn schaut irritiert.

»Weil ich finde, dass Freytag der viel schönere Name ist. Er ist positiv belegt, klingt nach Wochenende, nach Freizeit und Spaß.«

»Und nach was klingt Kaschinsky?«

»Nun ja, irgendwie nach osteuropäischer Landbevölkerung.«

Yvette fängt an zu kichern, und selbst der meist ungerührte Sveni muss grinsen.

»Ist ja interessant, mal zu erfahren, was du über meinen Namen denkst.«

»Ach, komm schon, Björn, seien wir ehrlich, mit so einem Namen hat man doch nur Nachteile.«

»Inwiefern?«

»Na, da bin ich jetzt aber auch mal gespannt«, meint Yvette amüsiert.

»Nun ja, sagen wir mal, wir suchen eine Wohnung. Wenn wir da mit so einem Namen ankommen, dann denken doch alle, da zieht 'ne Horde Polen ein, und wir kriegen niemals 'n Vertrag.«

»So, so! Und wer hat unsere Wohnung gemietet?«

»Du.«

»Und wie heiße ich?«

»Eins zu null für Björn!«, freut sich Sveni durch das halbe Restaurant.

»Mag sein, aber meine Steuerklasse behalte ich auf jeden Fall!«, sage ich trotzig.

»Komm schon, Karla, das ist doch jetzt echt nicht so wichtig. Das können wir doch wirklich noch in aller Ruhe besprechen. Lass uns doch lieber den Moment genießen, immerhin hast du meinen Antrag angenommen, und ich finde, das ist ein Moment der Freude, an dem man nicht über Steuern oder Nachnamen nachdenken sollte.« Er schaut mich lächelnd an, und ich entspanne mich wieder ein wenig.

»Du hast ja recht. Entschuldige bitte«, ich nehme seine Hand und drücke sie zärtlich, »manchmal bin ich einfach ein bisschen vorschnell.«

»Das bist du wirklich, meine Süße, aber ich heirate dich trotzdem.« Björn lacht und gibt mir einen Kuss.

In dem Moment kommt die Kellnerin an unseren Tisch und fragt, ob es noch etwas sein darf.

Björn antwortet ihr: »Ich hätte gerne die Rechnung … ach ja … und einen Bewirtungsbeleg bitte.«

9. Eva-Prinzip

Am nächsten Abend liegen Björn und ich zusammengekuschelt auf der Couch und schauen uns auf RTL *Bauer sucht Frau* an. Gerade will der lustige Rinderzüchter Helmut die schlechtgefärbte Renate mit Wiener Würstchen und Kartoffelsalat für sich gewinnen, was auch noch zu funktionieren scheint.

»Karla, was hältst du eigentlich davon, wenn wir unsere Hochzeit auf dem kleinen Weingut feiern, wo Heike und Peter geheiratet haben?«, fragt mich Björn.

»Absolut überhaupt nichts!«, antworte ich und schiebe mir ein Maoam Himbeer in den Mund.

»Wieso, das war doch sehr nett da …«

»Das war nicht nett da, das war die absolute Katastrophe! Der Raum sah aus wie die Kantine eines Altersheimes für ehemalige SS-Angehörige. Es hat übrigens auch so gerochen. Außerdem möchte ich moderner heiraten, ich hätte gerne eine tolle Party, alle sollen Spaß haben und wild feiern und nicht mit steifem Kragen im Dreivierteltakt über die verstaubte Tanzfläche stolpern.«

»Na ja, aber immerhin soll so eine Hochzeit ja allen gefallen, auch der Familie, und ich glaube ehrlich gesagt nicht, dass sich meine Oma oder meine Eltern in einer lauten Disko besonders wohlfühlen.«

»Heiraten wir oder deine Oma?«

»Wir. Aber trotzdem möchte ich in einem klassischeren Rahmen heiraten, immerhin werden ja auch einige Kollegen aus der Bank kommen.«

»Du willst nicht ernsthaft deine Kollegen zu unserer Hochzeit einladen?«, vor Schreck fällt mir fast das Maoam aus dem Mund.

»Das muss ich sogar. Schließlich waren wir ja auch bei der Hochzeit von Herrn Weber, Herrn Tomacyk und auf der von Frau Roth.«

»Und das war schon schlimm genug! Am besten, du lädst auch noch meinen Chef ein, damit ich mich auf meiner eigenen Hochzeit mal so richtig gehen lassen kann.«

»Daran hatte ich auch schon gedacht.«

»Vergiss es!«

»Von mir aus, aber meine Kollegen und mein Chef werden eingeladen.«

Ich seufze. »Wenn es unbedingt sein muss. Aber über die Location reden wir noch mal.«

»Gut, aber wir feiern auf keinen Fall in einer Diskothek.«

»Und auch nicht in einem angestaubten Landgasthof!«

»Wir werden uns schon einigen«, meint Björn und erhebt sich von der Couch. Offensichtlich hat er keine Lust, das Thema noch weiterzudiskutieren. Er nimmt sich die *Financial Times*, die er abonniert hat, vom Tisch und verschwindet damit in Richtung Toilette.

»Musst du immer mit Zeitung aufs Klo?«, rufe ich ihm hinterher.

»Ja, muss ich.«

»Ich find's eklig! Erst die Zeitung mit aufs Klo nehmen und sie dann wieder auf den Esstisch legen.«

»Wieso? Was soll daran eklig sein? Du rührst die *FTD* doch sowieso nie an.«

Ich strecke ihm die Zunge raus. »Und was ist, wenn wir verheiratet sind?«, frage ich.

»Wieso? Was soll dann sein?« Björn dreht sich noch einmal um und guckt mich erstaunt an.

»Hörst du dann damit auf?«

»Womit genau?«

»Na damit, die Zeitung mit aufs Klo zu nehmen.«

»Warum sollte ich?«

»Nun ja, man könnte es als Liebesbeweis sehen. Es geht ja nicht nur um das ›auf dem Klo Zeitung lesen‹. Es geht darum, ob du etwas für mich aufgeben würdest, von dem ich weiß, dass es dir sehr am Herzen liegt.« Ich schaue Björn herausfordernd an.

»Hmmm, das ist eine schwer zu beantwortende Frage, da muss ich kurz drüber nachdenken.« Damit verschwindet er auf der Toilette, und ich schaue ihm nach.

»Du willst da jetzt aber nicht ernsthaft mit der Zeitung auf dem Klo drüber nachdenken?«, rufe ich ihm hinterher.

»Wir können sowieso nicht mehr zurück, Karla. Ich habe vorhin meine Eltern für nächsten Samstag zum Kaffee eingeladen, um ihnen unsere Verlobung bekannt zu geben, und du weißt, wie meine Mutter ist, der kann ich unmöglich wieder absagen«, höre ich ihn gedämpft aus der Toilette.

Ich seufze erneut. Björns Eltern und auch noch zum Kaffee! Ich schiebe mir gedankenverloren ein Maoam Cola in den Mund. Wenn man heiratet, heiratet man ja auch irgendwie die Familie des anderen mit, im Grunde unbekannte Menschen sind plötzlich Schwiegervater und -mutter. Im Falle von Björn ist mir das nicht wirklich recht. Als ich seine Eltern das letzte Mal gesehen habe, hat seine Mutter an allem was auszusetzen gehabt: »Karla, benutzte Töpfe sollte man nie länger als zehn Minuten unabgewaschen stehen lassen, da trocknet doch alles ein, und man braucht hinterher viel länger!«, »Karla, am Zustand der Küche erkennt man den Charakter einer Frau, deshalb ist es wichtig, dass es hier immer tipptopp ist.«, »Karla, soll ich dir beim nächsten Mal etwas gegen Urinstein mitbringen?«, »Karla, wusstest du, dass man die Schmierstreifen an den Fensterscheiben am besten mit Zeitungspapier wegbekommt?«, und so geht das stundenlang. Frau Kaschinsky will und kann nicht akzeptieren, dass ich – genau wie ihr Sohn – einen Fulltimejob habe und mich nicht wie sie hauptberuflich um den Haushalt kümmern kann. Sie hat außerdem nicht mitbekommen, dass sich die Rolle der Frau in den letzten dreißig Jahren verändert hat, sie findet, dass man Alice Schwarzer des Landes verweisen und Eva Hermans *Eva-Prinzip* zur Pflichtlektüre in allen Schulen machen sollte. Auch die Tatsache, dass ich noch nicht in der Lage war, ihr Enkel zu schenken, fördert nicht gerade ein gutes Verhältnis zwischen uns. Dass Björn bisher auch noch keine Kinder wollte, spielt dabei natürlich keine Rolle, es ist ausschließlich meine Sache, mich um den Erhalt der Familie Kaschinsky zu kümmern und verdammt nochmal dafür zu sorgen, dass es bei uns aussieht wie in einer Musterwohnung für Hausstaub-Allergiker. Konkret bedeutet das, dass ich am Samstag, bevor Björns Eltern kommen, einen halben Tag putzen und aufräumen muss, nur um das Maß meiner Unzulänglichkeiten auf einem halbwegs erträglichen Niveau zu halten. Recht machen kann ich es Frau Kaschinsky sowieso nie.

Ich schiebe mir noch ein Maoam in den Mund. Bei *Bauer sucht Frau* weigert sich gerade der bodenständige Schweinebauer Friedhelm aus Erlenbach, sich von der arbeitsuchenden Nageldesignerin Yvonne aus Gelsenkirchen die schwarzen Fingernägel schneiden zu lassen, und ich bin mir ziemlich sicher, dass für Friedhelm auch die nächsten 45 Jahre die einzige Frau in seinem Leben seine Mutter sein wird.

Das Leben zu zweit ist nun mal ein Leben voller Kompromisse. Angefangen bei der Einrichtung der Wohnung über die Art und Weise, wie man das Geschirr in die Spülmaschine räumt, bis hin zur Position, in der man gern schläft und durch die der andere sich gestört fühlt. Die Stehlampe zum Beispiel, die in der Ecke unseres Wohnzimmers steht, ist mir schon seit Jahren ein Dorn im Auge. Es handelt sich um einen altfränkischen Albtraum mit nikotingelbem Lampenschirm, ein Geschenk von Björns Oma väterlicherseits, das schon ewig bei uns rumsteht. Und das, obwohl die Oma seit Jahren tot ist. Ich finde, dass man mit dem hässlichen Ding im besten Fall noch ein Atommüll-Endlager beleuchten sollte, Björn dagegen hat in einem Designerladen eine ähnliche Lampe gesehen, die über 400 Euro gekostet hat. Er sieht in dem scheußlichen Teil also auch noch eine Geldanlage. Im Gegenzug steht ein altes Küchenbuffet im Esszimmer, das ich vor vielen Jahren auf einem Flohmarkt gekauft habe. Björn trinkt aus keinem Glas, das in dem Schrank stand, weil er davon überzeugt ist, dass sich die frühere Besitzerin des Buffets zum Sterben da reingelegt hat, so würde das Ding stinken. Oder die samstägliche Diskussion, ob man lieber in den Baumarkt oder in das neue Einkaufszentrum fährt. Ob man lieber *WiSo* oder *Doctor's Diary* im Fernsehen schaut. Aber andererseits, wie langweilig wäre das Leben ohne die kleinen Diskussionen, warum eine Serie wie *Desperate Housewives* genial und *Lost* dagegen ein Haufen Müll ist, oder warum Omas Lampe nicht zu der neuen Designercouch passt, sich aber in Björns Büro ganz bestimmt super machen würde. Und ganz ehrlich, ohne Björn hätte ich niemals erfahren, dass man in einem Baumarkt auch ganz tolle Kosmetikspiegel kaufen kann.

Als gerade der romantische und leicht zurückgebliebene Milchbauer Roland die humorvolle Hildegard mit dem Traktor vom Bahnhof abholt und ich darüber nachdenke, ob es originell wäre, wenn Björn und ich mit einem Traktor vors Standesamt fahren würden, klingelt es an der Wohnungstür. Vielleicht ist ja das Päckchen mit der Unterwäsche angekommen, die ich bestellt habe, und ein Nachbar, der es für mich angenommen hat, will es mir jetzt übergeben. Während ich kurz schmutzige Gedanken habe, hieve ich mich ächzend von der Couch, gehe kauend zur Tür und öffne sie.

Vor der Tür steht ein Mann in einem ziemlich grellen blaugelben Blouson aus Fallschirmseide, dazu trägt er eine beige Stoffhose. Die braunen Füße sind in rote Flipflops geschoben, und in der Hand hält er ein kleines braunes Pappköfferchen.

Es ist Jesús.

10. Seitensprung-Fata-Morgana

Die Poren meiner Haut öffnen sich schlagartig, und kalter Schweiß überzieht meinen gesamten Körper. Meine Knie werden weich wie Götterspeise, meine Hände zittern unkontrolliert. Aus einem Reflex heraus knalle ich die Tür wieder zu und hoffe, dass sich alles um eine postsexuelle Seitensprung-Fata-Morgana handelt. Leider klingelt es erneut.

»Carlita, mi amor! Hab ich dich mehr vermisst wie die Wüste das Wasser!«

Mir läuft ein Schauer über den Rücken, als ich Jesús' Stimme höre. Dieses Mal ist es allerdings keine heiße Woge der Leidenschaft, es ist eine eiskalte Welle des Schreckens.

Jesús breitet die Arme aus, kommt einen Schritt auf mich zu, umschlingt und herzt mich so innig, dass ich fast keine Luft mehr bekomme. Sein Dreitagebart kratzt an meinem Hals, seine Lippen küssen ihn leidenschaftlich, und ich bin wie erstarrt.

»Mi amor, wie schön es ist, dich wieder zu halte in die Arme! Hast du mich auch so sehr vermisst?«

»Ähhhhh, na ja, äääh … also … irgendwie … vielleicht«, stammle ich. »Aber wieso bist du … Ich meine, was in Gottes Namen machst du hier?«

»Dich überrasche, mi vida.«

»Das ist dir gelungen! Aber wie bist du denn da … äh, aus Kuba … rausgekommen? Das ist doch ziemlich schwierig.«

»Ja, schon, aber hab ich ein paar Dokumente selber gemacht, und mit die Einladung von dir war nich so schwer.«

»Einladung von mir?« Ich weiß nicht, wovon Jesús redet, es

muss also irgendwas mit unserer gemeinsamen Nacht zu tun haben.

»Darf ich reinkomme? Is kälter wie in Eisfach von die Kühlschrank in deine Land!«

»Jesús, hör zu«, ich ziehe ihn in den Hausflur und lehne die Haustür an, »da gibt es ein kleines Problem.«

Jesús schaut mich ernst aus seinen schwarzen, glühenden Augen an.

»Un problema?«

Ich horche in Richtung Wohnung, höre aber lediglich einen echten Männerfurz und Zeitungsgeraschel.

»Jesús, ich wohne hier nicht alleine.«

»Oh, du wohnst mit deine Familie. Das is gut! Is no problema, würde ich sehr gerne kennenlernen.«

»Nein, nicht ganz. Ich wohne mit meinem Freund Björn hier!«

Jesús schaut mich mit seinen großen dunklen Augen erstaunt an. »Mit deine Freund?« Er ist ganz offensichtlich irritiert. »Du hast mir nich gesagt, dass du hast eine Freund in Deutschland!«

»Ja, ich weiß, ich … ich dachte, es wäre nicht so wichtig.«

»Nich wichtig? Ist Freund in Deutschland nich wichtig? Un ich dachte, das mit uns is was Besonderes«, Jesús lässt sich auf die Treppenstufen sinken und verbirgt sein Gesicht in seinen Händen.

»Es war ja auch irgendwie besonders, aber dass du gleich hierher … also, damit hab ich jetzt nicht gerechnet … aber vielleicht können wir das ja später ausdiskutieren … also, vielleicht woanders. Wo genau wirst du denn wohnen?«

»Carlita, das weiß ich nich, ich wusste ja nich, dass du has eine Freund! Ich bin doch hier nur wegen dir!« Seine Stimme klingt verzweifelt, und es bricht mir fast das Herz, diesen stolzen Mann so verletzt auf der Treppe sitzen zu sehen. Ich setze mich neben ihn und bete zu Gott, dass Björn heute besonders schwerfälligen Stuhlgang hat.

»Gibt es keine andere Möglichkeit? Hast du vielleicht noch Verwandtschaft in der Nähe? Was ist mit Verwandten deiner Oma?«, frage ich Jesús, der sein Gesicht immer noch in den Händen verbirgt.

Er schüttelt schwach den Kopf und antwortet traurig: »Meine Oma is schon lange unter die Erde, und andere Verwandte in Deutschland kenn ich nich.«

Mein Blick fällt auf Jesús' Knie, der Stoff der Hose ist auf der einen Seite gerissen, und ein großer dunkler Fleck breitet sich sichtbar um den Riss herum aus.

»Hey, was ist denn passiert? Du blutest ja!«

Jesús Blick fällt auf sein Knie. »Das waren ein paar sehr schlechte Menschen in die Bank!«

»In der Bank? In welcher Bank?«

»Na, in deine Bank. Ich habe gesucht nach dir, aber die wollte mir nich sagen, wo du wohnst, und habe mich rausgeschmisse!«

»In meiner Bank?«

»Sí!«

Mir fällt wieder ein, dass ich Jesús eine Visitenkarte von mir gegeben habe, wegen der Briefe, die er mir schreiben wollte.

»Aber wie hast du mich denn dann gefunden?«

»Nette Frau auf die Straße hat auf ihre Handy für mich im Internet geguckt.«

Der Fleck auf Jesús' Knie wird immer größer, und ich fühle mich in die Ecke gedrängt. Kann ich diesen blutenden Mann in Flipflops einfach wegschicken? Ihn seinem Schicksal überlassen, in einem fremden Land, in dem er niemanden kennt? Aber wenn ich ihn mit in die Wohnung nehme, wäre das das Bekloppteste, was ich je getan habe, ich würde offenen Auges in den Untergang meiner Beziehung laufen. Unmöglich! Ich kann ihn nicht in die Wohnung lassen, ich muss Jesús wegschicken.

Als hätte er meine Gedanken gelesen, steht er auf, wischt sich den Staub unserer schlechtgeputzten Treppe von seinem Hintern, schaut mir direkt in die Augen und sagt: »Dann is wohl besser, wenn ich jetzt gehe.«

Ich starre Jesús an. Es wäre tatsächlich das Beste, wenn er jetzt gehen würde. Wir verabschieden uns einfach, und die Sache ist endgültig abgehakt. Ende Gelände. Schicht im Schacht. Affe tot. Ganz einfach!

Jesús nimmt sein kleines Köfferchen in die Hand und geht die ersten Stufen hinunter, er hinkt. Ich sehe, dass der Blutfleck auf seiner Hose mittlerweile so groß ist wie eine Pizza. Er lahmt die nächste Stufe hinunter, ein Anblick, der mir fast das Herz zerreißt.

»Jesús?«

›TU ES NICHT!‹, schreit die Stimme der Vernunft in meinem Kopf. ›TU ES NICHT!‹

»Sí?«

»Und wo gehst du jetzt hin?«, frage ich ihn.

»Ich weiß noch nich, Carlita, aber wird mir schon was einfalle.«

›TU ES NICHT!‹

Ich bedecke mein Gesicht mit den Händen, ich bin total von der Rolle und kann meine Gedanken nicht ordnen. Ich habe nur noch wenige Minuten Zeit, um eine sichere Katastrophe abzuwenden. Ich höre, wie Björn die Klospülung betätigt. Wenige Minuten? Mir bleiben nur noch Sekunden!

»Alles in Ordnung, mi vida?«

Ich nehme die Hände von meinem Gesicht, Jesús guckt mich besorgt an. »Nein! Aber trotzdem. Du kommst jetzt erst mal rein, und wir schauen dann, wie es weitergeht. Aber: Kein Wort über das, was auch immer zwischen uns war, a-b-s-o-l-u-t kein Wort! Hast du das verstanden, Jesús?«

Mother T. hat die Stimme der Vernunft zum Schweigen gebracht und in ihrer resoluten Art mal wieder die Oberhand behalten. Ich höre, wie Björn sich im Bad die Hände wäscht, und mir ist klar, dass wir so gut wie keine Zeit mehr haben, um das genauer zu klären.

»Ich dachte, du freust dich, wenn ich komme die weite Weg«, sagt Jesús enttäuscht.

»Ja schon, ich freu mich ja auch … irgendwie … später vielleicht … bestimmt. Aber jetzt im Moment ist das echt total unpassend, und du musst mir versprechen, dass du die Klappe hältst!«

»Klappe? Was is Klappe?«

»Karla?«, Björn ist mittlerweile aus dem Bad gekommen.

»Jaaaaa?«

»Hat da jemand geklingelt?«

»Ja! Bin schon an der Tür. Ich komme gleich, Moment«, rufe ich in Richtung Wohnzimmer, dann drehe ich mich wieder zu Jesús, ziehe ihn in die Wohnung und schließe die Tür hinter ihm.

11. Meet and Greet

»Ähhh, Björn?«

Björn, der gerade die Zeitung auf den Esstisch legt, dreht sich zu uns um. In seinem Gesicht spiegeln sich Erstaunen und Irritation.

»Björn, das ist Jesús aus Kuba, Jesús, das ist mein Freund Björn aus Köln.«

»Jesús aus Kuba?«, fragt Björn.

»Genau!«, antworte ich unsicher.

»Lustig, sonst sagen die nie ihren Namen, wo soll ich unterschreiben?«

»Björn, du kriegst kein Paket.«

»Nicht? Und was macht er dann hier, dieser Jesús?«

»Ich würde vorschlagen, wir setzen uns erst mal.«

Ich deute aufs Sofa, Jesús setzt sich, Björn zögert kurz, aber als ich ihm aufmunternd zunicke, setzt auch er sich auf die Couch. Im Fernsehen läuft immer noch *Bauer sucht Frau*. Der rüstige Rinderzüchter Helmut schaut gerade zu, wie die übergewichtige Renate versucht, ein Rind in den Stall zu treiben, und dabei in einem Haufen Kuhscheiße ausrutscht. Wie gerne würde ich in diesem Moment mit Renate tauschen.

»Was is das für eine Programm?«, fragt Jesús.

»Das ist *Bauer sucht Frau*. Da suchen einsame Landwirte nach einer Ehefrau«, beantworte ich seine Frage, und Jesús lacht: »Das is in Kuba nich so, bei uns die Bauern suche immer nur nach ihre Kühe!«

»Und Sie kommen dann also aus Kuba?«, fragt Björn steif und schaut Jesús dabei neugierig und leicht verunsichert an.

»Genau, Jesús kommt aus Kuba!«, antworte ich an Jesús' Stelle.

»Aha, und …«

»Der Verbandskasten!«, schreie ich in diesem Moment, als wäre es eine göttliche Offenbarung. Björn und Jesús gucken mich verdutzt an. »Jesús ist gestürzt«, füge ich erklärend hinzu. »Björn, kannst du mir den Verbandskasten holen?«

»Gestürzt?«, fragt Björn irritiert.

»Ja, sieh dir sein Knie an, es blutet!«

»Is gar nich so schlimm, wie aussieht, brauch ich keine Verbund«, meint Jesús und wirkt gar nicht mehr so leidend wie eben noch auf der Treppe.

»Doch! Das blutet doch immer noch. Björn, bist du so lieb?«

Björn steht auf und verlässt nicht gerade begeistert das Wohnzimmer, um den Verbandskasten zu holen.

»Jesús, hör zu, Björn und ich wollen heiraten, und deshalb …«

»Du heiratest diese Schlafschlumpf?«

Jesús' deutsches Vokabular ist teilweise schon sehr erstaunlich.

»Jesús, Björn ist … äh … kein Schlafschlumpf, und ja, wir wollen heiraten. Und deshalb ist es enorm wichtig, dass du kein …«

»So, hier ist er.«

Björn ist mit dem Verbandskasten in der Hand zurück ins Wohnzimmer gekommen und hält ihn mir unter die Nase. Ich nehme ihn und hole Verbandszeug und eine Schere aus dem kleinen blauen Kasten.

»Woher kennen Sie meine Freundin denn nun eigentlich, Jesús?«

»Ach, sag doch nich Sie zu mir. Ich bin der Jesús!«

»Ich glaube, wir verbinden jetzt am besten erst mal Jesús' Wunde«, sage ich schnell und knie mich vor ihn. Dann versuche ich, seine Hose hochzukrempeln, was aber nicht funktioniert, weil sie einfach zu eng ist.

»Muss ich Hose wohl ausziehen.« Jesús steht auf.

»Okay, dann Jesús. Und woher kennst *du* Karla?«, fragt Björn dazwischen.

Jesús öffnet den Knopf und lässt seine Hose runter, während ich Björn antworte.

»Jesús ist unser Barkeeper im Hotel gewesen, der uns immer ganz tolle Cocktails gemacht hat, echt super waren die!«

Jesús steht jetzt vor mir, während ich noch auf dem Boden knie. Ich schaue nach oben, die Auswölbung in Jesús' ziemlich enger Unterhose ist so groß, dass ich nur noch Teile seines Gesichts sehen kann. Ich merke, wie mir das Blut ins Gesicht steigt, und ich kann mir lebhaft vorstellen, wie ich farblich zu einer überreifen Tomate mutiere. Ich schaue schnell wieder nach unten, und Gott sei Dank setzt sich Jesús wieder hin – ohne Hose. Sein Knie ist ziemlich heftig aufgeschürft, aber Gott sei Dank handelt es sich nicht um eine tiefe Wunde, die genäht werden muss.

»Aha, und du machst dann jetzt eine Deutschlandreise?«, fragt Björn.

»Björn, kannst du mir bitte noch das Desinfektionsspray bringen, nicht dass sich das entzündet«, sage ich zu Björn, der hinter mir steht, ohne ihn dabei anzugucken. Björn, der es schon mal fertiggebracht hat, bei einer Blutabnahme umzufallen, trollt sich dieses Mal nicht ganz so unwillig.

»Wieso heiratest du diese Mann?«, fragt mich Jesús, als Björn den Raum verlassen hat.

»Warum heiratet man? Weil man sich liebt, denke ich.«

»Er passt nich zu dir!«

»Jesús, bitte, auch wenn du denkst, dass wir nicht zusammenpassen, bitte ich dich von ganzem Herzen, es nicht kaputtzumachen. Björn darf auf keinen Fall erfahren, dass …«

»Was ist mit mir?«, fragt Björn, der mit einer Sprayflasche in der Hand gerade wieder das Wohnzimmer betreten hat.

»Ach nichts, Jesús wollte nur wissen, wie lange wir schon ein Paar sind.«

»Ach so. Hier ist das Desinfektionsspray.«

»Danke dir!«

Ich will gerade Jesús' Knie einsprühen, als mein Blick auf das Etikett der Flasche fällt.

»Mensch, Björn, dass ist doch nicht das Desinfektionsspray, das ist der Backofenreiniger!«

»Oh … da hab ich mich wohl vergriffen. Ich hol eben die richtige Flasche.«

Björn geht erneut aus dem Zimmer, und Jesús setzt einen Gesichtsausdruck auf, der Bände spricht: »Sag ich doch, Schlafschlumpf!«

Als mir Björn kurz darauf das richtige Spray gebracht hat, reinige ich die Wunde von Jesús und wickle einen monströsen Verband um sein Knie. Danach zieht Jesús seine Hose wieder an. Sie spannt jetzt am Knie, und der blutumrandete Riss sieht aus wie das Maul eines Haifischs, der gerade einen riesigen weißen Fisch zerfetzt hat.

»Hast du noch eine andere Hose dabei?«, frage ich Jesús, der verschämt den Kopf schüttelt.

»Björn, hast du vielleicht noch eine Hose, die du Jesús geben könntest?«

Björn guckt mich an, als hätte ich ihn gefragt, ob er mir die Fußnägel lackieren könnte. Ich kann seine Gedanken förmlich hören, sein Gesicht sagt: ›Warum soll ich irgendeinem Typen aus Kuba, der hier plötzlich auf der Matte steht, eine Hose von mir geben?‹

»Björn, bitte, du hast doch sicher noch ein paar alte Hosen, die dir zu eng geworden sind.«

»Meine Hosen sind nicht zu eng geworden … aber von mir aus«, seufzt er, »ich schau mal.«

»Deine Freund mag mich nich!«, sagt Jesús beleidigt, als Björn das Zimmer verlassen hat.

»Ach Quatsch, er kennt dich nur nicht, deshalb ist er ein wenig reserviert. Und außerdem schaut er gerade, ob er noch eine Hose für dich hat. Das ist doch nett von ihm, oder?«

»Nett is nur, wenn man gerne tut!«

Björn kommt zurück ins Wohnzimmer, in der Hand eine Jeans.

»Hier, die könnte passen.« Er gibt Jesús die Jeans, die der auch sofort anzieht. Da Jesús viel schlanker ist als Björn, rutscht ihm die Hose über die schmalen Hüften.

»Hast du vielleicht einen Gürtel dabei?«, frage ich Jesús, der erneut mit dem Kopf schüttelt.

»Björn? Hast du vielleicht einen für Jesús?«

»Och … kann er sie nicht einfach oben umschlagen?«

»Du siehst doch, dass die Hose am Bauch viel zu weit ist. Bitte, Björn!«

Björn geht wortlos aus dem Wohnzimmer und kommt kurz darauf mit einem braunen Ledergürtel zurück. Jesús fädelt den Gürtel in die Jeans und schließt ihn mit dem letzten Loch.

»Sieht doch ganz gut aus, oder?«, frage ich in Björns Richtung.

Er guckt skeptisch. »Mmmmmmh. Aber was mich jetzt mal interessieren würde …«

»Ähm, Björn, kann ich ganz kurz mit dir reden?«, frage ich meinen Freund.

»Ja … klar.«

»Jesús, wir kommen gleich wieder, mach es dir doch so lange bequem.«

»Okay, como no.«

»Fühl dich ganz wie zu Hause«, füge ich noch an.

»Sí! Danke.«

Björn und ich gehen in die Küche, und ich schließe die Tür hinter uns.

»Björn, Folgendes, der Jesús, das ist, also das … ähm, es tut mir echt leid, dass ich …«, stottere ich.

»Was willst du mir sagen, Karla? Was tut dir leid? Und wer bitte ist das?« Björn guckt mich an, in seiner Stimme schwingt eine nicht unerhebliche Dosis Ungeduld mit. Mir muss unbedingt was einfallen.

»Was?«, fragt Björn mich noch mal. Meine Hände zittern noch stärker als bisher, und ich verstecke sie in meinen Hosentaschen.

»Also … es tut mir leid … also sehr leid, was ich, also … was dem Jesús in seinem Leben so alles widerfahren ist«, platze ich raus.

»Wieso? Was ist ihm denn widerfahren?« Björn schaut mich fragend an.

»Nun ja, als wir im Urlaub waren, da ist er eines Abends weinend hinter seiner Theke zusammengebrochen, und ich hab ihn da gefunden, und dann hat er mir seine ganze Geschichte erzählt … das war so schlimm … echt!«

»Was war denn so schlimm?«

Meine Gedanken rotieren, mir muss eine gute Geschichte einfallen.

»Nun ja … ähm … also Jesús' Vater, also, der ist … der ist also …«

»Mein Gott, Karla, der ist was? So schlimm kann es doch nicht sein, dass du es mir nicht sagen kannst.«

»Nein, nein, es ist nur, Jesús' Vater ist …«, ich suche in den letzten Winkeln meines Hirns nach einer plausiblen Geschichte, »… in der Schweinebucht gefallen! Und darüber kommt Jesús einfach nicht hinweg«, sage ich erleichtert.

»In der Schweinebucht?«

»Ja, das ist so eine Bucht im Süden der Insel und …«

»Ich weiß, was und wo die Schweinebucht ist, aber sag mal,

war diese Invasion der Amerikaner nicht schon Anfang der sechziger Jahre? Ist Jesús überhaupt schon so alt? Der sieht eher aus wie Mitte zwanzig.«

Ich könnte mir so was von in den Hintern beißen, dass ich nicht ein einziges Mal in den Reiseführer geschaut habe, und mein Freund, der noch nie in Kuba war, mehr Ahnung von der Geschichte der Karibikinsel hat als ich.

»Ich meine ja auch nicht *die* Invasion, ich meine … es gab da in den Neunzigern noch einen weiteren Zwischenfall in der Schweinebucht, genau, und da ist es dann wohl passiert!«

»Aha. Wusste ich gar nicht. Und da ist er jetzt noch nicht drüber weg?«

»Ich bin ja noch nicht fertig mit meiner, äh … seiner Geschichte. Nach dem Tod seines Vaters ist Jesús verhaftet worden. Er ist acht Jahre gefoltert worden im Knast, erst vom Castro-Regime, dann von den Russen und zuletzt von den Amerikanern. Nachdem er entlassen wurde, hat er dann als Kellner in unserem Hotel angefangen, aber hatte natürlich große Probleme auf der Insel. Er kann über die Zeit noch nicht mal sprechen.«

»Er war im Gefängnis?«

»Sag ich doch, aber es war ja nur aus politischen Gründen!«

Björn schaut mich an, als hätte ich ihm gerade erzählt, dass die Erde nun doch eine Scheibe ist und man hinter Australien ins Weltall fällt.

»Und das glaubst du?«

»Natürlich, warum sollte ich es nicht glauben?«

»Also, ich glaube kein Wort von dieser Geschichte, und außerdem, was hast du eigentlich damit zu tun?«

»Nun ja, ich hab ihm … also, weil er mir so leid getan hat … gesagt, dass wenn er irgendwann mal in Deutschland sein sollte, er gerne mal bei uns vorbeischauen kann und … tja … ich konnte ja nicht damit rechnen, dass er das tatsächlich macht.«

Björn runzelt die Stirn. »Mensch, Björn, ich bin genauso überrascht und überfahren wie du!«

»Findest du es nicht ein bisschen eigenartig, dass der sich vorher nicht mal ankündigt und einfach so hier vorbeischneit?«

»Also, das ist jetzt ganz klar 'ne kulturelle Geschichte«, sage ich im Brustton der Überzeugung. »In Kuba ist es eben üblich, dass man einfach so vorbeikommt, da meldet man sich nicht vorher großartig an, da ist man eben einfach so willkommen, und woher soll Jesús wissen, dass das hier anders ist, er war ja nun mal noch nie in Deutschland.«

Björn schaut immer noch skeptisch. »Aber der will ja wohl nicht hier bei uns bleiben, oder?«

»Nein! Ganz bestimmt nicht! Aber vielleicht könnten wir ihm anbieten, dass er zumindest heute Nacht hierbleiben kann, der arme Kerl.«

Björn schaut weiterhin kritisch und verschränkt abweisend die Arme vor der Brust. »Also, ich weiß nicht, zum einen diese komische Geschichte von der Schweinebucht, dann sein Gefängnisaufenthalt und diese merkwürdige Foltergeschichte, und zum anderen kennen wir den doch gar nicht. Das ist doch ein völlig Fremder, der hier in unserer Wohnung sitzt.«

»Mach dir keine Sorgen, das ist wirklich ein netter Kerl, sehr zurückhaltend! Auch wenn ich ihn natürlich auch nicht besonders gut kenne, also fast gar nicht … also, nicht so wirklich.«

»Also ganz ehrlich, Karla, wohl ist mir dabei nicht. Mal abgesehen davon, dass der Typ im Gefängnis war, Kuba ist ein verdammt armes Land, und wir haben ja hier nun mal schon auch ein paar Wertgegenstände stehen. Du hast ja auch erzählt, dass die da ziemlich dollarfixiert sind …«

Das ist ja mal wieder typisch für Björn, der macht sich keine Sorgen darüber, dass mich dieser schöne Mann verführen könnte, der macht sich ausschließlich Sorgen um seine blöden Wertgegenstände! Der kommt noch nicht mal im Entferntesten auf die Idee, dass ich was mit Jesús gehabt haben könnte. Aber gut, in diesem Moment kann mir das ja nur recht sein.

»Hast du denn Dollar im Haus?«, frage ich ihn.

»Nein, aber die teure Kaffeemaschine und der Fernseher …«

»Ach, komm schon, Björn! Du glaubst doch nicht ernsthaft, dass Jesús mit deinem Monsterkaffeevollautomaten und dem 70-Zoll-Fernseher unter dem Arm aus der Wohnung spaziert. Und ich finde, dass auch wir in Deutschland mal ein bisschen gastfreundlicher sein könnten. In Kuba wäre es überhaupt kein Problem, irgendwo zu übernachten.«

Wobei Björn jetzt natürlich nicht weiß, dass ich aus Erfahrung spreche. Verdammter Mist! Wieso passiert mir eigentlich so was? Millionen Frauen gehen zig mal fremd, ohne dass irgendetwas passiert. Ich mache das einmal in meinem Leben, und meine kleine Affäre holt mich innerhalb weniger Tage wieder ein, und zwar im wahrsten Sinne des Wortes. Das ist ungerecht! Und was war, als ich mich vor zehn Jahren auf Mallorca unsterblich in den hübschen Twen-Tours-Animateur Tobias verliebt habe? Der stand nicht vor meiner Tür, und das, obwohl ich mir jeden Abend die Augen nach ihm ausgeweint habe. Ja, der hat noch nicht mal angerufen!

»Also gut, von mir aus. Eine Nacht.«

»Danke, Björn«, rufe ich erleichtert aus. »Das find ich super von dir! Aber eine Bitte hab ich noch. Du solltest Jesús nicht auf die Folter-Geschichte ansprechen, das zieht ihn extrem runter.«

»Das kann ich mir gut vorstellen, und zwar weil sie höchstwahrscheinlich von vorne bis hinten gelogen ist!«

12. Ein-Teller-Ravioli

Als wir zurück ins Wohnzimmer kommen, liegt Jesús quer auf der Couch, und die Gefahr, dass er irgendetwas ausplaudert, geht gegen null. Er schläft tief und fest, und ich bin zumindest kurzfristig ein wenig erleichtert. Die roten Flipflops hat er ausgezogen, und seine nicht gerade sauberen Füße liegen auf Björns Lieblingsfernsehkissen.

»Willst du ihn nicht vielleicht wecken?«, fragt Björn und schaut leidend auf sein gedemütigtes Kissen.

»Lieber nicht. Der arme Kerl scheint fix und fertig zu sein«, flüstere ich.

»Weißt du, warum er angeblich gefoltert wurde?«

»Ausschließlich aus politischen Gründen!«, antworte ich so leise wie möglich, damit Jesús nicht aufwacht.

»Aber warum genau, weißt du nicht?«

»Nein, wie gesagt, er kann über diese Zeit nicht sprechen, es muss schlimm gewesen sein. Sollen wir nicht lieber in die Küche gehen?«

»Aber immerhin hat er dir doch davon erzählt!«

»Schon, aber das war ein sehr emotionaler Moment, wie gesagt, er saß weinend hinter der Theke.« Ich gehe in Richtung Wohnzimmertür, in der Hoffnung, dass Björn mir folgt, aber der bleibt stoisch neben dem schlafenden Jesús stehen.

»Ich hab noch nie davon gehört, dass auf Kuba gefoltert wird, außer von den Amerikanern in Guantánamo. War Jesús in Guantánamo?«

»Björn, ich weiß es nicht, wie gesagt, er hat mir das nicht im Detail erzählt«, antworte ich leicht genervt.

»Aber das lässt sich ja rausfinden.«

»Bitte, Björn, lass ihn schlafen, ich glaube, es wäre echt nicht gut, wenn du ihn jetzt danach ausfragen würdest.« Ich schaue ängstlich auf Jesús, der seelenruhig schläft.

»Ich frag ihn ja gar nicht, wofür gibt es das Internet!« Björn nimmt den Laptop vom Esstisch.

»Muss das sein?«, frage ich ihn und habe keine Ahnung, wie ich seine Recherche verhindern soll. Ich kann nur beten, dass auf Kuba gefoltert wird, und schäme mich sofort dafür, aber hier muss sogar ich mir die Nächste sein. Ich starre auf Björn, der wild auf der Tastatur rumhämmert und dann konzentriert liest.

»Es stimmt tatsächlich, hier auf der Seite von Amnesty International steht: *Mehrere hundert politische Gefangene, die in den Vorjahren festgenommen und nach unfairen Gerichtsverfahren zu Freiheitsstrafen verurteilt worden waren, blieben inhaftiert. Bei vielen von ihnen handelte es sich um gewaltlose politische Gefangene. Zahlreiche Dissidenten sahen sich Kurzzeitinhaftierungen und Schikanen ausgesetzt. Mehrere von ihnen wurden gezwungen, das Land zu verlassen und ins Exil zu gehen. Verbreitet sprachen Berichte von Misshandlungen, die in manchen Fällen der Folter gleichkamen und mindestens ein Menschenleben forderten.*«

»Mensch super, das freut mich jetzt aber!«, entfährt es mir.

»Das freut dich?«

»Nein, natürlich nicht, ich bin nur froh, dass du jetzt weißt, dass Jesús die Wahrheit sagt.«

»Nun ja, das ist damit ja noch nicht bewiesen. Kann ja sein, dass es stimmt, dass auf Kuba gefoltert wird, was aber noch lange nicht heißt, dass Jesús gefoltert wurde.«

»Komm schon, Björn, ein bisschen Glaube an das Gute im Menschen würde dir ganz gut zu Gesicht stehen.«

»Karla, ich bin Banker.«

»Stimmt«, seufze ich.

»Und wie ist der eigentlich aus dem Land gekommen? Ich meine, das ist doch gar nicht so einfach und garantiert illegal.«

»Björn, unter den Umständen ist es doch vollkommen egal, ob das illegal ist. Er wurde gefoltert!« Mein Gott, warum ist dieser Mann nur so hartnäckig, warum muss er immer alles ganz genau wissen?

»Aber doch nicht mehr, als er im Hotel gearbeitet hat! Wieso ist er nicht früher abgehauen oder, wie es bei Amnesty steht, ins Exil gegangen?« Björn klingt jetzt so wie ein Tatort-Kommissar, der sich die entscheidende, zur Aufklärung des Mordes führende Frage stellt.

»Vielleicht hat er geglaubt, er käme mit der Situation zurecht, und hat erst später gemerkt, dass ein Leben auf Kuba nicht mehr funktioniert. Ich meine, so einfach verlässt man sein Heimatland doch nicht.«

»Genau. Und das macht mich stutzig. Was will er hier? Vielleicht sollten wir das Ganze den Behörden melden«, sagt Björn und klappt den Laptop zu.

»Den Behörden? Welchen Behörden denn?«, frage ich aufgeschreckt, aber immer noch flüsternd.

»Na, dem Ausländeramt zum Beispiel.«

»Nein, Björn, das machen wir nicht. Auf gar keinen Fall! Du weißt, wie sehr ich Denunziantentum hasse, und ich werde nicht zulassen, dass wir Jesús anzeigen. Schluss, aus! Jesús schläft heute Nacht bei uns, und morgen verschwindet er wieder. Das ist die ganze Geschichte.«

»Hoffentlich blutet er uns nicht die Couch voll, meine Eltern kommen doch am Wochenende«, sagt Björn besorgt und schaut wehleidig zum Sofa.

»Jetzt hör aber auf! Kannst du einmal nicht an dich denken?«

»Wieso an mich? Ich hab doch nur an meine Eltern gedacht!«, sagt er beleidigt.

»Björn, ich bin sehr müde, ich glaub, ich geh jetzt ins Bett.«

»Ins Bett?« Björn wirft einen Blick auf seine Armbanduhr, »Is doch gerade mal halb neun.«

»Kommst du mit?«

Björn überlegt kurz. »Von mir aus«, seufzt er, »Fernsehen is ja nicht, und die Zeitung kann ich auch im Bett zu Ende lesen.«

Wenigstens etwas. Während Björn im Bad ist, schaue ich noch mal nach Jesús, der immer noch schläft wie ein Stein. Ich lege eine Wolldecke über ihn und lösche die Lichter im Wohnzimmer. Nur Omas Stehlampe lasse ich schwach brennen, damit er sich orientieren kann, falls er aufwacht.

Ich beneide Björn, der nach der Lektüre eines dreiseitigen Artikels über einen amerikanischen Investmentbanker, der mit Risikopapieren Millionen verdient hat, schnell neben mir einschläft. Während er leise vor sich hin schnarcht, ist für mich an Schlaf nicht zu denken. Nach ein paar Minuten stehe ich auf und gehe noch einmal ins Wohnzimmer. Ich setze mich auf den Sessel neben Jesús und betrachte den schlafenden Mann, mit dem ich diese unsägliche Affäre hatte. Ich kann es immer noch nicht fassen, dass er tatsächlich hier ist, aber ich sehe ihn, ich sehe, wie er atmet, ich kann ihn sogar riechen, und ich sehe sein entspanntes, schönes Gesicht. Jesús ist allerdings nicht nur real in seiner Anwesenheit, er ist vor allem eine reale Bedrohung. Solange er hier wohnt, ist er für meine Beziehung zu Björn in etwa so zerstörerisch wie ein Tornado für eine wackelige Bretterbude am Strand. Mir muss unbedingt etwas einfallen, wie ich ihn morgen aus der Wohnung bekomme, ich muss mit aller Macht verhindern, dass Jesús meine Hochzeitspläne in irgendeiner Form zunichte macht.

Ich gehe zurück ins Schlafzimmer, wo Björn immer noch ruhig schläft. Er lächelt im Schlaf, und ich wette, er träumt von irgendwelchen Börsenkursen, die aufgrund seiner intelligenten Transaktionen in unermessliche Höhen schießen. Er sieht sehr süß aus, wenn er schläft, und es bricht mir fast das Herz, dass ich ihm das angetan habe und immer noch antue. Die halbe Nacht wälze ich mich in meinem Bett, das schlechte Gewissen und die Angst lasten auf mir wie riesige Felsklötze und nehmen mir die Luft zum Atmen. Nach kurzen Schlafsequenzen wache ich immer wieder schwitzend auf. Sich ständig wiederholende Horrorszenarien, in denen Björn auf verschiedenste Weise mit mir Schluss macht, begleiten mich durch die Nacht. In einem der Träume gehe ich gerade zum Traualtar, an dem Björn schon auf mich wartet. Ich lächle. Als er sich zu mir dreht, um mir den Ring anzustecken, sehe ich, dass ich nicht Björn, sondern Jesús geheiratet habe. Ich wache heftig atmend auf und brauche mindestens eine halbe Stunde, um mich wieder zu beruhigen. Im nächsten Traum, der mindestens genauso schlimm ist, stehe ich graugesichtig im Supermarkt und greife nach der Ein-Teller-Ravioli-Dose. Die Frau neben mir, die gerade die 500-Gramm-Familienpackung in ihren Einkaufswagen legt, wirft mir einen mitleidigen Blick zu.

13. Von wegen Integration

Am nächsten Morgen müssen Björn und ich – Gott sei Dank – früh zur Arbeit. Je weniger Gelegenheit Björn hat, mit Jesús zu reden, desto besser ist das für mich. Als Björn unter der Dusche steht, gehe ich schnell ins Wohnzimmer. Vielleicht ist Jesús ja verschwunden!? Aber er liegt immer noch exakt so auf unserer Wohnzimmercouch, wie er am Vorabend eingeschlafen ist. Ich finde immer noch, dass er ausgesprochen attraktiv aussieht, aber in der Umgebung unseres Wohnzimmers wirkt er irgendwie deplatziert, so als hätte man die Fassade einer Bauhausvilla mit einer Blümchentapete tapeziert oder eine Giraffe vor den Eiffelturm gestellt. Wie konnte ich nur in so eine Situation geraten? Ich kann nicht glauben, dass mir dieser Mann tatsächlich gefolgt ist, dass er wirklich gedacht hat, dass es die große Liebe zwischen uns ist. Was ist nur in dieser Nacht passiert? Habe ich ihn wirklich angefleht, zu mir nach Deutschland zu kommen? Habe ich ihm dermaßen große Hoffnungen gemacht? Ich kneife die Augen zu, in der Hoffnung, dass sich Jesús in Luft auflöst, wenn ich die Augen wieder öffne. Aber Jesús ist real, er liegt auf unserer Couch, atmet ruhig, wahrscheinlich ohne den Schimmer einer Ahnung, dass er in diesem Moment ein riesiges Damokles-Schwert ist, das über meiner Beziehung hängt, an einem seidenen Faden, bedenklich schwankend. Und warum ausgerechnet jetzt? Jetzt, wo ich mir sicher war, dass ich mit Björn die richtige Entscheidung treffe, mich mit der bevorstehenden Hochzeit für ihn entschieden habe? Warum kann in meinem Leben nicht mal was glattgehen? Warum manövriere ich mich immer zielsicher in die Katastrophe? Aber vielleicht gibt es ja noch Hoffnung, vielleicht schaffe ich es ja, aus dieser Geschichte mit einem blauen Auge herauszukommen, ich muss es nur geschickt anstellen, muss dafür sorgen, dass Björn nichts merkt. Ich muss die Sache nur richtig anpacken, mache ich mir Mut. Ich gebe mir einen Ruck, gehe in die Küche, mache einen starken Kaffee für Jesús und wecke ihn damit.

»Oh, mi amor!« Jesús blinzelt mich verschlafen an.

»Psssssst! Nenn mich nicht ›Mi amor‹! Wenn Björn das hört«, zische ich ihn an.

»Oh, Kaffee! Sehr gut.« Er nimmt einen Schluck und spuckt ihn fast wieder aus. »Carlita, da fehlt aber Zucker! Die Kaffee schmeckt mehr bitter wie eine verdorbene Nuss.«

»Da ist Zucker drin, zwei Löffel sogar. Aber Moment, ich hol dir noch welchen.«

Ich gehe zurück in die Küche, um die Zuckerdose zu holen. Dort steht Björn, in Anzug und Krawatte, und macht sich gerade seinen Espresso.

»Sag mal, was wird denn nun mit dem kubanischen Typen? Der geht doch jetzt wieder, oder?«

»Klar geht der wieder! Heute Abend ist er weg, das versprech ich dir.«

»Heute Abend?«, fragt Björn entsetzt. »Du willst den doch nicht alleine in der Wohnung lassen, oder?«

»Nun ja, ich kann ihn ja jetzt schlecht mit in die Bank nehmen, oder?«

»Wieso mitnehmen? Wir haben gesagt, eine Nacht, und die ist jetzt vorbei!«

»Björn, ich verspreche dir, wenn du heute nach Hause kommst, ist er weg. Mach dir keine Sorgen, ich kümmere mich drum.«

»Wieso musst du dich darum kümmern? Ich meine, der Mann ist erwachsen! Warum setzt du ihn nicht einfach vor die Tür?«

»Das kann ich nicht! Nicht sofort.«

»Warum nicht?«

»Weil man einen Menschen, der fremd in der Stadt ist, nicht einfach so vor die Tür setzen kann, ich muss zumindest mit ihm besprechen, wo er als Nächstes unterkommt.«

»Wie kann man denn bitte von Kuba nach Deutschland reisen, ohne sich vorher Gedanken zu machen, wo man wohnt? Der kann doch nicht davon ausgehen, dass er einfach so bei ehemaligen Hotelgästen unterkommt! Ich möchte, dass der heute verschwindet, egal wohin.« Björn schaut auf seine Uhr. »Mist, wir müssen sofort los. Ich muss heute auf jeden Fall pünktlich sein.«

»Ich bring Jesús nur eben noch den Zucker, geh doch schon mal runter und hol das Auto.«

»Kriegt der jetzt etwa auch noch das Frühstück ans Bett gebracht?«

»Ach, Björn«, seufze ich.

»Aber beeil dich!«

»Ja, mach ich.«

Ich höre, wie Björn die Wohnungstür von innen aufschließt. Anscheinend hat er gestern abgeschlossen, was er sonst nie macht. Er hat uns eingeschlossen, aus Angst, dass Jesús mit seiner Kaffeemaschine und dem 30-Kilo-Fernseher die Biege macht. Ich bin vielleicht zu gutmütig, aber Björn ist definitiv übermäßig misstrauisch, hat wenig Menschenkenntnis und es darüber hinaus noch nicht mal für nötig befunden, Jesús guten Morgen zu sagen.

Ich gehe zurück ins Wohnzimmer und gebe Jesús den Zucker. Es sind weitere zehn Löffel, die er sich davon in seinen Kaffee rührt. Dann nippt er an dem Gebräu und schaut zufrieden. »So is gut! Du siehs übrigens sehr sexy aus in diese feine Klamotten.« Jesús schaut mich an, und ich sehe einen Funken der Leidenschaft in seinen Augen blitzen, er scheint das tatsächlich ernst zu meinen. Ich trage wie immer meine klassische Bankerinnen-Uniform, die aus dunklem Rock, weißer Bluse und Blazer besteht und die ich in mehrfacher Ausführung in unterschiedlichen Farben besitze, da halte ich es ganz wie Frau Merkel. Sexy fand das aber bisher keiner. »Da komme deine schöne Beine gut zur Geltung.«

Draußen hupt Björn.

»Jesús, hör zu, ich muss jetzt zur Arbeit. In der Küche steht Frühstück für dich.« Björn hupt schon wieder, diesmal länger. »Ich muss jetzt wirklich los. Bitte mach keine Dummheiten. Ich komme in meiner Mittagspause vorbei, ja? So gegen halb eins, okay? Dann können wir reden und sehen, wie es weitergeht.«

»Carlita, das Leben ist kurz, aber ein Lächeln ist nur die Mühe einer Sekunde! Das ist eine alte kubanische Weisheit. Schenk mir eine Lächeln. Bitte!«

Ich muss über dieses merkwürdige Sprichwort tatsächlich lächeln, und Jesús scheint zumindest kurzfristig zufrieden. Es hupt wieder, diesmal mehrfach.

»Ich muss jetzt wirklich los! Bis später dann.«

Mit einem nicht gerade guten Gefühl verlasse ich die Wohnung und renne hinunter zu Björn, der schlechtgelaunt im Auto sitzt. Ich lasse mich schnell auf den Beifahrersitz fallen. Es riecht immer noch so ekelerregend nach Möchtegern-Neuwagen.

»Wo bleibst du denn, verdammt nochmal! Es ist schon zehn vor acht. Wie soll ich das jetzt rechtzeitig schaffen?!«, schnauzt mich Björn an. Seine blöden Termine sind ihm in etwa so wichtig wie Drogen für Amy Winehouse.

»Björn, das Leben ist kurz, aber ein Lächeln ist nur die Mühe einer Sekunde. Schenk mir ein Lächeln, bitte!« Während ich das sage, lächle ich ihn an.

Björn guckt mich an, als wäre ich Hui Buh, das Schlossgespenst, das sich einen Prinzessin-Lillifee-Aufkleber auf die Stirn gepappt hat. »Weißt du was? Du spinnst!« Anstatt zu lächeln, gibt Björn Gas, und wir rasen in Richtung Bank.

»Warum bist du nur so schlecht gelaunt?«, frage ich ihn. Björn starrt mit ernster Miene auf die Straße. »Warum ich schlecht gelaunt bin? Ich komme zu spät zu einem wichtigen Termin, und in meiner Wohnung sitzt irgendso ein kubanischer Nichtsnutz, der jetzt in aller Ruhe unsere Wertsachen zusammensuchen kann. Irgendeinen Grund wird es schon geben, dass drei Länder ihn gefoltert haben.«

»Es ist auch noch meine Wohnung, und ich kann einladen, wen ich möchte! Immerhin hat deine Tante auch schon mal fast eine Woche bei uns übernachtet, als sie Knatsch mit deinem Onkel hatte.«

»Das ist ja wohl was anderes! Das war meine Tante. Familie! Und nicht irgendein dahergelaufener Typ aus Kuba.«

»Weißt du was, Björn, auf dem Niveau hab ich keine Lust, mit dir zu reden. Außerdem hab ich dir versprochen, dass Jesús heute Abend nicht mehr da sein wird, und damit Ende!«

»Na, hoffentlich.«

Nachdem wir das Auto unter Björns Flüchen darüber, dass die nahegelegenen Stellplätze bereits besetzt sind, auf dem Mitarbeiterparkplatz abgestellt haben und im Gebäude angekommen sind, ruft mich der Pförtner noch mal zurück.

»Frau Freytag?«

»Ja?«

Björn rennt, ohne sich von mir zu verabschieden und ohne sich noch einmal umzudrehen, die Treppen hoch zu seinem Termin. Ich gehe zurück zu Herrn Lichtenberg, unserem sechzigjährigen Pförtner, von dem ich nicht sicher bin, ob er nicht in seiner kleinen Glasloge im Foyer wohnt. Wenn ich komme, ist Herr Lichtenberg schon da, wenn ich gehe, ist er immer noch da. Und das jeden verdammten Tag.

»Ja, was gibt's denn, Herr Lichtenberg?«

»Ich wollte Ihnen eine recht amüsante Geschichte erzählen, die sich hier gestern zugetragen hat.«

Herr Lichtenberg drückt sich gern poetisch aus, er schreibt auch gern Gedichte, die er dann unter der Rubrik *Humoriges* an das verstaubte schwarze Brett pinnt. Ich kann Herrn Lichtenberg nicht ausstehen, ein überheblicher Spießer vor dem Herrn, der Bernd Stromberg der PMS-Bank. Herr Lichtenberg ist von der Sorte Mann, die nicht zu ihrer Glatze steht und stattdessen das übriggebliebene Seitenhaar einen halben Meter wachsen lässt, um es mit Hilfe von Brillantine quer über den Kopf zu kleben.

Herr Lichtenberg hüstelt gekünstelt. »Nun ja, da war gestern Abend so ein komischer Vogel in der Bank.«

Ich weiß natürlich sofort, dass er von Jesús spricht, tue aber so, als wüsste ich nicht, was er meint.

»Ein komischer Vogel? In der Bank? Ich verstehe nicht.«

»Nun ja, ich meine das natürlich metaphorisch! Ein Mulatte, also so eine Art Neger war das. Sie werden es nicht glauben, der hatte nur Sandalen an. Im November! Ha, wahrscheinlich direkt mit dem Flüchtlingsboot aus Afrika, haha. Hat behauptet, er wäre Ihr Freund, und wollte Sie sprechen.«

»Ich glaube, Sie meinen Jesús«, sage ich kalt.

»Nein, Frau Freytag«, Herr Lichtenberg lacht, »ich spreche nicht von einer göttlichen Erscheinung, ganz bestimmt nicht. Ein schwarzer Jesus, das ist wirklich urkomisch, finden Sie nicht?«

»Hören Sie mich lachen?«, frage ich Herrn Lichtenberg mit eisiger Stimme, der abrupt aufhört zu grinsen, als er meinen hasserfüllten Gesichtsausdruck sieht.

»Äh, nein, aber …«

»Und? Was haben Sie mit dem afrikanischen Neger in Sandalen gemacht?«, will ich von ihm wissen.

»Ha! Na, was wohl?«, Herr Lichtenberg lacht ungläubig. »Sie hätten mal sehen sollen, wie unsere beiden Securities den rausgeschmissen haben. Das war filmreif! Erst flog er und dann sein alter Koffer hinterher. Obwohl ich mich schon gefragt habe, wie so einer an Ihre Visitenkarte gekommen ist.«

Ich bin ganz kurz davor, die Beherrschung zu verlieren, und nur weil wir hier an meinem Arbeitsplatz sind, ziehe ich Herrn Lichtenberg nicht an seinem braunen Schlips über die Holztheke, reiße ihm das magere Seitenhaar aus der Kopfhaut und haue ihm meine Handtasche bis zum Feierabend über die speckigglänzende Glatze.

»Und haben Sie in Ihrem beschränkten Geiste einmal in Betracht gezogen, dass der junge Mann vielleicht tatsächlich ein Freund von mir ist, Herr Lichtenberg?«, presse ich hervor. In was für einem Land leben wir eigentlich? Sind wir wirklich so fremdenfeindlich? Bisher hatte ich gedacht, dass es nur ein paar glatzköpfige ungebildete Idioten sind, die von solchen Vorurteilen zerfressen sind, aber anscheinend zieht sich der Hass durch alle Schichten unserer Gesellschaft, bis hin zu meinem eigenen Freund. Ich könnte platzen vor Wut, Wut auf Björn und auf Herrn Lichtenberg.

»Ach, Frau Freytag. Sie belieben zu scherzen«, meint Herr Lichtenberg.

»Nein, ich beliebe nichts, und ich scherze schon gar nicht! Der Mann ist ein sehr guter Freund von mir, und ich rate Ihnen dringend, wenn so etwas noch mal passieren sollte, umgehend zum Telefonhörer zu greifen und mich sofort anzurufen. Und wenn Sie hier noch länger beschäftigt sein wollen, bieten Sie ihm am besten auch noch einen Kaffee an. Ansonsten haben wir zwei hier einen Riesenärger! Haben Sie mich verstanden, HERR LICHTENBERG?«

Herr Lichtenberg schaut mich zunächst entsetzt an, dann verfinstert sich seine Miene. Wenn sich Joseph Goebbels nicht umgebracht hätte, dann könnte er heute so aussehen wie Herr Lichtenberg.

»Sie haben mir überhaupt nichts zu sagen und schon gar nicht in diesem Ton. Ich arbeite seit über vierzig Jahren in dieser Bank, und noch nie hat auch nur einer mit mir so geredet, noch nicht mal der Vorstand! Und eins sag ich Ihnen«, er fuchtelt mit seinem faltigen Zeigefinger vor meiner Nase herum, »Typen wie den da gestern Abend würde ich sofort wieder rausschmeißen, selbst wenn er mit Ihnen verheiratet wäre, oder wissen Sie was: Dann erst recht!«

»Ach, Frau Freytag, guten Morgen!« Plötzlich steht Peter Hildebrandt, der Personalchef der Bank, hinter mir. »Alles in Ordnung?«

»Ja, ja, alles bestens, Herr Hildebrandt, der Herr Goebb … äh Lichtenberg und ich unterhalten uns nur ein bisschen über Ausgrenzung und Fremdenfeindlichkeit.«

»Aha. Gibt es denn einen Anlass dafür?« Herr Hildebrandt schaut freundlich und ernsthaft interessiert.

»Ja, der Herr Lichtenberg und ich möchten anregen, dass mehr Ausländer in unserer Bank arbeiten. Wir finden, dass wir eine Ausländerquote einführen sollten. Von wegen aktive Förderung von Integration.«

Herr Lichtenberg schnappt nach Luft und sieht in seinem Glaskasten aus wie ein Karpfen, dem man gerade das Wasser aus dem Aquarium gelassen hat.

»Ach ja? Interessant«, sagt Herr Hildebrandt. »Vielleicht sollten wir da tatsächlich mal drüber nachdenken. Das wäre auch aus Imagegründen nicht uninteressant. Ich werde das mal mit unserer PR-Abteilung besprechen. Gute Idee von Ihnen beiden, wirklich! Und falls das klappt, werden wir natürlich nicht unerwähnt lassen, dass der Vorschlag von Ihnen kam.«

14. Wahre Freundschaft

Als ich an meinem Arbeitsplatz sitze und mich ein bisschen beruhigt habe, rufe ich Yvette an, die aber ohne Handy irgendwo in ihrem Hotel unterwegs ist. Ich nutze die Zeit, bis sie zurückruft, um über diese eigenartige Einladung, die ich Jesús anscheinend unterschrieben habe, im Internet zu recherchieren, und lande ziemlich schnell auf der Seite der deutschen Botschaft in Havanna. Neben den ganzen Formalitäten, die für einen Kubaner zu bewerkstelligen sind, um nach Deutschland einzureisen, steht da, *dass sich der Einladende dazu verpflichtet, sämtliche anfallenden Unterkunfts-, Verpflegungskosten, Kosten für den Rückflug, Visakosten usw. zu übernehmen, und versichert, dass die eingeladene Person während ihres Aufenthaltes nicht ohne Schutz bleibt.*

Mir tritt der pure Angstschweiß auf die Stirn, nicht nur, dass Jesús in der gemeinsamen Wohnung meines Freundes und mir sitzt, ich habe auch noch die komplette finanzielle Verantwortung für ihn übernommen, solange er in Deutschland ist.

»Alles in Ordnung?«, fragt mich meine Kollegin Marie, die mir gegenübersitzt. »Du bist plötzlich so blass geworden.«

»Hast du schon mal die volle Verantwortung für einen anderen Menschen übernommen?«, frage ich sie.

»Du bist …? Aber das … aber das ist ja wundervoll! Wissen die anderen das schon? Lass dich mal drücken!« Marie lächelt sehr herzlich und steht auf, um mir zu gratulieren.

»Nein, nein!«, sage ich schnell. »Das … weiß noch keiner … weil …«

Marie kommt um den Schreibtisch herum, reißt mich halb

vom Stuhl und drückt mich. »Herzlichen Glückwunsch! Ich verrat's auch keinem!«, sie zwinkert mir zu, und bevor ich den Irrtum aufklären kann, klingelt mein Telefon. Es ist Yvette.

»Hi, Karla! Na, wie laufen die Hochzeitsvorbereitungen?«, fragt sie mich als Erstes.

»Nun ja, im Grunde ganz gut, es gibt nur ein Problem.«

»Was denn für ein Problem? Was Schlimmes?«

Ich schaue zu Marie, die auf ihren Bildschirm guckt. Ich muss aufpassen, was ich sage.

»Na ja, sagen wir mal so, es ist etwas passiert, dass dazu führen könnte, dass diese Vorbereitungen nicht mehr nötig sind.«

»Wie? Meinst du die Hochzeit?«

»Genau.«

»Aber was ist denn passiert, um Gottes willen? Ist was mit Björn? Hatte er einen Unfall? Hat man ihn entlassen? Ist er krank?«

»Schlimmer«, seufze ich, »viel schlimmer.«

Marie hebt neugierig den Blick, senkt ihn aber sofort wieder, als sie merkt, dass ich sie anschaue.

»O mein Gott! Ist er … ist er … tot?«

»Nein, Yvette! Björn ist natürlich nicht tot. Es ist nur jemand erschienen, den ich hier absolut nicht haben will.«

Marie hebt erneut den Blick und runzelt die Stirn.

»Die GEZ?«

»Nein, Jesús!«

»Um Gottes willen! Jesús? Und … der ist bei euch zu Hause?«

»Genau, wir sind jetzt zu dritt.«

»Und, wie viel will er?«

»Yvette! Bitte!«

»Okay. Warum ist er hier?«

»Wenn ich das wüsste!«

»Na, herzlichen Glückwunsch! Und ich dachte, so was machen nur Frauen. Hat Björn was gemerkt, also weiß er, dass du …«

»Bis jetzt noch nicht, aber ich habe Angst, dass er was merkt, wenn Jesús noch länger bei uns bleibt. Was soll ich bloß machen? Er muss unbedingt weg!«

»Hm, warum hast du ihn denn überhaupt in die Wohnung gelassen? Das ist doch Wahnsinn!«

»Ach, Yvette, ich hab's einfach nicht übers Herz gebracht, ihn sofort wegzuschicken.«

»Big Mother T.! Deine Gutmütigkeit wird dir noch mal das Genick brechen. Der Kerl muss sofort raus aus eurer Wohnung. Der muss sofort woanders hin!«

»Danke, Yvette, ich wusste, dass du mich nicht im Stich lässt«, sage ich erleichtert.

»Wie? Was meinst du?«

»Habt ihr jetzt schon was frei oder erst nach Mittag?«

»Karla? Nein!«

»Yvette, du bist die Beste! Danke!«

»Wage es ja nicht, hier einfach aufzukreuzen!«

Ich lege auf und bemerke, dass Marie mich entsetzt anstarrt. »Alles in Ordnung, Karla?«

»Ja, alles bestens, wieso?«

»Ich weiß ja, dass mich das eigentlich nichts angeht, aber … aber … du willst doch nicht etwa abtreiben, oder? Ich meine, wo du dem Kind doch schon einen Namen gegeben hast!«

»Einen Namen?«

»Na, der Kleine soll doch Jesús heißen, oder?«

15. Friends & Family

Als Yvette in ihrer blauen Pullman-Uniform aus dem Aufzug kommt und mich und Jesús im Foyer des Hotels stehen sieht, merkt man, dass sie am liebsten sofort wieder kehrtmachen würde, genau wie Jesús, der absolut nicht begeistert von der Idee war, in ein Hotel zu ziehen. Gott sei Dank geht die Aufzugstür so schnell wieder zu, dass Yvette der Rückweg abgeschnitten wird und sie gezwungen ist, zu uns herüberzukommen.

»Ich hab dir doch gesagt, dass das nicht geht!«, faucht sie mich als Erstes an, anstatt mir wie sonst ein Küsschen zu geben. »Hallo«, begrüßt sie den armen Jesús kühl. Der ignoriert das einfach und nimmt Yvette erst mal herzlich in den Arm und knutscht ihr die Wangen, was ihr ganz offensichtlich peinlich ist und ein kräftiges Rot in ihr Gesicht zaubert. Der junge Mann an der Rezeption verfolgt äußerst interessiert das Geschehen und kann sich ein Grinsen nicht verkneifen.

»Karla? Kann ich dich mal ganz kurz unter vier Augen sprechen?«, fragt mich Yvette.

»Sicher«, antworte ich und gehe ein paar Schritte zur Seite. Während Yvette und ich diskutieren, schaut sich Jesús neugierig in der Hotellobby um.

»Ach, Yvettchen, bisher ist das doch immer gegangen, dass du Gäste von mir untergebracht hast. Und verdammt nochmal, ich stecke diese Mal wirklich in Schwierigkeiten, und du als meine beste Freundin kannst mir helfen … du bist doch meine beste Freundin, oder?«

»Doch, ja, das bin ich. Aber jetzt sind wir voll. Es geht nicht!«

Ich wusste, dass sie so versuchen würde, mich abzuwimmeln.

»Dein Kollege an der Rezeption sagt komischerweise, dass das Hotel noch nicht mal zur Hälfte ausgebucht ist.«

Yvette seufzt hörbar. »Aber ich hab kein Kontingent mehr.«

»Doch, das hast du. Dein Friends & Family-Kontingent!«

»Wer sagt das?«

»Auch dein Kollege.«

Yvette wirft ihrem Kollegen hinter der Rezeption einen bösen Blick zu und schaut dann zu Jesús. »Sieht der aus wie Friends & Family?«

»Bitte«, füge ich ein wenig sanfter hinzu. »Komm schon, Yvette, du weißt, dass Björn sofort Schluss macht, wenn er rausbekommt, dass Jesús und ich was miteinander hatten.«

Jesús spricht jetzt mit einer attraktiven Frau, die auf einem braunen Ledersofa sitzt und anscheinend auf irgendetwas oder -wen wartet. Sie lacht. Jesús setzt sich neben die Dame, was Yvette kritisch beäugt. In dem Moment kommt ein ebenfalls gutaussehender Mann mit Anzug in die Lobby, wahrscheinlich der Ehemann der Dame, der offensichtlich weniger über Jesús amüsiert ist als seine Frau. Er nimmt ihre Hand und zieht die Dame von der Couch, um dann sofort kopfschüttelnd mit ihr das Weite zu suchen. Jesús steht daraufhin ebenfalls wieder auf und geht zu einem älteren Herrn, der sich die Auslagen der Hotelgeschäfte anschaut.

»Quatscht der hier jetzt jeden an?«, fragt mich Yvette angenervt.

Ich für meinen Teil bin ja schon mal froh, dass Jesús sich nicht nur auf Frauen beschränkt, sondern auch Männer anspricht, von wegen Sextourismus anders rum.

»Wenn wir hier noch länger rumstehen, bestimmt«, antworte ich ihr, und Yvette schaut mich mit zusammengezogenen Augenbrauen an. »Du weißt, dass das Falten gibt, wenn man längere Zeit so guckt wie du jetzt gerade?«

Yvette seufzt, aber ihre Stirn glättet sich wieder – so weit das eben mit Anfang dreißig noch geht –, was ich als gutes Zeichen werte. Jesús redet jetzt gerade mit einer Kellnerin, die mit einem Tablett, auf dem eine Tasse Tee steht, durch die Lobby läuft. Die Kellnerin lächelt. Yvette nicht.

»Also gut. Aber du übernimmst die volle Verantwortung für ihn, verstanden?«

»Hab ich eh schon.«

»Wie?«

»Vergiss es. Ich meine … mach ich.«

»Gut. Dann bitte ich Peter, ihm ein Zimmer zu geben.«

»Danke, Yvette! Du bist die Beste!«, ich bin erleichtert und umarme meine Freundin, die das wie ein tiefgekühlter Stockfisch über sich ergehen lässt. Manchmal erinnert mich Yvette wirklich an Fräulein Rottenmeier, Alpen-Heidis strenge Erzieherin.

»Yvette?«

»Was denn noch?«

»Ich hätte da noch eine winzige, klitzeklitzekleine Bitte.« Ich ziehe den Kopf ein wie eine Schildkröte, halte Daumen und Zeigefinger der rechten Hand mit etwa einem halben Zentimeter Abstand auseinander und kneife das linke Auge zu, sprich, ich gebe alles, um Yvette davon zu überzeugen, dass es sich tatsächlich nur um eine klitzeklitzekleine Bitte handelt.

»Was? Was denn noch?« Yvettes Stimme signalisiert, dass ich mich auf dünnem Eis bewege, ich wage den Schritt aber dennoch:

»Könntest du vielleicht ab und zu mal ein Auge auf ihn werfen, solange ich in der Bank bin?«

»Karla, sorry«, Yvette schnappt sichtlich nach Luft, »aber das ist jetzt echt zu viel verlangt. Ich hab hier schließlich auch noch einen Job zu erledigen. Wenn du jemanden brauchst, der sich um ihn kümmert, fahr ihn ins Småland zu Ikea. Das ist ein Hotel hier und keine Aufnahmestation für deine Seitensprünge!«

Rezeptionist Peter, der gerade ein paar Briefe in die Gästefächer sortiert, hebt interessiert den Kopf.

»Yvette, häng doch gleich ein Transparent im Hotel auf: *Seitensprungwochen im Pullman mit Karla Freytag.*«

Yvette greift hinter die Rezeptionstheke, holt einen Anmeldebogen hervor und legt ihn mir vor die Nase.

»Hier, füll das aus. Und wir brauchen deine Kreditkarte!«

Ich tue, was sie von mir verlangt, und nachdem alle Formalitäten erledigt sind, verschwindet Yvette mit einem »Ich hoffe du weißt zu schätzen, was ich hier für dich tue!«-Blick im Büro hinter der Rezeption. Ihre Miene erinnert dabei an eine Hollywood-Schauspielerin, die gerade die goldene Himbeere in Empfang genommen hat und beleidigt von der Bühne stolpert.

Ich begleite Jesús noch auf sein Zimmer. Im Aufzug macht er ein Gesicht, als wäre er auf dem Weg ins Gefängnis.

»Das Pullman ist eines der besten Hotels in der Stadt«, versuche ich ihn aufzumuntern.

»Bin ich nich willkommen hier, Carlita!«

»Natürlich bist du hier willkommen, du wirst schon sehen, alle sind sehr nett hier.«

»Aber will ich nicht wohnen in eine Hotel, will ich mit dir zusamme sein! Bin ich deswege gekomme nach Deutschland, Hotel hatte ich auch in Kuba.«

Der Aufzug hält in der dritten Etage, und wir steigen aus.

»Jesús, es geht aber nicht anders. Du kannst nicht bei uns wohnen!«

Mittlerweile haben wir das Zimmer gefunden, und ich öffne mit der Schlüsselkarte die Tür. Ich habe ein schlechtes Gewissen, dass ich Jesús so abschiebe, aber was soll ich machen, mir bleibt einfach nichts anderes übrig. Ich bin ein wenig erleichtert, als ich das Zimmer sehe; es ist hübsch, hat sogar ein Doppelbett, einen kleinen Balkon und eine Badewanne.

»Das ist doch echt schön hier, oder?«, frage ich Jesús, der sich missmutig umschaut. Er setzt sich aufs Bett und wirkt in der

Umgebung erneut wie ein Fremdkörper. Ich setze mich neben ihn.

»Jesús, hör zu, sobald ich Feierabend habe, komme ich vorbei, und dann besprechen wir in aller Ruhe, wie es weitergeht. Und bis dahin gebe ich dir ein bisschen Geld, damit du nicht den ganzen Tag im Zimmer sitzen musst.«

Ich krame in meiner Handtasche und fische einen Zwanzigeuroschein aus einem der Seitenfächer. Ich halte ihm den Schein hin, was Jesús ignoriert, dann schaut er mich ernst an.

»Karla, will ich nicht wohne in eine Hotel und will ich keine Geld von dir. Will ich mit dir zusamme sein!«

»Mach es mir doch nicht so schwer, Jesús! Ich weiß ja, dass das eine blöde Situation für dich ist, aber es geht nicht anders, das musst du mir glauben.«

Jesús schmollt und verschränkt die Arme vor der Brust. Mein Blick fällt auf meine Armbanduhr, und ich muss feststellen, dass meine Mittagspause bereits seit dreißig Minuten vorbei ist.

»Ich muss wieder in die Bank, Jesús.«

Jesús schmollt weiter.

»Jesús, ich hab einen Job, einen Job, verstehst du?«

»Carlita, ich komm zwar aus Kuba, aber ich bin nich blöd!«

Jesús packt das Glas Wiener Würstchen und die Erdbeermarmelade, die er unbedingt mitnehmen wollte, auf das Nachtschränkchen, nimmt dann die Fernbedienung und schaltet den Fernseher ein.

Ich stehe auf und lege das Geld, das Jesús immer noch nicht genommen hat, auf den kleinen Schreibtisch im Zimmer, dann verabschiede ich mich von ihm mit dem Versprechen, nach Feierabend sofort wiederzukommen. Er sagt nichts. Als ich das Zimmer verlasse, schaue ich noch einmal zurück. Jesús sitzt verloren und mit unglücklichem Gesicht auf dem Bett. Aber es gibt keine andere Möglichkeit, ich drehe mich um und verlasse das Zimmer, im Gepäck ein riesengroßes schlechtes Gewissen. Die

Tür ist noch nicht ins Schloss gefallen, als ich höre, wie sich eine bekannte Nachrichtenblondine durch die Mittagszeit lispelt: »Im Ssstich gelasssen, ausssgegrenssst und mittellosss. Esss issst wirklich unglaublich, wie ssso mancher Deutsche ssseine aussländisshen Mitbürger behandelt. Wie sshlimm esss wirklich isst, ssseigt der folgende Beitrag über den Ssslowenen Sssidad Dasssisch, der unter fadensssscheinigen Versssprechungen und für sssehr viel Geld insss Land geholt wurde, nur um ihn dann ssso sshnell wie möglich wieder lossszuwerden.«

16. Vaginalmykose

Auf dem Weg mit der Bahn zurück ins Büro schreibe ich Björn als Erstes eine SMS, um die Wogen zu glätten: *Sturmfreie Bude! Jesús ist bei Freunden, und ich hab neue sexy Unterwäsche!* ☺

Die Unterwäsche lag heute Mittag vor der Haustür, anscheinend hat tatsächlich ein Nachbar das Paket für mich angenommen. Keine zwei Minuten später kommt die Antwort von Björn: *Hört sich gut an. Freu mich!*

Ich gehe ins Büro und versuche, so schnell wie möglich alles Liegengebliebene aufzuarbeiten. Zu allem Überfluss kommt mein Chef Herr Reinhardt ins Büro und legt mir einen Stapel Kundenanfragen auf den Tisch, die unbedingt noch heute bearbeitet werden müssen. Ausgerechnet heute! Keine Stunde später klingelt mein Telefon, es ist eine ziemlich aufgeregte Yvette.

»Karla, du musst Jesús sofort wieder abholen!«

»Wieso, was ist denn passiert?«

»Komm bitte sofort hierher!«

»Aber wieso, was ist denn …«

»Sofort!« Damit legt sie auf und lässt mich ahnungslos und mehr als besorgt stehen.

»Marie, ich muss heute ein bisschen früher weg«, sage ich zu meiner Kollegin und nehme schnell meine Jacke.

»Schon wieder?«

»Ja, schon wieder. Aber es ist wirklich wichtig! Und kannst du mir vielleicht einen Gefallen tun?«

»Kommt darauf an …«

»Ich weiß, ich verlange viel, aber ich schaff das Zeug vom Reinhardt einfach nicht … kannst du vielleicht … also ausnahmsweise?«

»Was ist das denn für ein Termin?«

»Das kann ich nicht … also, da möchte ich jetzt nicht drüber reden.«

»Ist es wegen Jesús?«

»Ähm … ja.«

»Karla, ich kann das nur machen, wenn du mir versprichst, dass Jesús nichts passiert, und ich möchte, dass du das hier liest …« Marie reicht mir einen Ausdruck aus dem Internet über unsere Schreibtische hinweg, ich nehme ihn und schaue, worum es geht:

Helfer für Gottes kostbare Kinder e. V.

Wir helfen Ihnen und Ihrem Kind leben!

Sie stehen vor einer völlig neuen Situation:

Sie bekommen ein Baby!

***Aber Ihnen ist gar nicht nach Jubeln zumute,
zu viele Probleme bedrücken Sie.
Was müsste sich in Ihrem Leben ändern, damit Sie »Ja«
zu Ihrem Kind sagen können?
Fassen Sie Mut, vielleicht können wir auch Ihnen helfen,
wie den ca. 500 Müttern mit ihren damals noch ungeborenen
Kindern, die wir in den letzten 10 Jahren begleiten durften.***

Mein Gott, Marie denkt wirklich, dass ich schwanger bin und abtreiben will, aber jetzt ist keine Zeit, um dieses Missverständnis aufzuklären. »Mach dir keine Sorgen Marie, Jesús wird nichts passieren, das versprech ich dir. Danke, dass du mir hilfst.«

»Unter den Umständen ist das doch selbstverständlich.« Marie lächelt erleichtert, ich lächle zurück und verlasse dann fluchtartig das Büro.

Ich steige in die Bahn und fahre zum Hotel. Im Eingangsbereich begrüßt mich Rezeptionist Peter mit einem frechen Grinsen im Gesicht. Yvette, die anscheinend auf mich gewartet hat, kommt dazu. Sie schaut drein, als hätte sie gerade in ein Stück Arztseife gebissen.

»Yvette, was ist denn um Himmels willen passiert?«, frage ich sie besorgt. »Jesús hat zwei Obdachlose ins Hotel gebracht«, presst sie hervor.

»Aha. Und?«, frage ich vorsichtig, nichts Gutes ahnend.

»Als ob das nicht schon reichen würde! Er hat sie auch noch in unseren Wellnessbereich gesteckt, wo sie ungeduscht in der Sauna waren und Wiener Würstchen gegessen haben. Ich hab zig Beschwerden von Gästen, die sich über den unangenehmen Geruch der Leute und Würste beschwert haben.«

»Ach du jemine … er hat aber auch ein großes Herz!«

»Und hoffentlich hast du einen großen Geldbeutel, das ist nämlich noch nicht alles.«

»Ich will's gar nicht wissen.«

»Ich sag's dir trotzdem. Er hat nämlich danach noch für alle Essen und Getränke aufs Zimmer bestellt.«

»Ach du lieber Himmel! Und du konntest nicht verhindern, dass man ihm das auch bringt?«

»Wie soll ich das verhindern? Ich steh ja nicht rund um die Uhr neben ihm. Ich hab hier auch noch …«

»… einen Job zu tun. Ich weiß!«, unterbreche ich Yvette. »Was genau kostet denn so ein Essen?«

»Mit allem drum und dran 69,00 Euro pro Person, plus Getränke natürlich.«

»Plus Getränke. Natürlich«, wiederhole ich ehrlich geschockt.

Das sind mindestens 300 Euro. Und das bei meinem unterirdischen Kontostand! »Das ist ja eine Katastrophe! Wir müssen unbedingt darauf achten, dass so was nicht noch mal vorkommt, das ist sonst mein finanzieller Ruin.«

»*Wir?* Ich werde auf gar nichts achten, Karla, weil *du* nämlich jetzt da hochgehen und die komplette Bagage aus dem Zimmer holen wirst. Und zwar sofort! Bei aller Liebe, ich setze doch nicht meinen Job aufs Spiel, nur weil du nicht weißt, wohin mit deinem Lover.«

»Jesús ist nicht mein Lover!«

»Das ist mir scheißegal, Hauptsache, er und diese beiden Penner verlassen das Hotel! Also, schwing die Hufe. Du hast es versprochen.«

In meinem Kopf rotiert es. Ich überlege, ob es irgendeine Lösung für mein Problem gibt, die die Wiederaufnahme von Jesús bei uns zu Hause ausschließt. Aber ein anderes Hotel kommt nicht in Frage, das kann ich mir nicht leisten – jetzt sowieso nicht mehr. Björns und meine gemeinsamen Freunde kann ich auch nicht um Asyl für Jesús bitten, die würden sich zu Recht fragen, warum er nicht bei uns bleiben kann. Noch jemanden möchte ich auf keinen Fall einweihen, und ich wüsste auch gar nicht, wen. Mir muss etwas einfallen! Ich muss Yvette überreden, dass Jesús im Hotel bleiben kann, es gibt einfach keine andere Möglichkeit.

»Okay, Yvette, schon gut. Ich bezahl alles, ich geh sofort hoch und regle das«, sage ich, gehe fix an Yvette und Peter vorbei und fahre in die dritte Etage, in der sich Jesús' Zimmer befindet.

Ohne zu klopfen, trete ich ein. Bereits in dem kleinen Flur riecht man sofort, dass andere Menschen in dem Zimmer sind, die Luft ist im Gegensatz zu heute Mittag abgestanden und muffig. Ich höre verschiedene Stimmen und bin wütend auf Jesús. Einfach irgendwelche Schmarotzer auf meine Kosten ins Hotel zu holen. Aber nicht mit mir! Das Pack schmeiße ich eigenhändig raus. Und zwar sofort!

Als ich den Raum betrete, wird es abrupt still. Jesús und ein Mann im Bademantel sitzen mit jeweils einem Tablett auf den Knien auf dem Bett, an dem kleinen Tisch sitzt ein weiterer Mann, der ebenfalls dabei ist, einen Teller Pasta zu vertilgen. Dazu trinken sie Wein aus einer nicht gerade billig aussehenden Flasche. Man sieht den beiden Männern sofort an, dass sie auf Körperpflege wenig Wert legen. Der eine hat lange graue, von nikotingelben Strähnen durchsetzte Haare, einen ziemlich verfilzten Bart und ein vom Alkohol gezeichnetes Gesicht, das jetzt schüchtern lächelt. Das Zimmer sieht aus wie ein Lager, wenn auch ein ziemlich luxuriöses.

»Sag mal, Jesús, spinnst du? Also eines ist jetzt mal klar …«

»Hola Carlita! Da bis du ja schon.«

»Ja, da bin ich!«, sage ich schroff.

»Darf ich dir mein neue Freunde vorstelle? Das is Heiner«, er zeigt auf den sehr dürren Mann neben sich, dessen schwielige, vom Fußpilz bereits zerfressenen Füße aus dem viel zu großen Bademantel ragen. Seine Gesichtsfarbe entspricht etwa der des weißen Bademantels, nur die zahlreichen roten Äderchen, die sich über seine Wangen ziehen, bringen ein wenig Farbe in sein Äußeres. »Un das da is Manfred.« Manfred, der am Tisch sitzt, schaut mich ein wenig ängstlich an, aber wenigstens ist er im Gegensatz zu Heiner angezogen. Manfred trägt mehrere Lagen undefinierbarer Kleidungsstücke übereinander, wobei die dunkelblaue Trainingsjacke, die als letzte Schicht dient, so gar nicht zu seinem grauen Vollbart und den am Kopf klebenden langen Haaren passt. Ich gehe mal nicht davon aus, dass es sich um Marlies-Möller-Haarwachs handelt, das seine Haare wie betoniert am kantigen Schädel hält. Die beiden Obdachlosen schauen mich mittlerweile ängstlich an; im Gegensatz zu Jesús scheint ihnen klar zu sein, dass ich nicht gekommen bin, um an der kleinen Party teilzuhaben. »Un das is mi amor Karla!«, stellt mich Jesús stolz den zwei Herren vor.

Manfred steht auf, um mir die Hand zu geben. Obwohl ich mich ekle, gebe ich ihm tapfer trotzdem meine Hand, wobei ich sofort ein leichtes Herpes-Prickeln an meiner Lippe verspüre. Auch Heiner schält sich vom Bett. Er reicht mir ein wenig schüchtern seine dürre Hand, der Zeige- und der Mittelfinger sind gelb von mindestens einer Million Zigaretten, die Fingernägel schwarz.

»Sie sind ja noch hübscher, als Ihr Freund gesagt hat!«, er lächelt mich an, und seine Zähne erinnern mich schwer an den Kubaner, der seine Miete nicht bezahlen konnte. Aber es ist ein warmes, ehrliches Lächeln, das mich ein bisschen aus meinem Konzept bringt. Ich gebe auch ihm trotz Herpes-Alarm die Hand und bete, dass ich noch ein Sagrotan-Hygienetuch in der Handtasche habe.

»Ähm … danke. Aber, ganz ehrlich, das …«

»Jetzt setzen Sie sich doch erst mal«, Manfred schiebt mir den zweiten Stuhl so unter den Hintern, dass ich mich von alleine setze. Er nimmt ein Glas, füllt es mit Wein und schiebt es mir hin.

»Nein, vielen Dank! Ich bin auch nicht gekommen, um mit Ihnen Wein zu trinken.«

»Vielleicht was zu essen? Ich habe meinen Nachtisch noch nicht gegessen, den können Sie gerne haben!«, bietet er mir an.

»Sehr freundlich, aber nein, vielen Dank. Es tut mir leid, aber …«, fange ich an, doch Manfred unterbricht mich schon wieder.

»Darf ich Ihnen was sagen, bevor Sie weiterreden?«

Ich wundere mich darüber, wie klar Manfred spricht; ich hätte mit einer vom Alkohol verwaschenen Aussprache gerechnet.

»Ähm … eigentlich … aber gut, von mir aus«, antworte ich resigniert.

»Ich möchte Ihnen sagen, dass wir sehr dankbar sind, dass wir ein paar Stunden hier sein dürfen, dass wir uns waschen konnten und was Vernünftiges zu essen bekommen haben. Jesús hat uns erzählt, dass Sie ein sehr herzlicher und offener Mensch sind, obwohl Sie bei einer Bank arbeiten, und ich muss sagen, er hat wirklich recht! Wissen Sie, für uns ist das hier ein bisschen wie Urlaub, Urlaub von der schmutzigen Straße und von der Kälte draußen. Ein paar Stunden, die uns wirklich viel bedeuten. Vielen Dank dafür!«

Ich gucke rüber zu Jesús, der unschuldig lächelt.

»Aber ganz so ist das …«

»Nein, bitte nicht! Machen Sie sich nicht kleiner, als Sie sind. Es gibt sehr wenige Menschen in diesem Land, die bereit sind, für uns etwas zu tun, für die meisten sind wir einfach nur Abschaum, den man sofort loswerden will. Ich bin dankbar für jeden, der anders denkt. Das macht Hoffnung.«

»Aber …«

»Nein, bitte! Und jetzt lassen Sie uns ein Schlückchen von dem hervorragenden Wein trinken. Auf Frau Karla!«

Er hält mir das Glas zum Anstoßen hin, aber ich zögere, schließlich bin ich nicht gekommen, um mit diesen Herrschaften Wein zu trinken, ich bin gekommen, um sie hochkant hinauszuwerfen.

»Bitte. Tun Sie mir den Gefallen!« Manfred schaut mich auffordernd an, und ich bringe es mal wieder nicht übers Herz, nein zu sagen. Diese verdammte Mother T. in mir, warum kann sie nicht einmal ihren Mund halten?! Ich nehme mein Glas, allerdings ohne mit den anderen anzustoßen, und trinke auf mich, wohlwissend, dass das genau das ist, was ich nicht tun sollte.

»Manfred hat auch in ein Bank gearbeitet«, informiert mich Jesús vom Bett aus.

»Ach ja?«, frage ich verwundert. »Und wie kommt es dann, dass Sie jetzt … also … dass Sie jetzt so …«

»Sie meinen, warum ich vom Banker zum Penner wurde?«

»Ähm … ja.«

»Im Grunde habe ich eine klassische Obdachlosenkarriere hinter mir. Früher war ich bei einer großen Bank angestellt, Abteilungsleiter mit sieben Mitarbeitern, ich war verheiratet, und meine Exfrau und ich haben eine gemeinsame Tochter. Tja, und dann … dann hab ich den Fehler meines Lebens begangen. Ich bin mit meiner Sekretärin fremdgegangen, meine Frau hat es herausgefunden und sich sofort scheiden lassen. Unsere Tochter hat sie mitgenommen.« Manfred macht eine kurze Pause, bevor er weiterspricht. »Ich bin damit nicht zurechtgekommen, dass ich plötzlich ohne Familie dastand. Mit diesem Seitensprung, der mir noch nicht mal was bedeutet hat, habe ich alles kaputtgemacht.« Manfred hat Tränen in den Augen, und ich schlucke.

»Was ist dann passiert?«, frage ich ihn jetzt ehrlich interessiert.

»Dann hab ich immer mehr gesoffen und habe die blödsinnigsten Fonds zusammengestellt, die mich schließlich den Job gekostet haben.«

»Und dann? Wie ging es dann weiter?«

»Dann ging alles ganz schnell, ich konnte bald die Miete nicht mehr zahlen und landete auf der Straße, tja, und da lebe ich nun seit über zehn Jahren.«

Ich nehme einen großen Schluck Wein und fülle mein Glas sofort wieder auf. »So schnell ging das? Wegen eines Seitensprungs? Und nur weil man mal einen ungewöhnlichen Investmentfonds zusammengestellt hat? Das kann ich mir irgendwie nicht vorstellen!«

»Heiner hat's sogar noch viel schlimmer erwischt.«

»Noch schlimmer?«

»Ja! Er war …«

»Danke, ich will's gar nicht wissen«, unterbreche ich ihn schnell, noch eine traurige Geschichte kann ich jetzt nicht ertragen. »Aber hilft denn da nicht das Sozialamt?«, frage ich Manfred.

»Das Sozialamt? Ha! Wissen Sie …«

»Sagt doch bitte einfach Du.«

»Gerne. Weißt du, Karla, wenn man so lange auf der Straße lebt wie wir, kann man nicht einfach so zurück. Die Straße ist nicht nur Schmutz und Elend, die Straße ist auch Freiheit. Alles, was ich habe, passt in ein paar Tüten, ich kann gehen, wohin ich will, ich kann machen, was ich will, ich muss mich um nichts und niemanden kümmern, es ist – auch wenn es für einen Normalbürger komisch klingt – schwer, das wieder aufzugeben. Und ehrlich gesagt, treibt es mich nicht wirklich wieder zurück in die Bank.«

»Das kann ich verstehen«, sage ich ehrlich. »Und wo schlaft ihr?«

»Meistens unten am Rhein, unter der Mülheimer Brücke. Wir haben ein kleines Zelt. Falls du mal in der Nähe bist …«

»Und was ist mit Hartz IV? Zumindest das müsstet ihr doch bekommen, oder?«

»Stimmt, ich bekomme 364 Euro, die ich mir einmal im Monat abhole, aber die schicke ich meiner Tochter, das ist das Einzige, das ich für sie tun kann.«

Eine Träne läuft über Manfreds graue Wange, die er sich schnell abwischt. Ich würde am liebsten sofort mitweinen, aber bevor es so weit kommt, klopft es an der Tür. Ich stehe auf und gehe durch den kleinen Flur zur Tür. Es ist Yvette.

»Sind diese Penner etwa immer noch da?«

»Nein, aber Heiner und Manfred sind noch da.«

»Heiner und Manfred? Hast du neue Freunde gefunden oder was?«, fragt sie spitz.

»Stell dir vor, Manfred war auch mal Banker, so wie ich!«

»Na, herzlichen Glückwunsch, da könnt ihr euch ja das nächste Mal im Rotary Club treffen, anstatt hier bei mir im Hotel.«

»Yvette, bitte. Es ist alles in Ordnung, Heiner und Manfred gehen gleich, und ich bezahle alles.«

»Nichts ist in Ordnung! Ich möchte, dass ihr das Hotel verlasst, und zwar alle.«

»Lass uns da doch bitte noch mal drüber reden«, versuche ich sie zu beschwichtigen, aber Yvette drängelt sich an mir vorbei und geht ins Zimmer.

»Yvette, hör zu, ich sorge dafür, dass Jesús' Besuch geht, und ich bezahle die Rechnung. Dann kann Jesús doch bleiben, oder?«, ich laufe ihr hinterher.

»Nein!«

»Wieso nein?«

»Weil ich meinen Job nicht aufs Spiel setze! Ich bin dir entgegengekommen, weil du meine Freundin bist, obwohl ich wusste, dass das höchstwahrscheinlich nicht gutgeht. Aber jetzt ist Schluss.«

»Yvette, bitte! Was soll ich denn machen? Jesús kann unmöglich wieder zurück in unsere Wohnung!«

Mittlerweile stehen wir mitten im Zimmer.

»Er kann doch mit seinen neuen Freunden unter der Brücke schlafen. Mein Gott, wie das hier riecht!«

Yvette schaut böse auf Manfred und Heiner, die wie getretene Hunde mit eingezogenen Schultern zu ihr rüberspähen.

»Yvette, du bist herzlos!«

»Und du bist total verrückt geworden! Wenn du in dein Unglück laufen willst, bitte. Aber lass mich aus dem Spiel. Also, wann checkt ihr aus?«

Die Männer schweigen.

»In zehn Minuten«, sage ich traurig.

Ich weiß, dass ich Yvette nicht mehr umstimmen kann, selbst wenn ich damit drohen würde, aus dem Fenster zu springen. Mit einem »Zehn Minuten, keine Minute länger, dann seid ihr hier raus!« rauscht sie aus dem Zimmer.

»Alles in Ordnung, Karla?«, fragt Heiner ängstlich, als er meinen Gesichtsausdruck sieht.

»Es tut mir leid. Aber wir müssen leider gehen, alle …«

»Kein Problem, Karla, wir kennen das. Schon in Ordnung«, meint Manfred und erhebt sich von seinem Stuhl.

Jesús springt freudig vom Bett. »Sehr gut! Ich will nicht bleibe in eine Hotel, in dem ich nich willkommen bin, schlechte Mensche hier!«

Die drei räumen ihre Sachen zusammen, Heiner zieht sich im Badezimmer an, und Jesús packt sein Köfferchen, was in zwei Minuten geschehen ist. Wir verlassen gemeinsam das Hotelzimmer, ohne dass ich einen Schimmer habe, wie es jetzt weitergehen soll. Zwei Obdachlose, ein Kubaner und ich. Auch Deutschland ist ein Land der Gegensätze!

An der Rezeption bestelle ich die Rechnung, die mir Peter lächelnd ausstellt.

»Das sind dann alles in allem 480 Euro.«

»Wie bitte? Wieso das denn? Hat Jesús das ganze Hotel zum Essen eingeladen?«

»Nun ja, nicht ganz. Das war lediglich dreimal das Tages-Menü zuzüglich der Getränke natürlich …«

»Natürlich«, seufze ich.

»Dazu kommt die Nutzung unseres Wellnessbereiches für die zwei … ähm … Herren, das ist für Nichtgäste kostenpflichtig, die Reinigung des Whirlpools, das Telefongespräch ins Ausland und dann natürlich noch das Zimmer für eine Nacht.«

»Reinigung des Whirlpools?«, frage ich Peter.

»Nun ja, einige Gäste haben sich beschwert und darauf bestanden, dass der Whirlpool und die Sauna gereinigt werden.«

»Wird der Pool auch gereinigt, nachdem ein fetter, schwitzender Geschäftsmann darin gebadet hat?«

»Ähm, nein.«

»Oder eine blondierte Managerin mit ansteckendem Vaginalpilz?«

»Also, das können wir ja nun mal nicht …«

»Danke, das reicht schon!«

Ich gebe Peter meine Kreditkarte und unterschreibe den Beleg, als wäre es das Normalste auf der Welt für mich, eine dermaßen hohe Hotelrechnung zu begleichen. Jesús, Heiner, Manfred und ich verlassen das Hotel.

»Carlita, das war super! Wie der Typ geguckt hat, wegen die Pilz, das war zum Schreie!« Die drei lachen sich halb kaputt, während ich eher nachdenklich bin.

Als wir auf der Straße sind, verabschieden sich Manfred und Heiner von uns beiden, wobei sie sich noch unzählige Male bei mir bedanken. Ich lasse mich sogar dazu hinreißen, die beiden zum Abschied zu drücken. Wir kennen uns zwar erst seit einer Stunde, aber irgendwie haben es diese beiden Männer geschafft, entgegen meiner ganzen Vorbehalte, mein Herz zu rühren. Als ich gerade Heiner umarme, sehe ich Yvette, die im Hotel vor dem Fenster steht und uns beobachtet. Unsere Blicke treffen sich kurz, dann verschwindet sie aus meinem Blickfeld.

Jesús steht zitternd in seiner dünnen, bunten Jacke vor mir.

»Gehen wir jetzt nach Hause, mi amor?«

17. Sexgöttin

Jesús ist, wie schon heute Mittag, begeistert von der für ihn modernen Stadtbahn, er lobt überschwänglich die schicken bunten Sitzbezüge und die digitale Anzeige der nächsten Haltestelle, während ich mir den Kopf zerbreche, was ich jetzt mit ihm machen soll. Ich weiß einfach nicht, wohin mit ihm, und die einzige Lösung scheint zu sein, ihn für eine weitere Nacht zu uns nach Hause zu bringen. Aber was wird Björn dazu sagen? Und wie kann ich verhindern, dass er Jesús ausquetscht?

»Ach Mensch, Jesús, warum hast du nur die zwei Männer mit aufs Zimmer genommen? Das bringt mich echt in Schwierigkeiten«, sage ich.

»Weiß du, Carlita, die zwei saßen auf die Straße, und es war so kalt, das konnte ich nich mit ansehen, deshalb hab ich sie mitgenommen. Ich hab nich gewusst, dass es auch in eure reiche Land so arme Mensche gibt wie bei uns, und bei uns ist wenigstens warm.«

»Aber Jesús, du weißt, dass wir deshalb aus dem Hotel geflogen sind. Und was denkst du eigentlich, wie viel Geld ich verdiene, das hat mich ein Vermögen gekostet!«

»Hab ich gedacht, ist wie in Hotels auf Kuba, wo ist alles inklusive. Kann man essen und trinken, soviel man will.«

»Hast du ein gelbes Bändchen am Arm?«

Jesús schaut auf seinen Arm. »No.«

Ich seufze.

»Das sin schlechte Leute in diese Hotel, die behandeln Menschen wie Kakerlaken, auf denen man herumtrete kann.«

»Na ja, aber mal ehrlich, in unserm Hotel in Kuba hab ich aber auch keine Obdachlosen gesehen! Also tu mal nicht so, als ob das bei euch alles anders laufen würde.«

»Das war in Varadero, Karla. Varadero is nich Kuba, Varadero ist Ghetto für Touristen, da darf eine normale Kubaner noch nicht mal hin, obwohl es in seine eigene Land liegt.«

»Echt? Das wusste ich nicht!«

»Carlita, du weißt zwar so einiges nich, aber du bis der einzige Mensch in diese Land, der eine gute Herz hat. Ich wusste, dass ich mich in dir nich getäuscht habe, zumindest nich so ganz.«

»Jesús, hör zu, Björn und ich werden heiraten, er hat mich gefragt, und ich hab ja gesagt, und auch wenn du es nicht verstehst, ich liebe den Schlafschlumpf! Es tut mir leid, aber du kannst nicht bei uns bleiben ... spätestens morgen müssen wir eine Lösung finden.«

»Ach, mi vida, wir Kubaner lebe von Tag zu Tag. Weiß du, heute has du ja gesagt, morgen sags du vielleicht nein. Du machs dir viel zu viel Sorge.«

»Du dir dafür zu wenige«, seufze ich.

»Wie kann man sich mache zu wenig Sorge?«, fragt mich Jesús mit einem breiten Grinsen im Gesicht. Der Mann macht mich echt fertig mit seiner karibischen Lebensphilosophie, und mir ist klar, dass ich auf seine Mithilfe nicht zählen kann.

Kurz bevor wir zu Hause ankommen, beschwöre ich ihn noch mal, bloß den Mund zu halten, was unsere gemeinsame Nacht betrifft, worauf er zu meinem Ärger mal wieder mit einem Sprichwort antwortet:

»Carlita, auch eine Furz, den du unter Wasser loslässt, kommt irgendwann an die Oberfläche.«

»Dann furz nicht!«

»Hab ich eine gute Verdauung, obwohl von eure komische Essen hier ...«

»Noch eine Nacht Jesús, nur eine Nacht! Dann musst du gehen.«

Zu Hause angekommen, richte ich für Jesús das Arbeitszimmer her, in dem eine Schlafcouch für Gäste steht. Ich habe keine Ahnung, wie Björn reagieren wird. Dass er nicht begeistert sein wird, ist klar, aber kann ich ihm verklickern, dass ich Jesús aus rein humanitären Gründen wieder bei uns aufgenommen habe? Was mir hilft, ist die Tatsache, dass ich schon immer eine soziale Ader hatte und Björn das weiß. Was mir weniger hilft, ist, dass Björn Jesús gegenüber so kritisch ist, dass er seine Geschichte nicht glaubt; und wie ich ihn kenne, wird er Jesús weiter auf den Zahn fühlen, sobald sich die Gelegenheit ergibt. Wenn Björn Jesús in die Mangel nimmt, wird der ganze Schwindel auffliegen und es wird keine Hochzeit geben! Ich muss verhindern, dass die beiden Zeit miteinander verbringen, und wenn ich Jesús nicht aus der Wohnung bekomme, muss eben Björn raus. Ich werde ihn einfach zum Essen einladen, ihn dann in eine Bar schleppen und den Abend so lange hinauszögern, bis Jesús sicher im Bett ist.

Jesús, der auf dem Schreibtischstuhl sitzt, nimmt ein Foto vom Schreibtisch und betrachtet es eingehend.

»Wann war das?«, fragt er mich und gibt mir das Foto.

»Ach, das war in Paris.«

»Da siehs du sehr glücklich drauf aus, Carlita, is schon lange her, oder?«

Ich betrachte das Bild und muss zugeben, dass Jesús recht hat. Auf dem Foto stehen Björn und ich vor Montmartre, es war unsere erste gemeinsame Reise und wir waren gerade mal ein paar Monate zusammen. Mit rotleuchtenden Wangen und glänzenden Augen lache ich unbeschwert in die Kamera. Aber nicht nur ich sehe glücklich aus, auch Björn strahlt, seinen Kopf an meinen gelehnt, wie ein Honigkuchenpferd. Allerdings sieht man von Björns Kopf nur die untere Hälfte, er hatte Angst, seine Kamera einem Fremden zu geben, um ein Foto machen zu lassen, weshalb er den Apparat einfach in die Luft gehalten und selbst geknipst hat. Trotzdem sieht man ganz deutlich, was für ein schönes Paar wir sind, und sofort verkrampft sich mein Herz vor Angst, dass das vorbei sein könnte. Ich denke daran, was ich vor zwei Tagen für ein Theater wegen der blöden Steuerklasse und des gemeinsamen Namens gemacht habe, und es kommt mir bescheuert und verdammt kleinlich vor. Wenn diese ganze Geschichte mit Jesús gut ausgeht, werde ich ohne Murren Björns Namen annehmen, aus Karla Freytag wird Karla Kaschinsky, so wahr ich hier sitze!

»Nein, das war vor kurzem, gar nicht lange her!«, lüge ich. Ich will Jesús auf gar keinen Fall darin bestärken, dass Björn und ich vielleicht nicht mehr ganz so glücklich sind wie noch vor einigen Jahren. Ich stelle das Bild zurück auf den Schreibtisch, so dass Jesús es von der Couch aus sehen kann.

Ich schaue auf die Uhr, mittlerweile ist es halb sieben, und Björn müsste so langsam, aber sicher auch nach Hause kommen. Schnell mache ich ein Fach im Regal frei, damit Jesús seine Sachen aus dem Koffer räumen kann. Viel ist es nicht. Er legt zwei T-Shirts, eine kurze Hose, drei Unterhosen, zwei paar Socken und eine Baseballkappe in das Regal. Mein Gott, wenn ich daran denke, mit welchem Gepäck ich immer reise, wird mir ganz anders. Dann holt Jesús ein Kästchen aus seinem Koffer, das er vorsichtig auf den Schreibtisch stellt.

»Was ist da drin?«, frage ich ihn neugierig.

»Das is das Wichtigste für mich!«, er öffnet das Kästchen, und ich erkenne die Farbtuben und die schon ziemlich zerfledderten Pinsel von dem Tisch in seinem kleinen Zimmer in Varadero wieder. Jesús' Augen glänzen. »Weiss du, ich bin Künstler. Und ich will in Deutschland male.«

»Aber … aber wie lange genau willst du denn in Deutschland bleiben?«, frage ich ihn ängstlich.

»Weiß noch nich, vielleich für immer.«

»Für immer?«, meine Stimme überschlägt sich, und das »immer« kommt als armseliger Kiekser aus meinem Mund, »aber Jesús, wie stellst du dir das vor? Du kannst hier nicht länger …«

Genau in diesem Moment höre ich einen Schlüssel in der Haustür, das muss Björn sein. Was für ein Spitzen-Timing.

»Björn, ich bin hier, im Arbeitszimmer!«

»Guuuuuut. Ich komm gleich!«

Björns Stimme klingt beschwingt, fast so, als hätte er schon wieder eine Gehaltserhöhung bekommen. Es dauert ein paar Minuten, und ich frage mich schon, was Björn eigentlich macht, bis er mit einem frohlockenden »Na? Wo ist denn meine Sexgöttin?« einzig und allein mit einer Socke bekleidet ins Zimmer springt. Jesús und ich starren den nackten Björn an. Jesús fängt an zu lachen, und Björn hält sich entsetzt die Hände vor seinen bestrumpften Penis.

»Gut, dass du trägst Socke«, lacht Jesús, »is wirklich saukalt in eure Deutschland.«

18. Red Hot Chili Peppers

»Sagtest du nicht, dass Jesús bei Freunden von ihm untergekommen ist?«, zischt Björn mir verkniffen entgegen, während er sich seine Unterhose wieder an- und sein Al-Bundy-»*No-Ma'am*«-T-Shirt überzieht, von dem er genau weiß, dass ich es nicht leiden kann.

»Ja, das ist er auch, also kurzfristig, aber die hatten einen Todesfall in der Familie und mussten verreisen, und deshalb musste ich Jesús wieder bei uns unterbringen … und ja, ich hätte dir Bescheid sagen müssen … tut mir leid … ehrlich, ich hab's einfach vergessen.«

»Einfach vergessen. Na toll. Und ich mach mich hier zum Horst!«

»Ich konnte ja nicht ahnen, dass du dich als Erstes nackig ausziehst, wenn du nach Hause kommst. Das machst du ja sonst auch nicht.«

»Ach, vergiss es einfach!«

Björn schmeißt wütend die Socke in den Wäschekorb. In dem Moment erscheint Jesús in der Tür. In der einen Hand hält er eine Flasche Rum, in der anderen drei grüne Limetten.

»So! Jetzt macht Jesús mal ein paar original kubanische Cocktails für euch!«

Ich gucke Björn an, der mit verkniffenem Gesicht seine Jeans anzieht. »Jesús, das geht leider nicht, Björn und ich wollten essen gehen«, sage ich schnell.

»Essen? Davon weiß ich nichts«, sagt Björn.

»Es sollte auch eine Überraschung werden. Ich lad dich ins *Amabile* ein!«

»Ins *Amabile*? Gibt's was zu feiern?«

»Nein, aber ich dachte … ich dachte, wir könnten vielleicht in Ruhe noch ein paar Hochzeitsdetails besprechen.«

»Ehrlich gesagt, steht mir jetzt nicht der Kopf danach. Außerdem bin ich müde, war ein anstrengender Tag.«

»Also doch kubanische Cocktails?«, fragt Jesús hoffnungsvoll, der immer noch mit seiner Rumflasche im Türrahmen steht.

»Nein, wir gehen essen«, antworte ich ihm.

»Ich will aber nicht essen gehen«, sagt Björn. »Vielleicht ist das gar keine schlechte Idee mit dem Cocktail.« Seine Stimme klingt bedrohlich, und ich gerate mal wieder in Panik. Der Abend entwickelt sich offensichtlich genau so, wie ich es auf keinen Fall wollte. Ich starte einen letzten verzweifelten Versuch, Björn von dieser Idee abzubringen.

»Aber wir haben wirklich absolut nichts mehr zu essen im Haus. Wir könnten auch woanders essen gehen, wenn du nicht ins *Amabile* willst, wir könnten zum Beispiel ins *Roma ti amo* oder ins *Gaucho*, wo es die Riesensteaks gibt, die du so gerne magst.« Meine Stimme klingt jetzt fast flehend.

»Gaucho klingt gut«, nickt Jesús erfreut. Ich werfe ihm einen bösen Blick zu.

»Ist doch kein Problem, wir können einfach eine Pizza bestellen«, meint Björn.

»Schon wieder Pizza, aber …«

»Karla, ich möchte nicht essen gehen!«, sagt Björn bestimmt, und mir wird in diesem Moment klar, dass ich einen gemeinsamen Abend mit den beiden nicht mehr verhindern kann. Sollte das Björn und mein letzter gemeinsamer Abend sein? Ist das das Ende einer achtjährigen Beziehung, die kurz vor der Hochzeit stand? Mein Blick fällt auf das Foto von Björn und mir auf dem Schreibtisch. Das darf nicht sein, es darf einfach nicht sein!

»Dann lasst uns doch in die Küche gehen«, sagt Björn und steht auf.

»Lieber *Gaucho*!«, protestiert Jesús. »Das mit die Riesensteak.«

»Küche!«, entgegnet Björn in einem Tonfall, der keinen Widerspruch mehr duldet.

Für Jesús und Björn ist der Gang in die Küche lediglich der Gang in ein anderes Zimmer, für mich ist es der Gang in eine ungewisse Zukunft.

Jesús fängt sofort an, den Raum in ein einziges Chaos zu verwandeln. Innerhalb weniger Minuten liegen Obstschalen herum, die halbe Zuckertüte ist auf dem Boden gelandet und die Cola in der Küche verteilt. Björn beobachtet das Ganze mit verkniffenem Gesicht, sagt aber nichts. Ich weiß, dass ihn das ziemlich viel Energie kostet.

»Für mich bitte keinen Rum«, sage ich zu Jesús.

»Kein Rum? Aber wieso? Du liebst Rum!« Jesús schaut mich erstaunt an.

»Nun ja, schon, aber …«

»Na also. Du wirs sehe, es schmeckt köstlich!«

»Und, Jesús, wann geht es denn nun eigentlich zurück nach Kuba?«, fragt Björn, und ich zucke zusammen.

»Du has eine sehr lustige T-Shirt an, Björn. Keine Fraue! Das is gut«, sagt Jesús und lacht.

»Ähm, ja … danke. Hab ich in Berlin gekauft. Warst du schon mal in Berlin? Da solltest du unbedingt mal hin. Also, wenn man in Deutschland ist, sollte das eigentlich das erste Ziel sein, meinst du nicht auch?«

»Was für eine Pizza wollt ihr denn? Wir sollten schnell bestellen, sonst dauert das ewig!«, frage ich dazwischen. Die beiden Männer suchen sich aus dem Flyer jeweils eine Pizza aus, und ich bitte Björn, beim Pizzadienst anzurufen.

»Das ist der beste Pizzabäcker der Stadt. Italiener! Jesús, du solltest übrigens unbedingt mal nach Italien, da ist es jetzt auch noch viel wärmer als bei uns«, meint Björn.

»Kenne ich eine Cocktail, der kommt ursprünglich aus Italia, kenns du eine Cocktail, die heißt *Solo Contigo*?«, erwidert Jesús.

»Ähm, nein, kenn ich nicht. Aber …«

»Mix ich dir mal!«

Jesús werkelt wie wild in der Küche rum, wühlt in unserem Gewürzregal, fragt nach Tequila und Tomatensaft, quirlt und mixt, was das Zeug hält, und nach ein paar Minuten kredenzt er uns schließlich eine rötliche Flüssigkeit in einem Schnapsglas.

»Das ist aber nicht scharf, oder? Ich vertrag nämlich keine scharfen Sachen«, fragt Björn, der einen empfindlichen Magen hat und beim Thailänder grundsätzlich keine Gerichte bestellt, die mit einer Peperoni gekennzeichnet sind, und selbst dann noch fünfmal nachfragt, ob das Gewählte auch wirklich nicht scharf ist.

»Is nich schärfer als eine einzige Pfefferkorn in die ganze karibische Meer!«

»Bist du ganz sicher?«, hakt Björn noch mal nach.

»Sí, sicherer als die Kronjuwele in Buckingham Palace!«

Wir trinken den Fingerhut beide auf ex. Zunächst schmecke ich Tomate, ein bisschen Alkohol und ein paar Gewürze, nicht schlecht, denke ich, bis das Gebräu in meinem Magen explodiert. Mein Hals brennt, als hätte ich loderndes Benzin geschluckt, und die Zunge fühlt sich an, als würde ich sie in eine offene Flamme halten. Das Zeug ist das Schärfste, was ich je in meinem Leben getrunken habe. Björn, der mir gegenübersitzt, läuft rot an und beginnt zu husten, dann stürzt er ans Waschbecken und trinkt hastig Wasser aus dem Wasserhahn, stopft sich eine Scheibe altes Brot in den Mund und haut mit der Faust gegen den Küchenschrank. Als er sich wieder aufrichtet, ist er feuerrot im Gesicht, und seine ebenfalls knallroten Augen tränen wie verrückt.

»Nicht scharf? Bist du verrückt? Karla, wo sind die Magentabletten?«, hustet er.

»Im Bad!«

Björn rennt ins Bad.

»Musste das sein?«, fahre ich Jesús an, »Björn verträgt keine scharfen Sachen!«

Jesús ist irritiert. »Aber wieso, in Kuba nehme ich viel mehr von die rote Sauce … weiß ich gar nich, was los is. Aber Björn …«, ruft er meinem Freund hinterher, »ich hab eine Drink gegen scharf, mach ich dir sofort!«

»Bloß nicht!«, antwortet Björn röchelnd aus dem Bad.

In diesem Moment klingelt es an der Tür. Ich gehe aufmachen, nehme die Pizza in Empfang und bezahle den Pizzaboten. Zurück in der Küche packe ich die Pizzen auf Teller und rufe Björn, der immer noch im Bad ist. Als er nach zwei Minuten noch nicht da ist, klopfe ich an die Badezimmertür.

»Björn, alles in Ordnung?«, frage ich meinen Freund.

»Nichts ist in Ordnung! Mein Magen ist verbrannt«, kommt es gedämpft aus dem Bad.

»Komm schon, so schlimm kann es doch nicht sein. Vielleicht wird es besser, wenn du etwas isst, die Pizza steht auf dem Tisch.«

»Ich kann nichts essen, ich kann im Moment noch nicht mal vom Klo runter!«

Aus dem Bad kommen gurgelnde und pfeifende Geräusche.

»Björn, was machst du da? Explodierst du?«

»Jaaaaaa!«

»Kann ich irgendwas für dich tun?«, frage ich jetzt doch besorgt.

»Lass mich einfach hier sterben!«

»Soll ich dir wirklich nichts bringen? Ein Glas Milch vielleicht?«

»Nein! Mein Magen ist verätzt! Wahrscheinlich werde ich nie wieder etwas trinken oder essen können! Lass mich einfach nur in Ruhe sterben …«

»Es tut Jesús sehr leid, dass du seinen Drink nicht verträgst.«

»Das wird dem noch sehr viel mehr leidtun … Ahhhhh.«

»Björn, ich lass dich jetzt mal in Ruhe, sag Bescheid, wenn du was brauchst.«

»Einen Leichenwagen kannst du schon mal bestellen.«

Ich bin einigermaßen beruhigt. Wenn Björn solche Sprüche macht, bedeutet das im Normalfall, dass es ihm zwar schlechtgeht, es aber nicht lebensbedrohlich ist. Er fordert auch bei Schnupfen einen Geistlichen für die letzte Ölung. Ich gehe zurück in die Küche, wo Jesús bereits die Hälfte seiner Pizza vertilgt hat. Meinen eigenen Teller schiebe ich zur Seite, meine Nerven liegen blank, an Essen ist jetzt nicht zu denken, und das, obwohl ich den ganzen Tag noch nichts zu mir genommen habe. Ich greife zu dem Caipirinha, den Jesús zwischenzeitlich zusammengemischt hat, und nehme einen großen Schluck zur Beruhigung.

Ein paar Minuten später kommt Björn in die Küche, im Gegensatz zu vorhin ist er jetzt käsebleich im Gesicht.

»Wie geht's dir?«, frage ich ihn ehrlich mitfühlend.

»Gar nicht gut, gar nicht gut«, jammert er.

»Tut mir leid!«, entschuldigt sich Jesús. »Aber hab ich nicht gewusst, dass du hast Magen wie Bambi. Soll ich dir wirklich nich mache Gegengetränk?«

»Nein, vergiss es. Karla, ich muss mich hinlegen, mir ist übel.«

»Mach das, Schatz, ich bring dir gleich einen Tee, dann geht's dir bestimmt bald besser.«

»Ja, vielleicht, ich geh schon mal.« Björn schlurft aus der Küche wie ein Rheumakranker und verschwindet im Schlafzimmer. Er tut mir schon leid, anderseits muss ich zugeben, dass mir Björns Unpässlichkeit im Moment ganz gut in den Kram passt.

Als ich mit einer Tasse Kamillentee ins Schlafzimmer komme, liegt Björn schon im Bett, den Arm über den Augen, auf seinem Nachttisch eine ganze Batterie an Medikamenten. Ich stelle den Tee dazu und tippe meinen Freund leicht an die Schulter.

»Björn? Ich hab dir Tee gebracht.«

»Danke, Karla, vielleicht kann ich später ein Schlückchen davon nehmen«, sagt er schwach.

»Bestimmt! Brauchst du sonst noch was?«

»Im Moment nicht, danke, ein bisschen Ruhe wird mir guttun.«

»Alles klar, wenn was ist, ich bin nebenan.«

»Mmmmmh.«

»Gute Besserung!«

»Mmmmh.«

Ich verlasse leise den Raum und schließe die Tür. In der Küche hantiert Jesús gerade energisch mit der Tüte Zucker.

»Un, wie geht ihm?«, fragt mich Jesús.

»Wird schon wieder! Aber was war das nur für ein Höllenzeug, das du da gemischt hast? Wie hieß das noch mal?«

»Das war eine *Solo Contigo*.«

»Und was heißt das?«

»Heißt *alleine mit dir*.« Ich starre Jesús an, der völlig unbeeindruckt weiter Cocktails mixt. »So, jetz mach ich noch eine tolle Cocktail für uns, Carlita, der uns ein bissche munter macht, is mit viel Kaffee un Zucker.«

Bevor ich protestieren und ihm erklären kann, dass das Björns Heiligtum ist, hat Jesús schon die Kaffeemaschine eingeschaltet. Er nimmt die Dose mit dem Kaffee, die neben der Maschine steht, und schüttet den Espresso mal eben aus dem Handgelenk in den Siebträger, wobei natürlich die halbe Dose danebengeht und die weiße Arbeitsplatte und der Küchenboden innerhalb kürzester Zeit aussehen wie ein weißsandiger Strand, nachdem BP daneben eine Ölbohrinsel in die Luft gejagt hat. Durch den Rum und den Tequila auf leeren Magen fühle ich mich wie ein Zuschauer in einem Kinofilm, der das Geschehen auf der Leinwand interessiert beobachtet, aber – so gern er es auch tun würde – nicht in die Handlung eingreifen kann. Wahrscheinlich alkoholischer Autismus! Jesús schüttet jetzt Leitungswasser in die Maschine, für die Björn ausnahmslos nur Evian benutzt, und auf der Arbeitsplatte und dem Küchenboden bilden sich unschöne braune Schlieren, die Jesús mit seinen unbeschuhten Füßen zu einem imposanten Muster verschmiert. Er lässt zwei Espressi in unsere Gläser laufen, füllt sie bis zur Hälfte mit Rum auf, löffelt einen halben Zentner Zucker in das Gemisch, schäumt noch Milch auf, die er obendrauf gießt, und reicht mir dann den Drink.

»Und? Wie heißt der?«

»Das is auf Deutsch eine *Dritte Gebot.*«

»Das dritte Gebot? Was war das noch mal?«

»Das is die Gebot, dass du sollst die Feiertag heiligen. Trinkt man auf Kuba immer an Feiertage und auch nach die Arbeit.«

»Also immer!?«

»Genau!«

Wir nehmen gleichzeitig einen Schluck vom *Dritten Gebot*, und ich muss sagen, das Zeug schmeckt verdammt gut.

»Mensch, Jesús, was machen wir denn jetzt mit dir?«

»Ich würde sage, wir trinke zu erst mal noch eine!«

Jesús macht die Gläser erneut voll.

»Komm, Jesús, setz dich zu mir, wir müssen reden«, sage ich. Es ist höchste Zeit, Klartext zu sprechen.

»Sí, claro, aber erst stoße wir noch mal auf dich an.«

»Jesús, ich finde, wir haben jetzt schon genug …«

»Carlita, du solls die Gebote beachte!«

»Also gut, von mir aus.«

Jesús stellt mir das dritte *Dritte Gebot* vor die Nase, das ich insgeheim in das *Sechste Gebot* umbenenne.

»Jesús, hör zu, ich muss dir sagen, dass …«

»Ers mal Prost hier!«

Wie stoßen miteinander an und trinken das hochprozentige Gemisch.

»Also, Jesús, du musst mir versprechen, dass du …«

»Wenn du machs noch eine bisschen Baileys in die Drink, schmeckt ganz anders. Hier, probier mal!«

»Nein, Jesús, issss kann nisss mehr, ich bin ja jetzt schon …«

»Prost, Karla!«, er drückt mir das Glas in die Hand und stößt schon wieder mit mir an. So langsam habe ich das Gefühl, dass Jesús mich betrunken machen will.

»Jessssús, Schlusssss jetzt, ich musss wirklich mit dir reden«, lalle ich. Ich klinge wie eine Schallplatte, die statt mit 33 mit nur 16 Umdrehungen die Minute abgespielt wird.

»Oye, Carlita, du bis ja ganz betrunke!«

»Heilige Scheissssse … dasss kommt bessstimmt vom sechsten Geboot!«

»Sechste Gebot? Was ist die sechste Gebot?«, fragt mich Jesús.

»Du solls nich eeeerbrechen!«

»Das is eine gute Gebot«, meint Jesús und schaut mich schmunzelnd an. »Wills du noch eine davon?«

»Nein, Jesússss, keine Gebooote mehr! Esss issss nämlich ssso, du muss morgen auf jeden Fall …«, ich merke in diesem Moment, wie sich übermäßig Speichel in meinem Mund sammelt, ein untrügliches Zeichen, dass mir schlecht wird, »… ssssofort aufs Klo!« Ich rapple mich von meinem Stuhl hoch und torkle durch die Küche und den Flur, nicht ohne die halbe Garderobe vom Ständer zu reißen.

»Aber was wolltest du mit mir rede, Carlita?«, ruft Jesús mir aus der Küche hinterher.

Ich schaffe es gerade noch ins Bad, wo ich mich übergebe, als hätte mein letztes Stündlein geschlagen. Unsere Toilette hatte wahrscheinlich auch schon bessere Abende. Als mein Magen komplett leer ist, hieve ich mich wieder hoch. Ich könnte mich dermaßen ohrfeigen! Wie konnte das jetzt schon wieder passieren? Alles dreht sich, und ich hätte in diesem Moment nichts dagegen, zu sterben. Ich schwanke zurück in die Küche, in der Jesús immer noch am Küchentisch sitzt und mich fragend anschaut.

»Alles in Ordnung mit dir, Carlita? Du siehs ein bisschen aus wie eine Hecht auf die Trockene.«

»Du meinsss, ich sssehe aus wie ein toter Fisch? Danke für das Kompliment, aber wir müssen jetzt auch inssss Bett«, sage ich schwach, wobei ich zwei Jesússe sehe.

»In mein Bett, mi amor?«

»Nein, jeder in ssssseins! Bitte!«

»Sí, como no, muss ich sowieso noch eine bisschen male.«

»Sssssí claro!«, antworte ich ihm lallend und schwanke ins Schlafzimmer, wo ich wie eine chinesische Terrakottakriegerin mitsamt meinem Bankerinnen-Outfit ins Bett falle und sofort einschlafe.

»Karla?«

Das Licht im Schlafzimmer geht an, und ich blinzele schwerfällig.

»Karla?«

»Ja, hier bei der Arbeit«, antworte ich.

»Sag mal, was ist denn hier passiert?«

»Wiessso?«

»Du liegst mit Klamotten im Bett!« Björn steht wie ein Racheengel im Schlafzimmer, in der Hand zwei leere Schnapsflaschen. »Was bitte ist das?«

»Das sssin die ssssehn Gebote.«

»Du bist ja total besoffen!«

»Neeee, mir issss nur plötzlich ganz schlecht geworden. Wahrssscheinlich hab ich den Drink von Jesús auch nich vertragen, ssso wie du.«

»Karla, die zwei Flaschen hier, habt ihr die komplett getrunken?«

Ich blinzele in die Richtung, aus der Björns Stimme kommt, und versuche meinen Freund mit den Augen zu fixieren, was mir leidlich gelingt. »Neee, das waren die gemeinen Trinkzwerge!«, nuschle ich.

»Trinkzwerge? Sag mal, spinnst du?«

»Neee, die gibt es wirklich! Wenn man sssein Glas sssu weit nach unten hält, kommen diese fiesssssen Trolle und trinken, ehe man ssssich versieht, alles weg! Bissss du ein Trinkzwerg?«

»Nein, ich bin dein Freund Björn!«

»Ohhh … dassss isss gut.«

»Kannst du dir wenigstens die Straßenklamotten ausziehen?« Björn wirft mir mein Schlaf-T-Shirt übers Gesicht.

»Puuuuuuh … manchmal bisss du echt anstrengend, Björnihase, aber gut, ich versssuch's.«

Ich schäle mich aus meinem Kostüm, das ich neben das Bett schmeiße, streife mir umständlich mein T-Shirt über und krieche unter die Bettdecke, was Björn mit sauertöpfischem Gesicht beobachtet.

»Eins noch, bevor du schläfst, Karla: Habt ihr darüber gesprochen, wann er wieder auszieht? Da habt ihr doch noch drüber gesprochen, oder?«

»Wiessso? Ich hab mich doch gerade ausgesssogen.«

»Nicht du, Jesús!«

»Ich glaub, der hat ssich auch ausgessogen.«

»Ich will nicht wissen, ob der sich ausgezogen hat, ich will wissen, wann der auszieht!«

»…«

»Karla?«

»…«

»Schläfst du?«

»…«

»Karla?«

19. Löffelchen

»Kaaaaaarla! Aufstehen!«

»Was? … Wo zum Teufel bin ich?«

»Zu Hause! In deinem Bett! Los! Aufstehen!«

»Wieso? … Aufstehen? Ich kann nicht.«

Ich öffne die Augen. Vor dem Bett steht Björn, gestriegelt und gebügelt, in Anzug und Krawatte. Mir ist schlecht, und mein Kopf fühlt sich an, als wäre das Gehirn auf die zehnfache Größe angeschwollen, während mein Schädel immens geschrumpft ist.

»Es ist schon Viertel nach sieben, und ich muss um acht in der Bank sein«, nölt mein Freund und zupft an seiner Krawatte.

»Hmmm, ich komm gleich«, schnaufe ich in mein Kissen.

»Gut. Aber nicht wieder einschlafen!«

»Versprochen.«

Eine Viertelstunde später weckt mich Björn erneut, und ich ziehe mir das Kissen über den Kopf.

»Kaaaaaaaaarla!«, Björn steht am hinteren Ende des Bettes und zieht an meiner Bettdecke, die ich erbittert verteidige. Gleichzeitig presst sich mein Hirn noch energischer an meine Schädeldecke.

»Karla!?«, Björns Stimme klingt wie das Grollen eines Vulkans kurz vor dem Ausbruch.

»Björn, bitte, mir geht's nicht gut.«

»Nimm bitte das Kissen von deinen Ohren, Karla!«

Ich hebe das Kissen ein ganz kleines bisschen an und schaue in das angesäuerte Gesicht meines Freundes. Irgendwie erinnert er mich an einen schlechtgelaunten Geier, den man in ein teures Bosshemd geschossen hat. Ich muss kichern, was noch mehr Zornesröte in Björns Gesicht treibt.

»Du, ich finde das gar nicht komisch! Was um Gottes willen habt ihr denn da in der Küche veranstaltet? Da sieht's ja aus wie auf einem Schlachtfeld. Meine Kaffeemaschine ist total versifft!«

»Och Björn, kannst du dir nicht ausnahmsweise mal einen Kaffee beim Bäcker holen oder im Büro Kaffee trinken? Mir geht's echt beschissen.«

»DAS wundert mich nicht!«, sagt er oberlehrerhaft, »die beiden Flaschen Rum sind leer, der Tequila ebenfalls.«

»Sprich bitte nicht über Alkohol, sonst muss ich brechen.«

»Na toll. Und wann gedenkst du, ins Büro zu kommen?«

»Weißt du was? Gar nicht. Meld mich doch bitte krank.«

»Also echt, Karla! Jetzt soll ich dich auch noch bei deinen Eskapaden unterstützen! Und mal ehrlich, so wird das nie was mit einer Beförderung.«

»Verdammt nochmal, Björn, ich will keine Beförderung, ich will nur meine Ruhe!«, erwidere ich und ziehe mir das Kissen wieder über den Kopf.

»Also gut, aber wenn ich heute Abend nach Hause komme, ist meine Kaffeemaschine wieder in dem Zustand, in dem sie gestern Nachmittag noch war. Verstanden? Und ich will, dass du mit Jesús darüber redest, wann er wieder geht. Sonst tue ich es! Und nimm das Kissen vom Kopf.«

»Jaaaaaa, mach ich. Versprochen und …«, Björn dreht sich schnaubend um und verlässt das Zimmer, »… tut mir leid«, füge ich noch leise an, aber da ist bereits die Haustür ins Schloss gefallen.

Ich habe einen üblen Geschmack im Mund, den ich mit Hilfe eines Maoam Cola, das ich mir unzerkaut in die hintere Ecke der Wange schiebe, in den Griff zu bekommen versuche. Dann schlafe ich wieder ein und träume von Trinkzwergen, die sich um meinen Körper winden und mir literweise Rum einflößen wollen. Ein paar Stunden später wache ich auf, und sehe, dass meine Träume – zumindest teilweise – gar keine Träume waren. Etwas kauert löffelchengleich an meinem Rücken und hat seinen Arm um mich geschlungen. Die Hand auf meinem Bauch ist braun, was definitiv dagegenspricht, dass es sich um Björns Hand handelt, es sei denn, er hat die letzten Stunden, in denen ich geschlafen habe, im Solarium verbracht. Björn war noch nie im Solarium. Ich springe schnell aus dem Bett und wecke Jesús damit unsanft.

»Hey, Carlita! Was is los mit dir?«

»Was los mit mir ist? Du willst es nicht kapieren, oder? Ich habe einen Freund! Einen Freund, den ich bald heiraten werde!«, fahre ich ihn an.

Jesús streckt sich so ungerührt, als wäre er der Hauptdarsteller in einer Fernsehwerbung für Kaffee kurz vor der ersten Tasse.

»Ich weiß, dass du eine Freund hast, auch wenn du es mir ziemlich spät gesagt hast, Carlita.« Ich versuche, Jesús die Decke wegzuziehen, aber er hält sie – so wie ich es bei Björn getan habe – eisern fest. »Aber das macht auch nix, man kann sich auch lieben, wenn man eine Freund oder Freundin hat«, fügt er noch hinzu.

»Jesús, komm da jetzt raus!«

»Sex is wie Esse, man braucht es täglich, un es macht nix, wenn man unterschiedliche Esse zu sich nimmt, im Gegenteil, man soll es sogar. Abwechslung is gesund.« Während er das sagt, räkelt er sich lasziv auf dem Bett.

»Mag ja sein, Jesús, dass man das in Kuba so handhabt, aber in Deutschland ist das anders«, ich ziehe erneut an der Bettdecke, und dieses Mal ist Jesús nicht schnell genug. Ich bin erleichtert, als ich sehe, dass er zumindest eine Unterhose trägt.

»Ihr seid eine komische Volk in eure eigene Land! Wenn ihr seid in Kuba, ihr seid ganz anders. Alle wolle Sex, vor allem die deutsche Männer, aber auch die Fraue, alle sin gut gelaunt und nett. Un hier? Hier lebt ihr, als wäre es eine andere Lebe! Das verstehe ich nich.« Jesús sieht plötzlich traurig und enttäuscht aus.

»In Kuba sind die Leute auch im Urlaub! Das ist ein anderes Leben, da ist man nun mal gut gelaunt, lockerer, allein schon, weil man nicht zur Arbeit muss. Aber du hast schon recht, manche von uns fallen da schon ein bisschen sehr aus der Rolle«, gebe ich zu.

»Vielleich kannst du auch mal hier falle aus die Rolle. Stell dir doch einfach vor, du wärst in die Urlaub.«

»Ich geh mal duschen«, sage ich zu Jesús, der immer noch in Björns und meinem Bett liegt.

»Por cierto, übrigens, schöne Socken!« Jesús guckt mich amüsiert an. »Is das mit die Socken auch eine deutsche Tradition?«

Ich schaue an mir runter und sehe, dass ich außer meinem T-Shirt und meiner Unterhose lediglich meine rosafarbenen und für eine Frau über dreizehn völlig indiskutablen Hello-Kitty-Socken anhabe.

»Richtig, das trägt man so bei uns. Und jetzt raus aus dem Bett. Und zwar sofort!«

20. Wir müssen reden

Als mir das eiskalte Wasser aus der Dusche über den Kopf läuft, kann ich den ersten wirklich klaren Gedanken des Tages fassen. Björn ist stinksauer. Zu Recht! Anstatt die Dinge zu regeln, habe ich nur Chaos verbreitet, während der Arme mit angegriffenem Magen im Bett lag. Je länger Jesús bleibt, desto größer und instabiler wird mein Konstrukt aus Lügen, das – wenn ich so weitermache – garantiert irgendwann in sich zusammenfallen wird wie eine Pyramide aus alten Bierdeckeln auf einem wackeligen Holztisch. Ich kann dieses Risiko nicht länger eingehen, ich muss das Ruder herumreißen, bevor das Boot, in dem wir beide sitzen, unwiderruflich in die beziehungstodbringenden Wasserfälle steuert. Es gibt nur eine Lösung: Jesús muss gehen, und zwar heute. Aber was passiert, wenn ich ihn einfach so auf die Straße setze? Ich trage die volle Verantwortung für ihn. Was ist, wenn er Mist baut? Wenn er mich in den finanziellen Ruin stürzt? Aber was ist die Alternative? Dass er weiterhin hier wohnt und ich Björn weiter belüge? Nein! Ich muss endlich durchgreifen und die Mutter Teresa in mir zum Schweigen bringen. Jesús muss gehen, wohin auch immer. Ich stelle mich vor den Spiegel und sage mehrmals laut: »Jesús, auch wenn es für dich hart ist, aber du musst heute gehen!«

Nachdem ich mich angezogen habe, gehe ich in die Küche. Jesús steht an der Kaffeemaschine und macht Kaffee.

»Jesús, auch wenn es für dich hart ist, aber … ich hab noch nie so eine saubere Küche gesehen!«, sage ich staunend.

Das Chaos der letzten Nacht ist vollkommen verschwunden. Jesús hat die Gläser und Teller in die Spülmaschine geräumt, die Arbeitsflächen saubergemacht und sogar den Boden gewischt.

»Hola Karla! Gleich gibt's Kaffee.«

»Jesús, wir müssen reden«, ich lasse mich auf einen Stuhl fallen, und kurz darauf stellt mir Jesús einen perfekten Milchkaffee vor die Nase.

»Claro! Du kannst reden mit mir über alles, Carlita. Muss ich dir auch was sage.«

»Was denn? Ist es was Schlimmes?«, frage ich alarmiert.

»Is vielleich ein bisschen schlimm. Aber du zuers!«

»Jetzt sag schon, Jesús!«, drängle ich.

»Ers du.« Jesús trinkt in aller Ruhe einen Schluck von seinem schwarzen Kaffee.

»Nein, du!«

So geht es noch eine Weile hin und her, bis wir irgendwann gleichzeitig mit unseren Neuigkeiten rausplatzen.

Ich sage: »Jesús, du musst gehen«, er sagt: »Karla, werd ich gehe.«

»Was?«, fragen wir beide und gucken uns an.

Habe ich richtig gehört? Hat er gerade gesagt, dass er gehen wird?

»Du willst gehen?«, frage ich nach.

»Sí. Is nich gut für mich, dich zu sehe mit eine andere Mann.«

»Aber wenn du nicht hierbleiben willst, wo willst du dann hin? Du kennst doch niemanden in Deutschland, du hast keinen Job, kein Geld!«

»No te preocupes, Carlita. Hab ich telefoniert gestern. Heute Abend gehe ich in ein Bar von eine alte Bekannte aus Cienfuegos von mir, die ein Kellner suche. Die habe auch eine kleine Zimmer für ihr Personal.«

»Du hast ein Bewerbungsgespräch? Heute Abend? Aber … aber das ist ja phantastisch!«, ich klatsche aufgeregt wie ein kleines Mädchen vor der ersten Reitstunde in die Hände. »Um wie viel Uhr ist denn dein Gespräch?«

»Gehe ich heute Abend vorbei und arbeite für die Probe.«

»Und das heißt, wenn heute Abend alles gut läuft, hast du Morgen einen Job und ein Zimmer?«

»Sí!«

»Und heute Abend bist du den ganzen Abend weg und kommst wahrscheinlich erst sehr spät nach Hause?«

»Genau.«

»Und wann genau musst du los?«

»Oye, Carlita, hab ich bald schon Löcher in die Magen von dein Fragerei!«

»Wann genau?«

»Puuuh … hab ich gesagt, bin ich um sieben da. Aber was wolltest du mir sage, hab ich nich verstande?«

»Nichts, gar nichts! Alles perfekt. Wir müssen uns jetzt um deinen Job kümmern, du musst unbedingt einen guten Eindruck machen!«

»Wir? Wieso denn wir, Carlita?«

21. Frauen wie wir

»Mein Gott, was für ein Bild von einem Mann! Da haben Sie aber großes Glück, so einen zu haben!«, flüstert die Verkäuferin mir leise zu, während sich Jesús in der Umkleidekabine umzieht.

»Aber ich hab ihn nicht mehr lange«, antworte ich ihr gutgelaunt, »er zieht nämlich morgen aus, müssen Sie wissen.«

Die Verkäuferin schaut mich betroffen an. »Oh, das tut mir jetzt aber leid! Aber ich kenne das«, seufzt sie mit sehnsüchtigem Blick und legt mir ihre Hand auf den Unterarm. »Ich war auch mal mit einem so schönen Mann zusammen, die können einfach nicht treu sein. Frauen wie wir können solche Männer einfach nicht halten.«

Ich starre die Verkäuferin ungläubig an. Sie ist Ende vierzig, hat kurze graue Haare, wiegt mindestens 120 Kilo, und um ihren Hals hängt eine rote Brille, die ganz bestimmt gern ein bisschen baumeln würde, das aber nicht kann, weil sie von einem riesigen Busen, der in einer zeltartigen grünweißgestreiften Bluse steckt, davon abgehalten wird. *Frauen wie wir?* Bevor ich auf diese Unverschämtheit etwas erwidern kann, kommt Jesús aus der Kabine, er trägt eine blaue Jeans, die perfekt sitzt, und ein kariertes langärmeliges Hemd. Er sieht wirklich verdammt gut aus. Auch die Verkäuferin ist offensichtlich entzückt.

»Also, das steht Ihnen ja wirklich ganz ausgezeichnet. Das müssen Sie einfach nehmen!«

Jesús dreht sich ein paarmal vor dem Spiegel, und man merkt ihm an, wie gut er sich gefällt.

»Un, Carlita? Wir gefällt dir das?«

»Sehr gut«, sage ich. »Das nehmen wir auf jeden Fall. Aber

vielleicht solltest du heute Abend eine Stoffhose anziehen, das wirkt seriöser. Probier doch mal die beige Hose an, die ich dir rausgesucht habe.«

Am Ende haben wir vier Outfits für Jesús gefunden, eine Winterjacke, ein paar warme Schuhe, Socken und Unterwäsche. Jesús will nicht, dass ich ihm die ganzen Klamotten bezahle, aber ich lasse mich nicht davon abbringen, schließlich ist er wegen mir nach Deutschland gekommen. Die Rechnung beläuft sich auf stolze 580 Euro für alles zusammen, damit ist mein Dispo ausgeschöpft. Aber es ist mir egal. Hauptsache, die Sache mit Jesús ist geklärt und ich kann mich endlich um das Essen, das ich heute Abend für Björn und mich kochen werde, und damit um unsere Versöhnung kümmern. Ich werde Björns Lieblingsessen machen, Filetsteaks mit Backofenkartoffeln und Salat, dazu gibt es einen herrlichen chilenischen Rotwein und zum Nachtisch eine Mousse au Chocolat. Wir werden in aller Ruhe essen, während Jesús in der Bar ist, ich werde Björn sagen, dass Jesús nun endgültig geht, und wir werden über unsere Hochzeit sprechen und davon, dass ich bald Karla Kaschinsky heißen werde. Ich bin so was von erleichtert. Vielleicht ist das Leben ja doch nicht so schlecht zu mir, wie ich dachte.

Als Jesús und ich in die Ehrenstraße biegen, spricht uns ein Mann an, der gern wissen möchte, wie er auf dem schnellsten Weg zum Schauspielhaus kommt. Ich als fürchterlicher Kulturbanause kann ihm das leider nicht sagen, umso mehr wundert es mich, dass Jesús ihm ohne Umschweife den Weg erklärt. Der Mann bedankt sich und macht sich in die Richtung auf, die Jesús ihm gezeigt hat.

»Sag mal, woher weißt du denn bitte schön, wo das Schauspielhaus hier in der Stadt ist?«

»Jesús weiß alles.«

»Heißt das, du hättest ihm den Weg auch sagen können, wenn er zum Beispiel zum Hauptbahnhof gewollt hätte?«

»Sí!«

»Und zum Hildegardis-Krankenhaus?«

»Claro.«

»Hm, dann weiß du doch auch sicherlich, wie wir jetzt am besten von hier zum Brandenburger Tor kommen.«

»Claro.«

»Dann mal los!«

Jesús biegt selbstbewusst um die nächste Ecke, und ich laufe ihm zunächst staunend hinterher. Drei Ecken weiter frage ich ihn, ob es noch weit ist.

»Sí, is noch ziemlich weit! Wills du wirklich dahin?«

Ich muss lächeln. Es ist echt unglaublich, wie stolz diese Kubaner sind, so stolz, dass sie noch nicht mal zugeben können, dass sie den Weg in einer ihnen völlig unbekannten Stadt in einem fremden Land nicht kennen.

»Nein, ist nicht so wichtig mit dem Tor. Lass uns jetzt lieber ganz schnell was zu essen einkaufen.«

Ich gehe also wieder vor, und Jesús kann sein hübsches Gesicht wahren.

22. Frau Walter

Jesús steht vor dem Regal mit den Joghurtbechern und zählt die Sorten, indem er mit dem Finger die Regalreihen entlangfährt. Nachdem er festgestellt hat, dass unglaubliche 24 Joghurtsorten zur Auswahl stehen, packt er mindestens sieben davon in den Einkaufswagen.

»Schau mal, Carlita, hier ist einer mit Zimt! Und hier, schau mal, das ist einer mit Rhaber.«

»Du meinst mit Rhabarber.«

»Was is Rhababba?«

»Das ist ein Gemüse, ziemlich sauer.«

»Gemüse? In Joghurt? Bah! Ihr Deutsche habt manchmal eine komische Geschmack.«

Er stellt den Rhabarberjoghurt zurück und packt stattdessen einen mit Vanille, einen mit Waldfrüchten und einen mit Holunderbeeren zu den anderen in den Einkaufswagen. Ich freue mich über seine Begeisterung für die Produkte, die mir in diesem stinknormalen Rewe-Markt komplett abhandengekommen ist. Wie oft habe ich mich hier schon beschwert, dass mein Lieblingsmüsli mal wieder aus ist, gefragt, ob es dem Rewe-Konzern eventuell möglich wäre, noch die ein oder andere Packung frische Milch zu bestellen oder ob gerade DDR-Wochen seien. Die Antwort sieht immer gleich aus: mehläugiger Blick, untermalt mit einem resignierten Schulterzucken. Am meisten ärgert es mich ja, dass Rewe die Milchpackungen immer falsch herum ins Regal stellt, also so, dass man das Mindesthaltbarkeitsdatum nicht sehen kann. Aus Rache und zum Wohle des Verbrauchers ziehe ich die hintersten Tetrapacks immer nach vorn und verbanne die, die schon fast abgelaufen sind, nach hinten. Immer.

»Carlita, was machs du da?«, fragt mich Jesús, der kritisch beäugt, wie ich vor dem Regal knie und die Milchtüten umsortiere. Ich erkläre es ihm, worauf er mich ungläubig anschaut.

»Aber Carlita, das macht doch überhaupt keine Sinn.«

»Wieso nicht?«

»Na, wenn du die nich mehr so frische Milch nach hinte schiebst, dann geht sie doch kaputt!«

»Nun ja, vielleicht, aber es geht hier um das Wohl des Verbrauchers.«

»Aber wenn die Milch geht kaputt, die Ware werden teurer, und da hat die Verbraucher doch gar nix von! Außerdem is unverantwortlich.« Jesús schaut mich streng an.

So hatte ich das bisher noch gar nicht gesehen, und irgendwie hat er ja ein bisschen recht. Ich räume die Milch also wieder in ihre ursprüngliche Position, und Jesús lächelt zufrieden.

»Sehr gut, Carlita, aber jetz müssen wir weiter.«

Jesús rast begeistert durch den Rewe, und unser Wagen füllt sich schneller als ein Konzert von Tokio Hotel.

An der Wursttheke begrüßt mich Frau Walter, wie es sich für eine klassische, leicht übergewichtige kölsche Wurstfachverkäuferin gehört, mit einem »Hallöschen, Frau Freytach, na, wat darf et denn heute sein?«.

Bevor ich antworten kann, ergreift Jesús das Wort und zeigt auf ein Stück Leberwurst.

»Was für ein Wurst ist das?«

»Janz frische Kölner Leberwurst, erste Qualität!«, antwortet Frau Walter stolz.

»Und das?« Jesús zeigt auf eine große Salami.

»Eine hervorragende spanische Rindersalami mit Fenschel!«

»Und das?«

So geht das eine geschlagene Viertelstunde, und als sich die

Kundin hinter uns beschwert, bitte ich Frau Walter, uns einfach von allem ein bisschen zu geben, damit Jesús alles probieren kann.

»Woher kommen Se denn, Herr Jesus?«, fragt Frau Walter neugierig, während sie die verschiedensten Wurstsorten in eine Tüte packt.

»Aus Kuba«, antwortet Jesús stolz.

»Ahhhhh … Kuba … soll ja sehr schön da sein.«

»O ja, ist die schönste Insel der Welt, mit weiße Strände, grüne Palmen, rote Erde, die Salsa und die wunderbare Menschen, die immer zusammenhalte, auch in schwierige Zeiten. Un es ist auch immer warm.«

»Ach, dat hört sisch toll an. Vielleicht fahre isch ja auch ma nach Kuba.«

»Wenn du nach Kuba fährs, sag mir Bescheid, dann kannst du Verwandte von mir besuchen, die zeigen dir die schönste Seite von meiner Insel.«

»Wie lang dauert das denn noch da vorne?«

Die Mittvierzigerin mit rundem, ungeschminktem Gesicht und schwarzen, traurig nach unten hängenden Haaren, unter denen zwei riesige 80iger-Jahre-Kreolen hervorblitzen, schnauft vor Wut, und ihre sowieso schon kleinen Schweinsäuglein haben sich zu schmalen Schlitzen zusammengezogen, die Lippen sind nicht mehr zu sehen, so sehr presst sie sie aufeinander. Ihr Gesicht erinnert mich an den Deckel eines defekten Schnellkochtopfs, kurz bevor er in die Luft fliegt.

»Jetzt haben Se sisch mal nit so! Der Mann kommt aus Kuba, der kennt dat hier noch nit so. Der darf hier so lange stehen, wie er will!« Frau Walters Ton duldet keinen Widerspruch.

»Wenn man hier als Deutsche nicht mehr bedient wird, gehe ich eben woanders hin«, zischt die Frau böse zwischen ihren zusammengekniffenen Lippen hervor.

»Ja! Machen Se dat! Jehen Se doch dahin, wo die kleinen Preise un die schlechte Qualität wohnen, dat is direkt umme Ecke!«, entgegnet ihr Frau Walter resolut.

Die Frau mit den Kreolen schnappt wie ein Fisch auf dem Trockenen mehrfach nach Luft, dreht sich dann wutentbrannt mit einem »Ich werde mich über Sie beschweren!« um und watschelt mit ihren kurzen Beinen und kleinen energischen Schritten in Richtung Kasse, während Frau Walter sich weiter ungerührt um Jesús kümmert. Sie reicht ihm ein großes Stück Fleischwurst. »Lassen Se es sisch schmecken, Herr Jesus!«, lächelt sie ihn freundlich an.

Jesús nimmt das Stück Wurst und schiebt es sich in den Mund.

»Danke, Frau …«

»Margarethe, isch bin die Margarethe!«

»Mmmmmmh … sehr gut! Muchas gracias, Margarethe!«

»Jern jeschehen!«, sie lächelt immer noch, und ich verfolge ungläubig die Szene, die sich da zwischen den beiden abspielt. Zu mir war Frau Walter noch nie so freundlich, geschweige denn, dass sie mir ein Stück Wurst geschenkt hätte. Ich glaube, Frau Walter hat noch nie jemandem ein Stück Wurst geschenkt, der älter ist als vier.

»Und wenn du nach Kuba fährst, Margarethe, sag Bescheid! Aber ehrlich!«, sagt Jesús, immer noch auf der Fleischwurst kauend.

»Dat mach isch«, sagt sie ein bisschen schüchtern, und fast könnte man meinen, dass sich das Lächeln auf ewig in ihr rundes Gesicht gekrallt hat.

Auf dem Weg nach Hause kommen Jesús und ich an einem Geschäft für Malereibedarf vorbei. Jesús ist sofort Feuer und Flamme und drückt sich die Nase am Schaufenster platt. Er wirkt wie ein kleiner Junge, der vor einem riesigen Berg aus Süßigkeiten, Spielzeugautos und Fußbällen steht.

»Sollen wir mal reingehen?«, frage ich ihn, und noch ehe ich es ausgesprochen habe, ist Jesús bereits im Laden verschwunden. Als wir wieder rauskommen, haben wir ein paar Leinwände in unterschiedlichen Größen, Pinsel, Pinselreiniger, verschiedene Farben und eine zusammenklappbare Staffelei gekauft.

Jesús ist total aufgeregt. »Weiß du, Carlita, ich muss immer malen, sonst bin ich nich glücklich! In Kuba gab viele Touristen, die kaufen wollten meine Bilder, aber wegen die viel zu kleine Flugzeuge nicht mitnehmen konnten. Ich bin sicher, mein Kunst verkauft sich in Deutschland wie amerikanische Jeans in Kuba.«

Er sagt das mit so unglaublicher Überzeugung, dass ich fast geneigt bin, ihm zu glauben, auch wenn es natürlich gegen jede Vernunft spricht. Schließlich leiden 95 Prozent aller Urlauber im Urlaubsland an einem plötzlichen, aber Gott sei Dank reversiblen Versagen der Geschmacksnerven. So wird die Strandlandschaft in Öl, die im Urlaub noch so farbenfroh und treffend daherkam, in Deutschland gern mal zu einem neonfarbenen Kitschschinken, den man sich noch nicht mal in die Abstellkammer hängen würde. Ein Wein, der in Griechenland den Gaumen noch mit Kirsch- und Vanillearomen verwöhnte, schmeckt in Deutschland plötzlich nach vergorener Katzenpisse, und die türkischen Süßspeisen, die in Antalya auf der Zunge zergangen sind, kleben einem in der Heimat plötzlich und dauerhaft die Kiefer aufeinander. Und außerdem weiß ich ja, was Jesús bevorzugt malt, und ich kann mir beim besten Willen nicht vorstellen, dass sich der Karl-Heinz aus Köln-Nippes eine überdimensionale Vagina über die braune Cordcouch hängt. Aber was soll's, Jesús' Glück und Begeisterung sind irgendwie ansteckend, und weil ich davon ausgehe, dass das die letzte Investition ist, die ich für ihn tätigen werde, ist es mir die 128 Euro wert, die ich für die Malsachen ausgegeben habe.

Zu Hause angekommen, verstaue ich zunächst die Lebensmittel aus den fünf Plastiktüten. Nach drei Tüten ist der Kühlschrank voll, und ich muss die zahlreichen Joghurtbecher, Säfte, Käse- und Wurstsorten zur Kühlung auf den Balkon stellen. Wenn Jesús morgen geht, werde ich ihm die Lebensmittel mitgeben, dann kann er alles in Ruhe probieren. Die Sachen, die ich für das Versöhnungsessen gekauft habe, stelle ich auf die Arbeitsplatte. Ich pfeife ein wenig vor mich hin, während ich schon mal den Backofen vorheize. Danach gehe ich zu Jesús, der sich ins Arbeitszimmer zurückgezogen hat.

Zu meiner Überraschung hat er die Staffelei bereits aufgebaut, Pinsel, Farben und drei leere Joghurtbecher liegen wild verstreut herum. Björns Arbeitszimmer ist innerhalb kürzester Zeit zu einem chaotischen Künstler-Atelier geworden.

»Jesús, du weißt, dass du das morgen wieder alles abbauen musst?«, frage ich ihn.

»Sí, is no problema, bin ich schneller als Gepard.«

»Gut! Und was genau willst du so malen?«, frage ich vorsichtig.

»Ich weiß noch nich genau, lass ich mich noch inspiriere. Is eine neue künstlerische Zyklus, eine deutsche Zyklus.«

»Hauptsache, du malst keine Schweinereien«, ermahne ich ihn.

»No, mal ich auf keine Fall was mit Schweine«, lacht er.

Manchmal bin ich mir nicht sicher, ob er mich nicht versteht oder einfach nicht verstehen will. Ich gebe mich trotzdem mit seiner Antwort zufrieden, da ich mir ziemlich sicher bin, dass er bis morgen keine neuen Vaginamodelle mehr auftun wird. Was danach passiert, ist allein seine Sache.

Ich gehe zurück in die Küche und beginne, das Versöhnungsessen für Björn zuzubereiten, und ausnahmsweise macht mir die Kocherei sogar richtig Spaß.

23. Innereien

Als Björn um sechs nach Hause kommt, hält sich seine gute Laune in Grenzen, vor allem, da er eigentlich in die Badewanne wollte, die er aber nicht benutzen kann, weil Jesús seine Unterhosen gewaschen und über der Wanne zum Trocknen aufgehängt hat.

Ich bin gerade beim Tischdecken, als Björn aus der Dusche kommt, sich wortlos aufs Sofa setzt und zu seiner Zeitung greift. Wir haben außer »Hallo« noch kein Wort miteinander gewechselt, und ich hatte noch keine Gelegenheit, ihm zu sagen, dass Jesús ab morgen weg sein wird. Jesús kommt ins Wohnzimmer. Er trägt seine neue Jeans und das ausgewaschene grüne Che-Guevara-T-Shirt.

»Ich geh dann mal in die Bar. Hola, Björn.«

»Hallo«, antwortet Björn distanziert und ohne von seiner Zeitung aufzublicken.

»Aber wieso trägst du nicht die Stoffhose und das Hemd, das ich dir heute gekauft habe?«, frage ich Jesús erstaunt.

»Is doch viel zu schade für ein Bar. Aber muss ich jetz auch los. Adios!«

Björn blickt verkniffen von seiner Zeitung auf.

»Moment, ich gebe dir noch einen Schlüssel für die Wohnung, damit du heute Nacht nicht klingeln musst«, sage ich schnell, gehe mit Jesús in den Flur und gebe ihm meinen Zweitschlüssel.

»Weißt du, wo du hinmusst?«, frage ich ihn, während er den Schlüssel umständlich in seine Jeans friemelt.

»Du weiß doch, Jesús weiß alles.«

»Na, Hauptsache, du gehst nicht zum Brandenburger Tor.«

»No, Bar is ganz woanders, andere Richtung.«

»Die Unterhosen müssen aber noch aus dem Bad raus!«, ruft Björn aus dem Wohnzimmer.

»Ja«, rufe ich, wende mich dann aber direkt wieder an Jesús. »Willst du nicht vielleicht doch die anderen Klamotten anziehen, ich meine, für ein Vorstellungsgespräch …«

»Ach, Carlita, was zählt, sin doch die Werte von Innereien!«

»Das stimmt«, lache ich. »Also gut, sieh zu, dass du den Job bekommst!«

»No te preocupes. Is ein sichere Sach.«

Ich begleite Jesús noch zur Haustür und gehe danach wieder ins Wohnzimmer zu Björn, immer noch mit einem Lächeln im Gesicht. Als ich den Raum betrete, schlägt mir Kälte entgegen. Björn, der immer noch auf der Couch sitzt, macht ein Gesicht, als hätte man ihm gerade wegen Unfähigkeit gekündigt.

»Was ist los?«, frage ich ihn.

»Du hast ihm Klamotten gekauft?«, fragt er mich giftig.

»Ja! Und weißt du wofür?«

»Nein.«

»Stell dir vor, Jesús hat einen Job! In einer Bar. Das heißt, er zieht aus. Morgen früh ist er weg!«

Das entspricht zwar noch nicht ganz der Wahrheit, aber ich habe das Gefühl, dass Björn Fakten braucht, ein »mit ziemlicher Sicherheit« oder »höchstwahrscheinlich« wären keine Garanten für die Verbesserung seiner Laune.

»Das wird ja auch höchste Zeit! Und einen Schlüssel hast du ihm auch noch gegeben?«

»Ja, warum nicht, ist ja nur noch für heute Abend.«

»Hast du dir schon mal überlegt, dass dieser Typ sich einen Zweitschlüssel anfertigen lassen könnte?«

»Mensch, Björn, das macht er nicht! Außerdem haben wir ein Sicherheitsschloss, da kann man die Schlüssel nicht einfach so nachmachen lassen.«

»Genau, und die Erde ist eine Scheibe. Du bist wirklich naiv, Karla.«

»Und du bist unhöflich!«

»Lieber unhöflich als dumm.«

Björn steht auf und klemmt sich die *Financial Times* unter den Arm. Auf dem Weg zur Toilette dreht er sich noch mal um. »Im Übrigen, dein Chef war nicht sehr begeistert, als ich dich heute Morgen krankgemeldet habe. Er meinte, dass das zu oft vorkommt. Ich hoffe, du bist dir darüber im Klaren, dass so was auch auf mich abfärbt!«

Dann verschwindet er endgültig auf der Toilette. Ich gehe in die Küche, nehme mir eine riesige Aktionspackung Maoam, die ich für Notfälle immer im Haus habe, aus dem Vorratsschrank und schiebe mir robotergleich ein süßes Kaubonbon-Früchtchen nach dem anderen in den Mund, so lange, bis die Packung leer ist und sich die Verpackungspapierchen zu einer ansehnlichen Pyramide auf dem Küchentisch aufgetürmt haben. Ich hatte wirklich gehofft, Björn würde die Nachricht, dass Jesús auszieht, positiv aufnehmen, schließlich war es doch das, was er unbedingt wollte.

Nachdem ich Jesús' Unterhosen aus dem Badezimmer geholt habe, um weiteren Ärger zu vermeiden, werfe ich die Steaks in die Pfanne und drehe den Backofen mit den Kartoffeln höher. Vielleicht kann das gemeinsame Essen den Abend noch retten, auch wenn ich wahrscheinlich nach der Tüte Maoam keinen Bissen mehr runterkriege. Ich öffne die Flasche Rotwein und fülle die beiden Gläser, die schon auf dem Esstisch stehen.

»Schon wieder Alkohol?«, fragt mich Björn, der gerade wieder vom Klo kommt. Seine Stimme klingt jetzt aber zumindest nicht mehr aggressiv, anscheinend hatte die Toilettensitzung eine besänftigende Wirkung.

»Ich dachte, wenn wir zusammen noch ein Glas Wein trinken, entspannt das die Atmosphäre zwischen uns.«

»Ich kann keinen Wein trinken, mein Magen ist immer noch angeschlagen. Von wegen, so scharf wie ein Pfefferkorn in der Karibik. Das war ein Anschlag!«

»Ach, komm schon, er konnte doch gar nicht wissen, dass du so empfindlich bist.«

»Ach, ich bin also empfindlich? Und was ist dein kubanischer Terrorist?«

»Locker?«

»Und das gefällt dir?«

»Nein, also ja, in bestimmten Situationen vielleicht schon, es macht das Leben manchmal einfacher.«

»Ha! Sich bei fremden Leuten einzunisten und sich locker durchzuschnorren, das ist tatsächlich einfach. Wirklich beneidenswert. Und meiner Freundin gefällt das auch noch!«

Björns Gemeinheiten sind in diesem Moment einfach zu viel für mich. Im Bruchteil einer Sekunde werden meine Augen feucht, und ein paar Tränen laufen mir über das Gesicht, ohne dass ich den Hauch einer Chance hätte, etwas dagegen zu tun.

»Ich hab extra für dich gekocht«, schniefe ich, »und du stänkerst hier die ganze Zeit herum!«

Björn, der mittlerweile gemerkt hat, dass ich weine, kommt auf mich zu. Tränen sind etwas, mit dem er nicht umgehen kann. Aus seinem Gesicht ist der Groll gewichen und der verkniffene Zug verschwunden. Er seufzt.

»Tut mir leid, Karla. Ich war nur so sauer wegen gestern, weil der Typ mir den Magen verbrannt hat und du dich mit ihm auch noch betrunken hast. Komm schon, hör auf zu weinen.«

»Ich versuch's«, sage ich und wische mir die Tränen mit dem Handrücken aus dem Gesicht.

»Was gibt's denn zu essen?«

»Dein Lieblingsessen«, sage ich leise.

»Filetsteak?«

»Genau. Und außerdem wollte ich dir etwas sehr Wichtiges sagen.«

»Und was wolltest du mir sagen?«

»Das sage ich dir nur, wenn du mir versprichst, dass wir heute Abend nicht mehr über Jesús streiten.«

Er überlegt kurz. »Ich hatte eh nicht vor, mich noch länger mit dem Typen zu beschäftigen, also … raus mit der Sprache!«

»Nun ja, ich hab mir überlegt, dass ich sehr gerne Karla Kaschinsky heißen würde«, sage ich leise.

»Gute Entscheidung!«, zum ersten Mal lächelt Björn an diesem Abend. »Gibt's zu dem Steak auch Rosmarinkartoffeln?«

»Ja!«

»Und Salat?«

»Genau! Und Mousse au Chocolat hab ich auch noch besorgt.«

Björns Lächeln wird breiter, und er lässt sich sogar dazu hinreißen, mich in den Arm zu nehmen.

»Weißt du was, meine Frau bald Kaschinsky?«

»Was?«

»Ich glaube, meinem Magen geht es schon viel besser. Vielleicht könnte ich doch ein bisschen was essen …«

»Hab schon verstanden«, sage ich und gehe erleichtert in die Küche, um das Essen zu holen.

Gegen drei Uhr Morgens kommt Jesús nach Hause. Als ich den Schlüssel höre, schäle ich mich vorsichtig aus dem Bett, um Björn nicht zu wecken, und gehe in den Flur.

»Hola, Karla, du bis noch wach?«, begrüßt mich ein müde wirkender Jesús.

»Ja, ich muss doch wissen, wie es gelaufen ist, hast du den Job?«, frage ich ihn nervös.

»Claro! Hab ich doch gesagt, ist sichere Sach. Wir Kubaner halte zusamme.«

»Und das Zimmer?«

»Sí!«

»Jesús, das ist großartig!«, freue ich mich und umarme ihn stürmisch.

»Jesús ist großartig!«, sagt er stolz und grinst über das ganze Gesicht.

»Von mir aus auch das. Gute Nacht, Jesús.«

Ich lege mich erleichtert und glücklich zurück zu Björn ins Bett und falle sofort in einen tiefen Schlaf. Wieder träume ich von der Hochzeit. Dieses Mal ist es Björn, den ich heirate.

24. Kubanische Nacktschnecken

Als Björn und ich am nächsten Abend aus der Bank nach Hause kommen, ist es still in der Wohnung. Ich bin ein wenig nervös, als wir den Flur betreten, weil ich mir einfach nicht sicher sein kann, dass Jesús wirklich ausgezogen ist, auch wenn er es mir heute Morgen hoch und heilig versprochen hat. Auf der kleinen Kommode im Flur liegt der Zweitschlüssel, den ich Jesús gegeben habe. Ich werte das als gutes Zeichen. Ich nehme den Schlüssel und wedle damit vor Björns Gesicht.

»Ich hab dir doch gesagt, dass das kein Problem mit dem Schlüssel ist!«

Björn reagiert nicht, sondern geht schnurstracks in sein Arbeitszimmer. Ich folge ihm. Das Zimmer sieht, mal abgesehen von den leeren Joghurtbechern, den zwei ausgedrückten Farbtuben und einer einsamen blauen Socke, die auf dem Boden liegt, fast wieder so aus wie Björns Arbeitszimmer, bevor Jesús eingezogen ist. Die Malsachen, die Staffelei, sein kleiner Pappkoffer, seine Klamotten, alles ist weg. Die Gerbera, die in einem buntgestreiften Topf auf dem Fensterbrett steht, lässt den Kopf hängen, sie sieht aus, als wäre sie unendlich traurig, dass Jesús ausgezogen ist. Mir dagegen fällt ein ganzer Planet vom Herzen. Er ist tatsächlich weg!

Björn nimmt Joghurtbecher, Tuben und Socke, wobei er die Socke mit spitzen Fingern anfasst, und geht damit in die Küche, wo er alles im Mülleimer entsorgt. Danach verschwindet er mit einem »So, ich zieh mir mal den Anzug aus« ins Schlafzimmer. Ich gehe in die Küche und lasse mich erleichtert auf einem unserer Küchenstühle nieder und atme mehrfach tief durch.

»Was ist das denn?«, ruft Björn plötzlich aus dem Schlafzimmer.

Meine Entspannung ist sofort wieder wie weggeblasen. Liegt Jesús vielleicht in unserem gemeinsamen Bett? Ich renne ins Schlafzimmer. Als ich ins Zimmer komme, bin ich zunächst erleichtert: Unser Bett ist unberührt. Allerdings steht Björn vor einem Bild, das gestern nachweislich noch nicht da hing. Ich trete näher, und natürlich erkenne ich sofort, um was es sich handelt: eine von Jesús' Vaginen in Öl. Und ich fürchte, es handelt sich nicht um irgendeine.

»Weißt du, was das sein soll?«, fragt mich Björn, der das Bild eingehend betrachtet und den Kopf dabei schief hält, in der Hoffnung, dass sich ihm das Kunstwerk so erschließt.

»Ähm, ich glaube, das ist eine kubanische Nacktschnecke.«

»Eine Nacktschnecke? Mit Haaren?«

»Da gibt's ganz viele von in der Karibik!«

»Da hab ich noch nie was von gehört. Ach, guck mal, da hängt ein Zettel«, bevor ich reagieren kann, zupft Björn ein gelbes Post-it vom Rahmen des Bildes. Ich versuche, ihm den Zettel wieder abzunehmen, aber Björn ist schneller. Er dreht sich von mir weg und liest. Ich halte die Luft an. Was ist, wenn Jesús das Bild *Karlas Vagina* genannt hat? Björn dreht sich wieder zu mir um und schaut mich fragend an.

»Und? Was steht da?«, frage ich ihn aufgebracht.

»Also, das versteh ich nicht …«, sagt er ratlos.

»Um Gottes willen, Björn, was verstehst du nicht?«, frage ich ihn entsetzt und überlege panisch, wie ich ihm ein Bild von meiner Vagina, gemalt von Jesús, erklären könnte. Björn schaut mich mit großen Augen an. »Jetzt sag doch!«, flehe ich.

»Hier steht: *Ist ein kleines Danke dafür, das ich hier wohnen durfte. Hab ich aus Gedächnis gemalt, weil ich keine Fotoapparat mehr hab! Kommt doch heut in die Bar, ich geb euch eine tolle Cocktail aus. Euer Jesús.*«

Ich fange hysterisch an zu lachen. Meine Nerven haben in letzter Zeit doch arg gelitten.

»Was findest du daran so komisch? Und was soll das mit dem Fotoapparat und dem ›aus dem Gedächtnis gemalt‹ bedeuten?«, fragt Björn irritiert.

»Künstler eben, da weiß man doch nie so genau, was die meinen!«

»Kunst? Na ja, ich weiß nicht, ob man das als Kunst bezeichnen kann. Obwohl es mich tatsächlich an irgendwas erinnert, ich weiß nur nicht genau, woran. Aber vielleicht komm ich ja noch drauf.« Björn betrachtet das Bild immer noch eingehend, und bevor er auf die Lösung kommen kann, nehme ich den Schinken mit einem »Also, mir gefällt das auch nicht!« schnell von der Wand.

»Wieso auch? Ehrlich gesagt, ich find's gar nicht so schlecht«, meint Björn zu meinem großen Erstaunen.

Ich meine, ist ja schön, wenn Björn meine äußeren Geschlechtsorgane gefallen, andererseits könnte ich ja schon beleidigt sein, dass er sie noch nicht mal erkennt. Vielleicht sollten wir doch öfter mal das Licht anlassen.

»Das bleibt auf gar keinen Fall hier hängen!«, sage ich in strengem Tonfall und stelle das Bild an die Wand, so dass man es nur noch von hinten sieht.

Björn zuckt lediglich mit der Schulter. »Hauptsache, der kubanische Kasper ist weg. Herrlich, dass hier endlich wieder Ruhe ist.« Er zieht sich die Anzughose aus. »Und weißt du was?«, fragte er mich, »genau deswegen lade ich dich jetzt zum Essen ein. Wir gehen ins *Amabile*!«

25. JVA für Auswanderer

Als wir eine halbe Stunde später die Zülpicherstraße in Richtung *Amabile* entlanglaufen, sehe ich schon von weitem das rotblinkende Schild, auf dem *Cubana Bar* steht.

»Ist das nicht die Bar, in der Jesús jetzt arbeitet?«, fragt mich Björn.

»Ja, glaub schon.«

»Vielleicht sollten wir mal schauen, ob der jetzt tatsächlich da arbeitet. Ich kann mir gut vorstellen, dass das auch eine Lüge war.«

»Björn, das ist jetzt nicht dein Ernst! Seit Tagen willst du Jesús unbedingt loswerden, und jetzt, wo er weg ist, willst du ihn besuchen?«

»Ich will nur wissen, ob uns der Typ total verarscht hat.«

»Was würde das ändern, wenn er uns verarscht hätte?«

»Für mich einiges!«

»Björn, es geht dir doch jetzt nur darum, recht zu behalten, du willst doch nur beweisen, dass Jesús ein Lügner ist.«

»Gar nicht! Außerdem hat er uns auf einen Drink eingeladen. Also, jetzt komm, nehmen wir unseren Aperitif in der *Cubana Bar* und gehen dann schön essen.«

»Ach, Björn … ich will aber nicht …«

»Aber ich!«

Björn zieht mich in die Bar, und bevor ich ihn wieder rausziehen kann, hat Jesús uns bereits entdeckt und begrüßt uns herzlich.

»Hola, wie schön, dass ihr seid gekomme! Was möchtet ihr trinke, geht aufs Haus!«

Ich werfe Björn einen »Da siehst du's, Jesús ist kein Lügner«-Blick zu, und wir setzen uns an die Bar. Ich schaue mich an Jesús' neuem Arbeitsplatz um. Im Moment ist noch nicht viel los, lediglich zwei Frauen sitzen an einem kleinen Tischchen und trinken einen Cocktail. Der Raum ist in rotes Licht getaucht, im hinteren Teil hängt eine Discokugel, die aber gerade nicht beleuchtet wird. Die Tapeten erinnern an ein Siebziger-Jahre-Wohnzimmer. Tische, Stühle und Bänke sind aus dunklem Holz, und von der ebenfalls roten Wand lacht uns ein riesiger Che Guevara an, in der Hand eine Zigarre, die munter vor sich hin qualmt.

»Guck mal, da hängen sogar schon zwei Nacktschnecken von Jesús.« Björn deutet auf die Wand hinter mir, ich drehe mich um, und tatsächlich, da hängen zwei Vaginen über einem Vierertisch. »Nicht ungeschickt der Kerl, gutes Marketing. Hätte ich ihm gar nicht zugetraut«, meint Björn.

»Ich ihm schon«, seufze ich. Allerdings wundere ich mich schon, dass er es geschafft hat, innerhalb so kurzer Zeit drei Bilder zu malen, aber anscheinend hat er ausreichend Routine.

»Was darf es denn sein?«, fragt uns Jesús.

»Zwei Mojito bitte und danke für die Einladung!«, sage ich.

»Für mich lieber ein alkoholfreies Bier«, sagt Björn.

»Sí! Eine Mojito un eine Mädchenbier. Ahora mismo!«

Jesús macht sich an die Arbeit und mixt, was das Zeug hält. Björn ignoriert die Spitze mit dem Mädchenbier. Als Jesús uns die Drinks bringt, sagt Björn zu Jesús: »Nicht schlecht, deine Idee, die Nacktschnecken hier aufzuhängen.«

Jesús lacht. »Nacktschnecke? Das is sehr lustige Wort für …«

»Jesús? Wie ist denn deine Unterkunft?«, frage ich schnell, um vom Thema abzulenken.

»Is wirklich sehr gut! Wills du sehe?«

»Lieber nicht, wir müssen dann auch gleich weiter …«, sage ich.

»Doch, ich würde schon gerne sehen, wo du jetzt wohnst«, meint Björn.

Das darf doch echt nicht wahr sein! Seit Tagen liegt mir Björn in den Ohren, dass er Jesús nicht mehr sehen will und dass er ihn für einen Terroristen hält, und jetzt tut er so, als seien die beiden beste Freunde. Da aber auch ich natürlich neugierig bin, wo Jesús jetzt untergekommen ist, und ich ja auch immer noch irgendwie in der Verantwortung stehe, füge ich mich in mein Schicksal und begleite die beiden durch einen Seitenausgang, der in ein dunkles, muffiges Treppenhaus führt. Von da aus sind es drei Treppen nach oben, es ist seltsam still im Gebäude. Von dem Flur, in den uns Jesús führt, gehen zahlreiche hellbraune Sperrholztüren ab. An der dritten bleibt er stehen und schließt die Tür auf. Das Zimmer, das wir betreten, ist klein und dunkel. Der Fußboden besteht aus grauem, schon ziemlich angeschmutztem PVC, das sich an den Seiten bereits in Wellen vom Boden löst. In der Ecke des Zimmers steht ein schmales Metallbett, auf dem eine dünne Matratze, eine Wolldecke und ein schmales Kissen liegen.

»Siehs du, hier schlaf ich!«, Jesús lässt sich gutgelaunt auf sein kleines Bett fallen, wobei sich die Matratze bedenklich quietschend gen Boden biegt. »Un hier hab ich mein Kleider«, er steht wieder auf und läuft zu einem klapprigen Sperrholzschrank, den er öffnet. Seine Kleidung hängt ordentlich darin, auch wenn es immer noch nicht gerade viel ist. »Un hier kann ich essen an meine eigene Tisch«, Jesús lässt sich auf einen einsamen Stuhl fallen, der an einem kleinen Resopaltischchen steht, auf dem gerade mal Platz für einen Frühstücksteller und eine Tasse ist, aber Jesús präsentiert ihn, als wäre es eine königliche Tafel in einer herrschaftlichen Villa. »Un hier mal ich!«, sagt Jesús stolz, steht wieder auf und geht in die andere Ecke des Zimmers, in der seine Staffelei steht, der einzig freundliche Gegenstand in diesem Raum. Ich gehe jede Wette ein, dass die

Zimmer in der JVA komfortabler sind als diese deprimierende Kammer.

»Na, ist doch super hier«, meint Björn, und ich gucke ihn erstaunt an.

»Nun ja, vielleicht nicht gerade eine Luxusherberge«, sage ich, gehe zum Fenster und schiebe den rostroten fleckigen Vorhang zur Seite, in der Hoffnung, so ein bisschen Licht in das Zimmer zu lassen. Ich schaue auf eine triste graue Betonwand, die sich in einem Abstand von etwa 50 Zentimetern direkt vor dem Fenster befindet.

»Hab ich alles, was ich brauche«, meint Jesús und lächelt.

»Wohnen in dem Gebäude denn noch mehr Kellner?«, frage ich ihn.

»No, bin ich die Einzige!«, sagt Jesús stolz, als wäre das eine Auszeichnung.

»Hmmmm … ist dann ganz schön einsam hier, wenn die Bar geschlossen hat, oder?«, frage ich Jesús.

»Aber das ist doch toll, dann kann der Jesús in aller Ruhe malen!«, meint Björn.

»Is alles super hier, is ein bisschen wie auf Kuba«, meint Jesús.

»Na, dann können wir ja jetzt …«, sage ich und gehe zur Tür. Die beiden folgen mir, und wir machen uns auf den Weg zurück in die Bar.

Dort erst merke ich, wie bedrückend die Atmosphäre in Jesús' Zimmer war, und der in Rot getauchte Raum mit dem lächelnden Che Guevara erscheint mir wie ein Ort des Lichts und Lebens.

Als wir wieder bei unseren Getränken sitzen, meint Björn: »Um noch mal auf deine Bilder zurückzukommen, Jesús: Darfst du sie umsonst hier aufhängen oder ist da der Besitzer irgendwie dran beteiligt, falls du was verkaufst?«

»No, darf ich umsonst mache, un wenn ich was verkauf, darf ich auch behalten.«

»Sehr gut! Werbung, die nichts kostet, nicht schlecht«, meint Björn und hat sogar eine Nuance Anerkennung in der Stimme.

»Danke, Björn«, sagt Jesús.

Hey, was ist denn mit den beiden los? Das ist das erste freundliche Wort, das sie miteinander wechseln, offensichtlich hat Jesús Björn gegenüber ein wenig Vertrauen und sogar an Respekt gewonnen.

»Aber sag mal, was genau ist das denn jetzt auf deinen Bildern?«, will Björn wissen.

»Himmel!«, rufe ich, »es ist schon nach acht! Björn, wir müssen los!«

»Nach acht schon? Dann müssen wir wirklich.«

Auf Björns Pünktlichkeitsfimmel kann man immer zählen. Wir trinken unsere Getränke schnell aus und wünschen Jesús alles Gute. Dann gehen wir aus der Bar und … ich fühle mich großartig. Jetzt ist es endgültig geschafft! Jesús ist ausgezogen, er hat einen Job und eine Unterkunft, auch wenn die zugegebenermaßen nicht gerade luxuriös ist. Aber für den Anfang reicht es, und sobald das hier alles offiziell ist, muss ich auch nicht mehr die Verantwortung für ihn übernehmen. Der Hochzeit steht ab sofort nichts mehr im Wege. Ich umarme Björn und drehe mich ein paarmal lachend im Kreis.

»Was ist denn mit dir los? Muss ja ganz schön stark gewesen sein, dein Cocktail.«

»Cocktail? Das hat damit gar nichts zu tun, ich bin einfach nur glücklich!«

»Aha. Und warum so plötzlich?«

»Weil, weil … weil wir heiraten!«, rufe ich laut, und ein paar Studenten drehen sich verwundert zu uns um.

»Man könnte meinen, du hättest es erst gerade eben erfahren«, lacht Björn.

»Weißt du, ich fühl mich auch so!«

»Schön, aber jetzt lass uns endlich essen gehen, wir sind wahrscheinlich eh schon viel zu spät dran«, er schaut auf seine Uhr. »Hey, ist ja erst Viertel vor! Hast du nicht gerade gesagt, es wäre schon nach acht?«

»Ist doch herrlich, jetzt kommen wir auch noch pünktlich!«, freue ich mich unbändig.

Björn schüttelt verwundert den Kopf, und wir machen uns auf den Weg ins *Amabile.*

26. Angevögelter Psycho

Björn und ich fallen kichernd in den Wohnungsflur. Björn wollte schon mal üben, mich über die Schwelle zu tragen, aber aufgrund meines erhöhten Maoam-Konsums in der letzten Zeit ist er unter meinem Gewicht fast zusammengebrochen. Ich bin regelrecht über die Schwelle geflogen.

»Ich glaube, du musst noch ein wenig trainieren bis zur Hochzeit!«, kichere ich.

»Oder du musst zehn Kilo abnehmen.«

»Du hast mal gesagt, dass du jedes Kilo an mir liebst.«

»Wann genau war das noch mal?«

»Hey!«, ich zwicke ihn in die Seite, »du bist auch nicht gerade schlanker geworden in den letzten Jahren!«

»Mir fehlt einfach nur die Bewegung.«

»Seh ich auch so!«

Ich ziehe Björn ins Schlafzimmer und werfe ihn aufs Bett.

»Hey, nicht so stürmisch! Außerdem … muss ich mir erst noch die Zähne putzen.«

»Wieso denn? Du schmeckst bestimmt noch nach dem herrlichen Rotwein und den phantastischen Erdbeeren in Balsamico aus dem *Amabile*!«

»Ich hatte das Tiramisu.«

Björn rafft sich vom Bett auf und geht ins Bad. Wenn er sich unbedingt die Zähne putzen will, bitte. Ich will jetzt einfach nur Sex, schmutzig und leidenschaftlich! Aus dem Bad höre ich das Summen der Oral B, das nach zwei vorbildlichen Minuten wieder verstummt. Danach kommen aber noch die Zahnseide und der Zungenkratzer; Björn legt sehr viel wert auf gepflegte Zähne.

Das macht er jeden Abend, ohne Ausnahme. Nach weiteren fünf Minuten kommt er endlich wieder ins Schlafzimmer, er trägt jetzt nur noch seine Boxershorts. Er löscht das Licht und kriecht zu mir unter die Decke.

»Wollen wir das Licht vielleicht mal anlassen?«, frage ich ihn.

»Warum?«, fragt Björn.

»Na ja, wir könnten uns sehen.«

»Mir reicht es, wenn ich dich spüre.«

Das Licht bleibt also aus, und Björn kommt zu mir rüber. Wir küssen uns leidenschaftlich, der Alkohol hat die Hemmschwelle erheblich nach unten versetzt, und Björn lässt sich sogar zu einem Stellungswechsel überreden. Er lässt mich gewähren, als ich mich auf ihn setze. Normalerweise bevorzugt er es, wenn ich unter ihm liege. Darüber, ob und inwieweit sich die Vorliebe für eine bestimmte Stellung beim Sex auch auf gewisse Charakterzüge übertragen lässt, möchte ich in diesem Moment nicht nachdenken. Ich genieße die Nähe und die Tatsache, dass Körper und Gehirn einzig und allein damit beschäftigt sind, gemeinschaftlich zum Höhepunkt zu kommen, alles andere ist in diesem Moment ausgeblendet, nicht vorhanden. Ich denke noch nicht mal darüber nach, ob ich eventuell zu schwer für Björn sein könnte.

»Gut so?«, frage ich ihn.

»Vielleicht nicht ganz so schnell. Unser Bett quietscht!«, sagt er gepresst.

»Das ist doch jetzt total egal!«, stöhne ich.

»Aber die Nachbarn …«

»Vergiss die Nachbarn!«

»Vielleicht sollte ich doch lieber oben …«

Ich ignoriere Björn und mache einfach weiter.

»Mir wäre es doch lieber, wenn wir es so machen wie sonst …«, meint Björn.

»Ach, komm schon, ein bisschen Abwechslung kann uns nicht schaden.«

»Aber dann nicht so schnell …«

Ich will gerade das Tempo verlangsamen, als es an der Tür klingelt. Wir halten beide inne.

»Wer kann das denn jetzt noch sein? UPS?«, frage ich flüsternd.

»Quatsch! Doch nicht um diese Zeit. Wahrscheinlich ein paar betrunkene Studenten, die sich einen Spaß erlauben. Vergiss es einfach!«. Björn nutzt die Gelegenheit und dreht sich zusammen mit mir auf die Seite. Als er sich gerade auf mich legt, klingelt es wieder, dieses Mal länger.

»Nach Klingelmännchen hört sich das jetzt aber nicht an«, flüstere ich.

»Komm schon, Karla, is doch egal«, stöhnt dieses Mal Björn, der sich in seiner angestammten Sexposition ganz offensichtlich wesentlich wohler fühlt.

Es klingelt erneut, und ich beginne mir ernsthaft Sorgen zu machen.

»Ich geh mal gucken«, sage ich und winde mich unter Björn hervor.

»Och nee, ne!«, nölt Björn, während ich aufstehe.

Ich ziehe mir meinen Bademantel über und gehe an die Tür. Durch den Spion sehe ich zwei Männer in orangefarbener Kluft und frage mich, wieso die Müllabfuhr jetzt schon mitten in der Nacht kommt. Ich öffne die Tür. Vor mir stehen keine Müllmänner, sondern Sanitäter. Mit einer Trage. Auf der Trage liegt Jesús.

»Ja, um Gottes willen, was ist denn passiert?«

»Der junge Mann sagt, er sei Jesus. Hat 'ne Panikattacke bekommen in seinem kleinen Zimmerchen, wir haben ihm ein Beruhigungsmittel gegeben.«

»Aber … was bringen sie ihn denn zu mir?«

Fast verschwörerisch flüstert mir der Sanitäter ins Ohr: »Weil Jesus sagt, dass er hier wohnt.«

»Sagt er das?«

»Ja, das sagt er.«

Sag NEIN Karla, bitte sag NEIN!

»Also eigentlich …«

»Was eigentlich?«

»Er kann nicht hierbleiben.«

»Alles klar, dann fahren wir ihn direkt in die Psychiatrie.«

Jesús hebt den Kopf und schaut mich fast flehend aus seinen schwarzen Augen an. Seine Haare hängen ihm wirr im Gesicht.

»Bitte, no!«

Ich schließe ganz kurz die Augen, atme tief durch und weiß, dass ich sowieso nicht anders kann.

»Kommen Sie rein … am besten da lang«, ich deute auf die Wohnzimmertür.

Die Sanitäter tragen Jesús ins Wohnzimmer.

»Können wir ihn hier auf die Couch legen?«

»Ja … sicher«, antworte ich.

»Wissen Sie, wo der Mann versichert ist, wir bräuchten seine Versichertenkarte, und er konnte uns keine Auskunft geben«, fragt einer der Sanitäter.

Björn steht in Boxershorts in der Tür. »Was ist denn hier los?«

»Versichertenkarte?«, frage ich den Sanitäter, und mein Gehirn versucht so schnell wie möglich die Lage zu erfassen.

»Ja genau, er muss ja irgendwo versichert sein!«

»Kann mir bitte mal jemand erklären, was hier los ist?« Björn stemmt die Hände in die Seiten.

Während der andere Sanitäter Björn erklärt, was mit Jesús los ist, gehe ich schnell in den Flur. Ich muss an den Passus aus dem Schreiben der kubanischen Botschaft denken, in dem stand, dass ich für alle Kosten verantwortlich bin, die Jesús hier in Deutschland verursacht, heißt, ich müsste sehr wahrscheinlich auch für den Krankenwageneinsatz bezahlen, was, soweit ich weiß, nicht ganz billig ist. Was ich allerdings ganz sicher weiß, ist, dass mein Konto völlig überzogen ist.

»Eine Panikattacke?«, fragt Björn gerade ungläubig.

»Ja, er hat das ganze Haus zusammengeschrien, bis eine Nachbarin uns gerufen hat. Es gibt Menschen, die vertragen einfach keine Einsamkeit, insbesondere Südländer«, antwortet der eine der beiden Sanitäter. »Sie sollten zumindest in der nächsten Zeit darauf achten, dass er nicht zu oft allein ist, bis sich sein Zustand wieder stabilisiert hat«, höre ich aus dem Wohnzimmer.

Ich nehme Björns Portemonnaie, das auf dem Tischchen im Flur liegt, friemele seine Versichertenkarte aus einem der Seitenfächer, gehe schnell zurück ins Wohnzimmer und drücke sie einem der Sanitäter in die Hand.

»Björn Kaschinsky?«, fragt er mich misstrauisch.

Björn guckt mich an wie eine Königskobra, kurz bevor sie ihrem Opfer die Zähne in den Körper rammt.

»Also eigentlich Jesús Björn Kaschinsky. Sie kennen ja das Chaos mit dem Rufnamen, seit dieser neue Perso da ist«, sage ich schnell.

»Allerdings. Na ja … in dem Fall hat er ja noch Glück gehabt, Ihr Jesus …«, lacht der Sanitäter und notiert sich die Daten von Björns Versichertenkarte.

Björn schnappt nach Luft, und ich weiß, dass es jetzt schnell gehen muss, bevor er explodiert und meinen Versicherungsbetrug ins Wohnzimmer posaunt.

»Meine Herren, ich glaube, Jesús, ähh Björn sollte jetzt ganz schnell ins Bett, er sieht gar nicht gut aus, und die Versicherungsdaten haben Sie ja jetzt!«

»Ja, das sollte er tatsächlich, allein schon wegen des Beruhigungsmittels. Ich gebe Ihnen hier noch drei diazepamhaltige Tabletten, falls er einen erneuten Anfall haben sollte, aber seien Sie vorsichtig mit dem Medikament, es wirkt stark schlaffördernd, kann aber auch paradoxe Effekte haben.«

»Paradoxe Effekte?«, frage ich den Sanitäter.

»Das bedeutet, es kann auch kurzfristig das Gegenteil bewirken, aber das kommt selten vor und hält meist auch nicht lange an. Geben Sie ihm also höchstens eine davon und auch nur, wenn es nicht anders geht.«

»Mach ich. Danke, dass Sie ihn hergebracht haben. Auf Wiedersehen!«, ich schiebe die beiden Männer schnell in den Flur und aus der Wohnung raus, dann schließe ich die Tür, noch bevor die Sanitäter sich ebenfalls verabschieden können.

»Sag mal, spinnst du?«, faucht mich Björn an.

»Was genau meinst du?«, frage ich ihn unschuldig.

»Wieso gibst du denen meine Versichertenkarte?«

»Weil Jesús nicht krankenversichert ist und ich denen ja schlecht meine geben konnte.«

»Das ist Betrug! Und nicht nur das, du ziehst mich da auch noch mit rein.«

»Wenn wir zusammenhalten, kommt das schon nicht raus. Falls jemand fragt, hattest *du* eben die Panikattacke.«

»Ich?«, fragt Björn entsetzt. »Einen Scheiß werd ich machen, ich lass mich doch nicht als Psycho abstempeln!«

»Mensch, Björn, das kriegt doch keiner mit. Wir haben doch das Arztgeheimnis.«

»Und meine Versicherung? Kriegt die das etwa nicht mit?«

»Björn, jetzt hör bitte auf, hier so rumzuschreien, du siehst doch, in was für einem Zustand Jesús ist.«

Wir schauen auf Jesús, der mit einem Lächeln im Gesicht und ziemlich entspannt auf unserem Sofa liegt.

»Mir geht es schon viel besser«, sagt er, als er merkt, dass wir ihn beide anschauen.

Björn schäumt vor Wut. »Eins sag ich dir, Karla, morgen kommen meine Eltern, und dann ist der Typ weg!«, er zeigt mit dem Finger auf Jesús, der lediglich lächelt. Das Beruhigungsmittel scheint zu wirken.

»Ja, Björn, ich versprech's dir! Aber jetzt lass Jesús doch erst mal ausruhen, er hat bestimmt Schlimmes durchgemacht.«

»Ja klar. Wahrscheinlich haben sie ihn wieder gefoltert in der Bar!«

Björn dreht sich um und geht zurück ins Schlafzimmer. An seinem Gang kann ich erkennen, dass er unfassbar wütend ist, er läuft wie ein Duracellhase, den man an Starkstrom angeschlossen hat, ins Schlafzimmer und knallt die Tür zu.

»Tür ist zu!«, lächelt Jesús.

»Ich weiß«, flüstere ich sanft.

Ich hole Jesús eine Decke und ein Glas Wasser. Ich gebe ihm das Glas, und er trinkt gierig, dann setze ich mich zu ihm.

»Sag mal, Jesús, was ist denn eigentlich passiert? Was war denn nur los?«

»Weiß ich auch nich so richtig, Carlita. Lag ich in Bett, und es war so dunkel un still, man hat nichts gehört, gar nichts. Dann hat meine Herz angefangen zu schlage ganz wild, un ich habe gedacht, dass ich schon bin tot und in eine Sarg. Und da hab ich so Angst gekriegt, dass man mich hat lebendig begrabe …«, ich merke, wie er ein bisschen anfängt zu zittern, auch seine Stimme bebt.

»Ach, Jesús! Das tut mir leid.«

»Sí, war fast so schlimm wie sterbe, aber jetz ist schon besser. Bin ich auch sehr müde«, er lächelt schwach.

»Das kommt von der Tablette. Am besten, du schläfst jetzt erst mal ein paar Stunden, dann geht es dir morgen bestimmt wieder gut. Ich lass das Licht im Flur an.«

»Danke, Carlita, du bis wirklich eine tolle Frau!«

Die Schlafzimmertür geht auf, und Björn ruft heraus: »Kommst du jetzt oder nicht?«

»Tür wieder auf«, flüstert Jesús.

»Ich weiß«, sage ich leise, dann decke ich Jesús zu und gehe ins Schlafzimmer.

27. Escort-Service

Am nächsten Morgen schält sich Björn um sieben Uhr aus dem Bett und das, obwohl Samstag ist.

»Was hast du vor?«, frage ich ängstlich. Es würde mich nicht wundern, wenn Björn nach dieser Nacht einfach abhauen würde.

»Ich muss noch mal ins Büro, am Montag hab ich Präsentation. Dann hol ich meine Eltern ab«, antwortet er kühl und zieht ein Hemd aus dem Kleiderschrank.

Okay. Er haut nicht einfach ab. Das ist ja schon mal was.

»Meinst du nicht, dass wir das mit deinen Eltern lieber verschieben sollten, ich meine, vielleicht ist heute nicht der richtige Tag, um unsere Verlobung bekannt zu geben, oder?«

Ich setze mich aufrecht hin und zupfe Björns Kissen zurecht.

»Und warum nicht?«, fragt er, während er in seine Hose schlüpft.

»Ich weiß nicht, vielleicht wegen letzter Nacht?!«

»Du meinst, weil dieser Schmarotzer schon wieder hier übernachtet hat, du meine Versicherung betrügst und ich als Psycho dastehe?«

Ich stehe auf und gehe auf Björn zu, der mich immer noch keines Blickes würdigt. »Björn, es tut mir wirklich leid, ich …«

Björn dreht sich zu mir um, sein Gesicht ist ernst und verschlossen. »Hör zu, Karla, meine Eltern kommen, so wie besprochen, ich kann und will ihnen nicht absagen. Das Einzige, was ich von dir verlange, ist, dass du den Kubaner aus der Wohnung wirfst. Wie du das machst, ist mir egal! Ich verlass mich auf dich. Ich lass dir das Auto da.«

»Warum das denn?«

»Zum Einkaufen!«

Damit verschwindet Björn aus der Wohnung, und ich lege mich zurück ins Bett. Ich fühle mich vollkommen überfordert. Jesús mit Panikattacke im Wohnzimmer, Björn sauer, seine Eltern zum Verlobungskaffee! Der Gedanke, vor welchen Aufgaben ich an diesem Tag stehe, lähmt mich komplett. Am liebsten würde ich einfach liegen bleiben und mit niemandem sprechen, einfach nichts mehr tun, abwarten, was passiert, und mich meinem Schicksal ergeben. Aber das geht nicht, zu viel steht auf dem Spiel. Aber womit zuerst anfangen? Jesús rauswerfen? Einkaufen? Aufräumen?

Als ich wieder aufwache, ist es bereits 11:00 Uhr. Scheiße! Ich springe aus dem Bett und bin zunächst orientierungslos, aber zumindest nicht mehr so gelähmt wie heute Morgen. Das Wichtigste ist, Jesús aus der Wohnung zu bekommen, zumindest für die Zeit, in der Björns Eltern da sind. Noch während ich mir die Zähne putze, rufe ich Yvette an.

»Yvette, ju mu mür elfe!«

»Was?«

»Omen!«

Ich nehme die Zahnbürste aus dem Mund und spucke die Zahnpasta aus.

»Entschuldige, Yvette! Ich sagte, du musst mir helfen!«

»Wobei?« Yvette klingt mehr als misstrauisch.

»Es geht um die Rettung meiner Beziehung, Yvette! Du musst mir einfach helfen.«

»Nur, wenn es nichts mit Jesús zu tun hat«, sagt sie bestimmt.

»Also, in erster Linie geht es um Björn und mich. Und dann erst um Jesús.«

»Es geht also doch um Jesús!«

»Nun ja, indirekt schon.«

»Die Kollegen im Hotel zerreißen sich immer noch das Maul wegen deinem Jesús.«

»Yvette, das tut mir leid. Ehrlich! Aber es geht gar nicht ums Hotel, es würde reichen, wenn du heute ein paar Stunden mit Jesús verbringen würdest. Vielleicht in eine Ausstellung gehen, Kaffee trinken oder so was. Es ging ihm gestern nicht so gut, und Björns Eltern kommen zu Besuch …«

»Karla, jetzt mal ehrlich, warum machst du das? Ich meine, gut, du hast mit ihm geschlafen, aber das heißt doch nicht, dass du dich jetzt rund um die Uhr um ihn kümmern musst, das ist doch Wahnsinn! Und wenn du mal überlegst, welcher Mann würde das für eine Frau machen, mit der er einmal Sex hatte? NICHT EIN EINZIGER! Oder ist da vielleicht doch mehr?«

»Nein, da ist nicht mehr!«

»Dann schmeiß ihn raus!«

»Das kann ich nicht! Er hatte letzte Nacht eine Panikattacke, ich kann ihn noch nicht mal allein lassen.«

»Eine Panikattacke? Neee, is klar! Weißt du was, du bist total bescheuert!«

»Ich weiß. Kannst du dich trotzdem heute um Jesús kümmern?«

»Nein!«

»Ach, Yvette, bitte!«

»Karla, ich kann nicht, ich hab Spätschicht, und du wirst verstehen, dass ich deinen Lover nicht noch einmal ins Hotel mitnehme.«

»Er ist nicht mein Lover!«

»Dann eben dein Ex-Lover! Tut mir leid, aber ich kann heute echt nicht Babysitter spielen, und anscheinend ist es ja das, was er braucht. Da musst du dir jemand anderen suchen.«

»Du sollst ja auch nicht Babysitter spielen, du sollst doch nur …«

»Nein! Ende der Diskussion.«

»Vielen Dank für deine Unterstützung, Yvette!«

»Sehr gerne!«

Ich lege auf. Zumindest hat Yvette mich auf eine Idee gebracht. Ich gehe ins Arbeitszimmer und hole mir den Laptop. Nach ein paar Minuten hab ich gefunden, was ich suche.

Nachdem ich telefoniert habe, gehe ich duschen und ziehe mir schon mal was Ordentliches für Björns Eltern an. Dann wecke ich Jesús mit einem starken Kaffee und sage ihm, dass er sich anziehen soll. Er ist zwar ziemlich verschlafen, macht aber ansonsten einen ganz normalen Eindruck, der sich bestätigt, als er behauptet, dass der Kaffee »schmeckt süßer als der Saft von eine ganze Zuckerrohrplantage«.

Ein paar Minuten später klingelt es an der Tür. Ich öffne, und vor mir steht eine kleine ältere Dame in einem dicken lila Wintermantel, mit runder Brille auf der Nase und kurzen gewellten grauen Haaren, die ein schwarzes Hütchen ziert.

»Ah, Sie sind bestimmt Frau Meile! Wunderbar. Kommen Sie doch rein«, begrüße ich sie.

»Sind Sie Frau Freytag?«

»Genau, ich hatte angerufen. Vielleicht können wir alles kurz besprechen, bevor Sie Jesús kennenlernen, er ist noch in seinem Zimmer.«

»Ach, der Kleine heißt Jesus, ungewöhnlicher Name.«

»Ein kubanischer Name.«

»Ach ja?«

Wir gehen ins Wohnzimmer und setzen uns beide auf die Couch.

»Sie möchten also, dass ich den kleinen Jesus heute den ganzen Tag über betreue. Was haben Sie sich denn vorgestellt? Soll ich mit ihm in den Streichelzoo? Oder lieber Eis essen gehen? Geht er gerne auf den Spielplatz?«

»Am besten, Sie machen alles! Jesús ist da ganz pflegeleicht.«

»Das freut mich zu hören, die meisten Kinder heutzutage wollen ja nur noch vor dem Fernseher oder dem Computer sitzen.«

»Nein, nein, Jesús ist da ganz anders, der freut sich, wenn er mal rauskommt. Er friert allerdings ziemlich schnell.«

»Ach, machen Sie sich da mal keine Sorgen, wenn der Junge friert, besorg ich ihm einen schönen heißen Kakao.« Frau Meile lächelt. »Wie alt ist denn der Kleine überhaupt?«

»Er ist gerade 26 geworden.«

»Also knapp zwei Jahre? Das ist zwar noch ziemlich klein, aber …«

In dem Moment kommt Jesús ins Wohnzimmer, er ist angezogen und macht, wie ich finde, einen guten Eindruck.

»Ach, da ist er ja! Jesús, das ist Frau Meile. Frau Meile … Jesús.«

Frau Meile starrt Jesús mit offenem Mund an und ignoriert seine Hand, die er ihr zur Begrüßung hinhält.

»Moment mal, ich soll mich um diesen Menschen kümmern?«

»Genau, das ist Jesús, und er braucht heute ein bisschen Betreuung.« Ich lächle Frau Meile freundlich an.

Frau Meile lächelt jetzt nicht mehr. »Sie wollen, dass ich mich um einen ausgewachsenen Mann kümmere?«

»Ich weiß, dass er, sagen wir mal, ein bisschen älter ist als die Kinder, um die Sie sich ansonsten kümmern, aber letztendlich macht er doch viel weniger Arbeit als ein kleines Kind, er geht zum Beispiel selbständig zur Toilette, kann ohne Hilfe essen, und er schreit auch nicht, also nur ganz selten.«

»Frau Freytag! Wir sind eine seriöse Firma, die sich um Kinder kümmert, die keine Großeltern haben, und kein Escort-Service. Das ist wirklich eine Unverschämtheit!« Frau Meile macht ein empörtes Gesicht.

»Jesús hat keine Großeltern!«

»Seit fast zehn Jahren mache ich diesen Job jetzt schon, aber so was … so eine Frechheit ist mir noch nie untergekommen!« Frau Meiles Stimme überschlägt sich fast vor Ärger. Sie erhebt sich und verlässt entrüstet das Wohnzimmer, ohne mich oder Jesús eines weiteren Blickes zu würdigen. Ich laufe ihr hinterher.

»Aber Frau Meile, Sie sollen doch nur ein bisschen Zeit mit Jesús verbringen, das hat überhaupt nichts mit Escort zu tun, ich zahl auch gut …«

Die Tür kracht ins Schloss, Frau Meile ist weg.

»Verdammte Scheiße«, fluche ich.

»Carlita, wer war das? Dein Oma?«

»Nein, das war nicht meine Oma! Vergiss es einfach«, schnaufe ich. Ich überlege kurz und öffne dann erneut den Laptop.

Die tschechische Studentin, die eine halbe Stunde später an der Tür klingelt, hat lange blonde Haare und ist dezent geschminkt. Sie ist sehr schlank und äußerst attraktiv.

»Also, für Sie wäre es kein Problem, den Nachmittag mit einem 26-Jährigen zu verbringen?«, frage ich sie, als wir im Wohnzimmer sitzen. Jesús ist wieder im Arbeitszimmer und malt.

»Nein, natürlich nicht! Es ist zwar ein wenig ungewöhnlich, dass die Frau das arrangiert, aber warum nicht?«

»Ach, das ist ja super!«, sage ich erleichtert. »Und was genau wird mich das kosten?«

»Ein Tag kostet 500 Euro, zuzüglich Spesen. Rechnen Sie mal mit 750 Euro.« Sie lächelt mich an.

»Wie bitte? 750 Euro? Für ein paar Stunden?«, ich falle vor Schreck fast von der Wohnzimmercouch.

»Nun ja, wir bieten einen exklusiven Service, der kostet halt.«

»Aber kann man da preislich nicht noch was machen? Ich meine, Sie sollen ja nicht mit ihm schlafen, Sie sollen lediglich ein bisschen Zeit mit ihm verbringen.«

»An wie viel hatten Sie denn gedacht?«, fragt sie mich.

»Na, so an 100 Euro vielleicht.«

Das Lächeln auf dem Gesicht der tschechischen Studentin verschwindet schlagartig. Sie steht kopfschüttelnd auf und nimmt ihre Handtasche.

»150?«, frage ich fast flehend.

Sie zieht ihre Jacke an und verlässt wortlos das Zimmer.

»200! Was ist mit 200?«, rufe ich ihr noch hinterher, als Antwort höre ich lediglich die Haustür, die, ähnlich wie bei Frau Meile, krachend ins Schloss fällt. Verdammt! Es ist mittlerweile kurz nach eins, und ich bin keinen Schritt weiter. Björn wollte gegen halb drei mit seinen Eltern da sein, Jesús ist immer noch hier, und ich war noch nicht mal einkaufen, geschweige denn, dass ich aufgeräumt hätte. Ich gehe zu Jesús ins Arbeitszimmer, wo er mit einem Skizzenblock auf dem Bett liegt.

»Jesús, meinst du, du kannst heute vielleicht ein paar Stunden allein in die Stadt?«

»Allein?«, fragt er ängstlich.

»Ja, nur ein paar Stunden. Es ist wegen Björns Eltern …«

Jesús mutiert innerhalb weniger Sekunden von einem Mann zu einem Häuflein Elend. Der Skizzenblock in seiner Hand fängt an zu zittern, und seine Augen füllen sich plötzlich mit Tränen. Er sieht aus, als würde er jeden Moment wieder anfangen zu schreien.

»Oh, Karla, mein Herz fängt wieder an zu schlagen so schnell wie eine Motor von Porsche, un mir wird plötzlich so heiß …«

»Ach du Scheiße! Bitte nicht, Jesús. Nicht jetzt!«

Ich renne panisch in die Küche und hole die drei Tabletten, die mir der Sanitäter gegeben hat, und ein Glas Wasser. Ich gebe Jesús eine von den Tabletten, er nimmt sie, ohne Theater zu machen, nachdem ich ihm versprochen habe, ihn nicht allein zu lassen und ihn mit zum Einkaufen zu nehmen. Als ich mir die Jacke angezogen habe und zurück ins Arbeitszimmer komme, sehe ich, dass nur noch eine Tablette auf dem Tisch liegt.

»Jesús, wo ist die andere Tablette, das waren doch drei?«, frage ich Jesús, der immer noch auf dem Bett sitzt.

»Hab ich noch ein genommen.«

»Im Ernst? Die Dinger sind verdammt stark!«

»Jesús auch!«, er grinst.

»Na, das hab ich gemerkt. Mist verdammter, du machst es mir nicht gerade leichter. Aber trotzdem, wir müssen jetzt was einkaufen.«

Ich beäuge Jesús kritisch, der wirkt aber wieder ganz normal und zufrieden, vielleicht sind die Tabletten ja doch nicht so stark, wie der Sanitäter gesagt hat, und es passiert gar nichts.

Auf der Fahrt zum Supermarkt ist Jesús im Gegensatz zu mir bester Laune. Das wird jetzt wohl hoffentlich nicht dieser paradoxe Effekt sein? Jesús dreht permanent am Radioknopf, auf der Suche nach Musik, die – wie er sagt – nicht klingt »wie verschlafene Füße«. Im Rewe schnappt er sich sofort einen Einkaufswagen und fährt damit durch die Gänge, ich kann ihm kaum folgen. Als er an der Wursttheke vorbeirast, ruft ihm Fleischfachverkäuferin Margarethe Walter hinterher: »Herr Jesus, wie schön, halten Se doch ma kurz an!«

Jesús bremst, wendet und fährt mit dem Einkaufswagen bei Frau Walter vor. »Ohhhh, die Frau Margarethe mit die leckere Wurst!«

»Isch hab Kuba jebucht. Im Februar. Zwei Wochen!«, sagt sie stolz, während sie ein riesiges Stück Fleischwurst abschneidet und es Jesús hinhält.

Jesús nimmt das Stück und stopft es sich komplett in den Mund. »Bevor du fährst, Margarethe, muss du unbedingt noch lerne Salsa«, rät er ihr kauend.

»Salsa? Um Gottes willen, isch kann gar nit tanzen, dat lern isch nie!«

»Momentito, kann ich dir zeige!«

Jesús geht zum Seiteneingang der Wursttheke, öffnet die Tür und zieht die überraschte Frau Walter in den Gang. Dann drückt er sie an sich und beginnt mit ihr zu tanzen. Frau Walters Gesicht färbt sich tief rot, was wahrscheinlich an Jesús' Knie liegt, das er ihr zwischen die Beine schiebt. Ein paar Leute bleiben stehen und schauen sich die kleine Tanzeinlage interessiert an.

»Jesús, bitte … wir müssen los!«, ich versuche ihn wegzuziehen, aber Jesús dreht Frau Walter so schnell, dass ich anstelle von Jesús nur ganz kurz ihre weiße Kittelschürze in die Finger bekomme. Jesús wirbelt die füllige Frau Walter noch ein paarmal um ihre eigene Achse, dann lässt er Gott sei Dank von ihr ab. Sie schnauft wie eine Dampflok und sieht aus, als würde sie gleich einen Herzinfarkt bekommen.

»Dat war … dat war wirklisch beeindruckend, Herr Jesus«, schnauft sie.

»Mach dir kein Sorge, Frau Margarethe, wenn du noch eine bisschen lockerer wirst in die Hüfte, wird jede kubanische Mann begeistert sein von deine Salsa.«

Frau Walter lächelt.

»Ich hätt gerne ein Kilo Gehacktes.« An der Theke steht ein übellauniger Mann mit grauem Vollbart und einer runden rahmenlosen Brille, Typ frustrierter Deutschlehrer. Ich habe kurz Angst, dass Frau Walter den Mann zusammenstaucht, so wie sie es bei der Kundin beim letzten Mal gemacht hat, aber heute ist sie offensichtlich nicht auf Krawall gebürstet.

»Isch komme schon! Danke für die Tanzstunde, Jesus!« Frau Walter streicht ihre Kittelschürze glatt und geht zurück hinter ihre Theke.

Ich bleibe stehen, bis der Mann sein Hackfleisch bekommen hat, dann spreche ich Frau Walter an.

»Frau Walter, wenn Ihnen das so gefallen hat, dann könnte Jesús Ihnen doch vielleicht ein paar Tanzstunden mehr geben?«

Sie schaut mich an und überlegt kurz. »Ja, dat is vielleicht keine schleschte Idee! Wann denn?«

»Jetzt?«

»Jetzt? Aber Se sehen doch, dat isch arbeiten muss!«

»Vielleicht können Sie sich ja spontan freinehmen? Jesús ist leider ziemlich beschäftigt und kann nur heute, würde Sie auch nichts kosten. Das ist doch eine tolle Gelegenheit, oder?«

»Isch weiß nit, isch glaube nit, dat mein Chef …«

»Soll ich mal mit Ihrem Chef reden?«, frage ich sie.

»Nein, lieber nit, und ehrlisch gesagt, glaube isch auch nit, dat der Herr Jesus heute noch Tanzunterricht jeben will.« Frau Walter schaut auf einen Punkt hinter mir, und ich drehe mich um. Ich traue meinen Augen nicht.

Jesús sitzt vor einem Regal mit Spirituosen auf dem Boden, sein Kopf ist zur Seite gefallen, neben ihm liegt eine Flasche Wodka, die anscheinend aus dem Regal gerollt ist, als er sich dagegengelehnt hat. Ein paar Kunden gehen kopfschüttelnd an ihm vorbei. Jesús schläft.

»Sie haben recht. Er sieht tatsächlich nicht so aus«, seufze ich und sehe vor meinem geistigen Auge das letzte Fünkchen Hoffnung, Jesús noch irgendwo unterzubringen, verglühen.

»Dann vielleicht ein anderes Mal. Bekomme ich auch ein Stück Fleischwurst zum Probieren?«

»Tut mir leid, Fleischwurst is aus!«

Ich wecke Jesús, der sich umständlich hochrappelt, und es dauert fast eine halbe Stunde, bis wir es geschafft haben, Milch, Kaffeebohnen, Sahne und Wasser einzukaufen. Nachdem ich bezahlt habe, packen wir schnell die Lebensmittel zusammen, Jesús ist mittlerweile so müde, dass ich ihn zum Auto ziehen muss. Als wir im Auto sitzen, frage ich ihn: »Jesús, hast du vielleicht noch irgendeine Idee, wo ich dich hinbringen könnte? Vielleicht zu dem Barbesitzer aus Cienfuegos?«

Jesús antwortet nicht, er sitzt zusammengesackt auf dem Beifahrersitz und schläft. Ich haue vor Wut aufs Lenkrad, worüber sich der BMW mit einem kurzen Hupton beschwert, aber selbst das lässt Jesús nicht mal zusammenzucken. Ich könnte heulen.

Was soll ich denn jetzt mit ihm machen? Mir fällt nichts Besseres ein, als nach Hause zu fahren.

Als ich vor unserem Haus einparke, schläft Jesús immer noch tief und fest, er atmet ruhig und sieht nicht so aus, als ob er in den nächsten Stunden wieder aufwachen würde. Ich überlege kurz, dann steige ich aus, hole die Einkäufe aus dem Kofferraum und schließe ganz leise die Tür.

28. Kaffeefahrt

»Hallo! Wir sind da-haaaa!«

Björn steht mit seinen Eltern im Flur, in der Hand ein riesiges Kuchenpaket aus der Konditorei. Ich setze das beste Lächeln auf, das ich zustande kriege, und begrüße erst Björn mit einem flüchtigen Kuss und dann seine Eltern mit Handschlag, zu mehr Herzlichkeit hat es bisher noch nicht gereicht. Björns Mutter hat sich wie immer schick gemacht. Sie trägt einen fliederfarbenen Leinenanzug, der – eigentlich ein Ding der Unmöglichkeit – nicht eine einzige Knitterfalte aufweist, und darunter eine weiße Bluse. Ihr grauer Pagenschnitt ist akkurat geschnitten, nicht ein einziges Härchen tanzt aus der Reihe. Ich frage mich, wie sie das schafft. Meine Frisuren haben normalerweise eine Lebensdauer von höchstens dreißig Minuten, dann fällt der voluminös geföhnte Hinterkopf zusammen wie ein Soufflé, das zu lange im Backofen stand. Bei hoher Luftfeuchtigkeit senkt sich die Lebensdauer auf desaströse fünf Minuten, und obwohl ich das weiß, versuche ich es immer wieder aufs Neue.

Björns Vater hat sich in einen dunklen Anzug geworfen. Herr Kaschinsky war Zeit seines Lebens Richter, ist aber mittlerweile schon seit ein paar Jahren im Ruhestand, was ihn aber nicht davon abhält, ausschweifende Vorträge zum Thema *Das deutsche Rechtssystem in all seinen Facetten* im Kreise seiner Lieben zu halten. Björns Mutter lässt die Monologe ihres Mannes meist kritik- und kommentarlos über sich ergehen, wobei ich mir sicher bin, dass sie ein System entwickelt hat, bei dem sie interessiert und aufmerksam wirkt, aber an etwas vollkommen anderes denkt.

Zum Beispiel an das Bügeln von Leinenhosen. Björns Familie ist die klassische deutsche Vorzeigefamilie. Die Mutter hat sich aufopfernd um Kind und Haushalt gekümmert und damit ihrem Mann den Rücken freigehalten, damit der ungestört durch sämtliche Instanzen bis zum obersten Richter des Landgerichts aufsteigen konnte. Das großzügige Haus am Stadtrand ist natürlich schon lange abbezahlt, die Rente sicher, der Sohn wohlgeraten und damit verdienter Erbe des Familienvermögens, das man sich hart erarbeitet hat. Eine deutsche Ein-Kind-Familie, wie sie im Bilderbuch steht, es fehlen im Grund nur noch die Enkel, die den Namen Kaschinsky weitertragen und zu Ruhm und Ehre führen. Neben Familie Kaschinsky fühle ich mich wie eine verwahrloste Angehörige der Unterschicht.

»Willst du mir das nicht mal abnehmen?«, fragt mich Björn, der in der Hand immer noch das riesige Paket mit Kuchen hält. Schnell nehme ich es und bringe es in die Küche.

»Geht doch schon mal ins Wohnzimmer«, fordere ich Björns Eltern auf.

Björn folgt mir in die Küche.

»Ist der Kubaner weg?«, zischt er mir zu.

»Ja, Jesús ist weg.«

»Gut.«

Offensichtlich interessiert es Björn nicht, wohin ich Jesús gebracht habe, was mir eine weitere Lüge erspart, mir aber auch sehr deutlich zeigt, dass Jesús für Björn ausschließlich mein Problem ist. Ich öffne den Küchenschrank und nehme vier Kuchenteller heraus. »Kannst du bitte schon mal decken?«

»Hast du das etwa noch nicht gemacht?«, fragt er mich mit leichtem Vorwurf in der Stimme, und ich muss mich schwer beherrschen, ihm das Kaffeegeschirr nicht mal eben vor die Füße zu werfen.

»Nein, das habe ich nicht, weil ich für dich und deine Eltern einkaufen war und mich ganz nebenbei noch um Jesús kümmern musste«, ich drücke ihm die Teller in die Hand, »hier! Ich kümmere mich schon mal um die Sahne.«

Björn nimmt murrend die Teller und trägt sie ins Wohnzimmer. Ich beginne damit, die Sahne für den Kuchen zu schlagen. Als ich damit fertig bin und alles Nötige im Wohnzimmer steht, setzen wir uns gemeinsam an den Tisch, und Björn verteilt riesige Tortenstücke auf unsere Teller. Wenn ich so weitermache, kann Björn mich über die Schwelle rollen oder in einem Rollstuhl drüberschieben, falls unser Nachbar so nett ist, ihm dabei behilflich zu sein. Ich schaue ständig aus dem Fenster, wo ich den BMW im Blick habe. Alles ist ruhig, nichts rührt sich. Ich merke, dass Björn mich dabei beobachtet, senke den Blick sofort wieder auf meinen Teller und bete, dass dieser Kaffeeklatsch so schnell wie möglich zu Ende ist. Je länger wir hier sitzen, desto größer ist die Gefahr, dass Jesús aufwacht und aus dem Auto steigt. Das Kaffeekränzchen muss in jedem Fall eine geringere Halbwertszeit haben als die zwei Beruhigungstabletten. Vor Nervosität verschlinge ich mein riesiges Stück Torte innerhalb von drei Minuten.

Als ich meine Gabel auf den leeren Teller gelegt habe, frage ich schmatzend: »Björn, wolltest du nicht was erzählen?«

»Sicher, aber jetzt lass uns doch erst mal in Ruhe zu Ende essen.«

Kaum dass sich Frau Kaschinsky den letzten Bissen Käsekuchen in den Mund geschoben hat, ziehe ich ihr den Teller weg und fange an, den Tisch abzuräumen. Nicht dass die noch auf die Idee kommen, ein zweites Stück Kuchen in Zeitlupe in sich reinzuschaufeln.

»So, dann können wir ja jetzt!«, sage ich, als ich wieder ins Wohnzimmer komme.

»Wir unterhalten uns gerade über den Gestank von der Raffinerie in Wesseling, du weißt schon, dieser chemische Geruch, den wir auch ab und zu mal riechen«, meint Björn.

»Ach, das ist doch gar nicht so schlimm, riecht man so gut wie nie«, sage ich und schaue besorgt aus dem Fenster. Der BMW steht ruhig und friedlich in seiner Parklücke.

»Plötzlich? Sonst behauptest du doch immer, dass dich der Geruch garantiert noch ins Grab bringt und es eine Schande ist, das Rauchen in Kneipen zu verbieten, wenn zeitgleich solche Unternehmen die Luft in dem Maße ungestraft verpesten dürfen.«

»Da hatte ich bestimmt einen schlechten Tag, außerdem finde ich, dass wir doch ein schöneres Thema haben, über das wir sprechen könnten«, ich schaue Björn hoffnungsvoll an, aber anstatt dass er nun endlich unsere Verlobung bekannt gibt, ergreift Herr Kaschinsky das Wort und hält einen kurzen Vortrag darüber, wie die deutsche Gesetzgebung umweltgefährdende Unternehmen auch noch unterstützt. Ich höre nur mit einem Ohr zu, was auch nicht weiter schlimm ist, da mir sowieso keiner eine persönliche Frage stellt. Stattdessen starre ich wieder aus dem Fenster und beobachte das Auto.

»Was ist denn da draußen so Interessantes, Karla?«, fragt mich Björn plötzlich. »Ist was mit dem Auto?«

»Mit dem Auto? Nein, gar nichts ist mit dem Auto! Ich hab mich nur gefragt, ob ich es mal wieder in die Waschanlage fahren sollte.«

»Du? Du warst doch noch nie mit dem Wagen in der Waschanlage! Aber bitte, ich hätte nichts dagegen.«

»Wusstet ihr eigentlich, dass Waschanlagen aus juristischer Sicht auf einem instabilen Fundament stehen?«, fragt Björns Vater.

»Ähm, nein, aber ich sehe gerade, dass ihr ja gar keinen Kaffee mehr habt.«

Ich stehe schnell auf und gehe in die Küche. Björn kommt mir hinterher.

»Alles in Ordnung mit dir?«, fragt er mich in der Küche.

»Klar, alles bestens! Warum?«

»Du bist so nervös.«

»Tja, liegt bestimmt daran, dass man ja nicht jeden Tag seine Hochzeit bekannt gibt.«

»Du bist deshalb so unruhig? Das ist ja süß! Mach dir keine Sorgen, meine Eltern werden sich sehr freuen, da bin ich mir sicher.«

»Mmmmmh … bestimmt«, antworte ich lahm.

»Dann wollen wir meine Eltern mal nicht länger auf die Folter spannen und die frohe Botschaft verkünden! Aber nicht mit Kaffee«, meint Björn, öffnet den Kühlschrank und holt eine Flasche Champagner heraus. Dann nimmt er vier Gläser aus dem Schrank und trägt alles ins Wohnzimmer. Ich folge ihm schnell. Er öffnet die Flasche Champagner und gießt ihn in die Gläser.

Björn steht mit seinem Glas in der Hand am Tisch und macht ein feierliches Gesicht, und auch ich gebe mir Mühe, ein würdevolles Lächeln aufzusetzen.

»Meine lieben Eltern …«, setzt er an, während mein Blick mal wieder auf dem Auto ruht. Gerade geht ein türkisches Pärchen an dem BMW vorbei. Ich will mich eben wieder auf Björns Rede konzentrieren, als ich sehe, dass die beiden stehen bleiben und ins Auto gucken. Schnell stehe ich auf und ziehe die Vorhänge zu.

»Ähm, Karla, was soll das?«, fragt mich Björn irritiert.

»Nun ja, ich wollte es ein bisschen feierlicher machen.«

»Feierlicher? Es ist nicht feierlich, es ist schlicht dunkel jetzt!«

»Warte, ich hol eine Kerze«, ich springe auf, aber Björn ist schneller am Fenster als ich an der Tür. Er zieht die Vorhänge wieder auf und geht zurück zum Tisch, Gott sei Dank, ohne auf die Straße zu gucken.

»Liebe Eltern, wie ihr wisst, sind Karla und ich mittlerweile seit über sieben Jahren zusammen …«

Das türkische Pärchen steht immer noch an unserem Auto,

mittlerweile ist der Mann zur Beifahrerseite gegangen und klopft an das Fenster.

»Würdet ihr mich ganz kurz entschuldigen?«, unterbreche ich Björn.

»Jetzt?«, fragt er irritiert, und seine Eltern starren mich an, als hätte ich mich gerade über den Tisch übergeben.

»Ich finde, unser Müll stinkt ganz fürchterlich, und ich würde ihn gerne kurz runterbringen. Das können wir deinen Eltern doch nicht zumuten, nicht in so einem Moment«, und bevor irgendjemand etwas darauf erwidern kann, bin ich aus dem Wohnzimmer verschwunden und auf dem Weg zum Auto.

Als ich unten ankomme, steht der junge Mann an der Beifahrertür und klopft ans Fenster. »Ey krass, der rührt sisch escht nich!«, sagt er zu seiner überschminkten Freundin, die gelangweilt neben dem Auto steht und lasziv auf einem Kaugummi kaut. Ich schieße atemlos auf die beiden zu und schnaufe: »Alles in Ordnung!«

»Ey, is das Ihre Karre?«, fragt mich der Türke.

»Ja, das ist meiner! Alles in Ordnung!«

»Alles in Ordnung? Ey, da sitzt ein Typ drin, und der rührt sisch nisch mehr! Der sieht aus, als wär der krass tot!«

»Nein, nein, keine Sorge, der schläft nur.«

»Ey, mitten am Tag?«

»Einfach nur zu viel gesoffen!« Ich versuche mich sprachlich auf mein Gegenüber einzustellen.

»Escht?«

»Escht!«

»Krass!«

»Ja, ziemlich! Aber ich muss dann auch mal wieder …«

»Was is der Typ denn für 'ne Rasse? Sieht nich aus wie 'ne Kartoffel.«

»Kartoffel?«

»Na, wie'n Deutscher.«

»Der ist Kubaner.«

»Krass!«

»Ja, ganz schön krass, aber ich muss dann jetzt auch wieder …«

»Ey, isch hab schon ma gehört, dass die da auf Kuba ziemlich viel Rum tanken!«

»Genau, er hat zu viel Rum getankt! Aber jetzt sollten wir ihn in Ruhe seinen Rausch ausschlafen lassen.«

Ich schaue ängstlich zu unserem Wohnzimmerfenster, aber ich kann niemanden hinter der Scheibe entdecken.

»Ey, aber was is, wenn der Typ 'ne Vergiftung hat, ey, vielleicht ist der sogar schon an sein Rum verreckt, wenn der sich totkotzt, weisste, dann bis du krass schuld!«

»Quatsch, man sieht doch, dass er ganz ruhig atmet.«

Wir beugen uns beide hinunter und starren ins Fenster. Jesús atmet sichtbar und ruhig.

»Siehst du? Alles in Ordnung, und ich muss jetzt auch wieder …«, ich blicke ein zweites Mal nach oben und sehe dieses Mal Björns Gesicht am Fenster.

»Sahid, komm jetzt! Isch muss noch Rossmann«, nölt die Freundin des jungen Türken.

»Gute Idee, der macht in fünf Minuten zu, ihr solltet euch beeilen«, sage ich schnell.

»Egal, dann geh isch dm.«

»Wie auch immer, danke, dass ihr euch gekümmert habt.«

»Ey, kein Problem!«

Ich gebe Sahid die Hand, der diese irritiert nimmt und dann seiner Freundin hinterhereilt, die schnellen Schrittes Richtung Drogeriemarkt geht. Dann renne ich nach oben und begegne im Treppenhaus Björn, der sich bereits auf den Weg nach unten gemacht hat.

»Was war denn da los, was wollten die an unserem Auto?«, fragt er mich besorgt.

»Die wollten den Wagen kaufen.«

»Echt? Für wie viel?«

»Siebzehntausend.«

»Echt?«

»Absolut!«

»Sind die noch unten?«

»Nein, Björn, die sind schon weg, außerdem wollten wir deinen Eltern doch noch was sagen.«

»Das hätte ich ja schon längst gemacht, wenn du nicht …«

»Komm, Björn, deine Eltern warten!«

Wir gehen gemeinsam zurück ins Wohnzimmer.

»Ich kann dir nur wärmstens die antibakteriellen Abfallbeutel von Weleda empfehlen«, meint Björns Mutter. »Allerdings muss man den Müll natürlich trotzdem täglich entsorgen, ich bringe ihn sogar zweimal am Tag raus.«

»Das aktuelle Mietrecht sieht vor, dass der Mieter den Müll regelmäßig aus der Wohnung zu entsorgen hat. Nach Ansicht des Amtsgerichts Potsdam ist der Mieter jedoch zu einer Mietminderung in Höhe von 5 % berechtigt, sofern die zur Verfügung stehenden Mülltonnen ständig überfüllt sind.«

»Vielen Dank für den Tipp mit den Müllbeuteln, werd ich mir natürlich gleich morgen besorgen.«

»Morgen ist Sonntag.«

»O ja, dann eben gleich am Montag!«

Björns Mutter nickt, so wie man nickt, wenn einem die Tochter versprochen hat, ab sofort täglich das Katzenklo zu reinigen, was sie in den letzten zwei Jahren kein einziges Mal gemacht hat. Björn steht mittlerweile wieder an seinem angestammten Platz mit dem Glas Champagner in der Hand.

»Können wir jetzt weitermachen?«, fragt er leicht entnervt in die Runde, und alle nicken.

»Also, wie ich ja bereits gesagt habe, also bevor Karla den Müll runtergebracht hat, sind Karla und ich ja nunmehr seit über sieben Jahren zusammen, und wir finden, dass es an der Zeit ist, einen Schritt weiterzugehen.«

Pause.

»Mama!« Björn schaut – ganz Mann von Welt und Vortrag – seine Mutter an. »Papa!«, professioneller Seitenblick zu seinem Vater. »Karla und ich werden heiraten!« Blick zu mir, Lächeln. Mein Blick geht aus dem Fenster.

Es dauert ein paar Sekunden, in denen dieser Satz schwer wie Blei in unserem Wohnzimmer hängt, bis endlich Bewegung in die Familie Kaschinsky kommt. Als Erster reagiert Björns Vater. Er steht auf, umarmt seinen Sohn herzlich und gratuliert ihm. Dann kommt er zu mir, nimmt mich in den Arm und gratuliert auch mir. Er scheint sich ehrlich zu freuen. Björns Mutter dagegen wirkt weniger glücklich.

»Willst du uns nicht gratulieren, Mama?«, fragt Björn seine Mutter, die wie schockgefrostet auf ihrem Stuhl sitzt. Man sieht die sich widerstreitenden Gefühle in ihrem Gesicht.

Dann gibt sie sich einen Ruck, steht ebenfalls auf, umarmt Björn und dann auch mich, allerdings so, als hätte sie Angst, mich dabei zu berühren. Als wir mit dem Champagner anstoßen, zittert meine Hand merklich. Ich trinke das Glas in einem Zug aus. Familie Kaschinsky schaut mich irritiert an, und ich sehe erst jetzt, dass alle anderen nur ein wenig an ihrem Glas genippt haben. Ich zucke mit den Schultern und stelle mein leeres Glas zurück auf den Tisch. Danach stehen wir alle ein wenig unschlüssig um den Tisch herum, bis Björn sagt: »Kommt, lasst uns uns in die Couchecke setzen und ein paar Hochzeitsdetails besprechen.«

»Vielleicht sollten wir das lieber ein anderes Mal machen. Deine Eltern haben doch heute bestimmt nicht so viel Zeit«, werfe ich ein, in der Hoffnung, dass ich recht habe.

»Nein, nein, wir haben heute nichts mehr vor. Das ist der Vorteil, wenn man Pensionär ist, und außerdem kann ich euch in Sachen Ehevertrag bestimmt ein paar wertvolle Tipps geben. So eine Ehe steht ja gerade aus männlicher Sicht auf einem äußerst instabilen Fundament«, meint Björns Vater.

Wir gehen also rüber zur Couch. Björn will sich auf den Sessel mit Blickrichtung zum Fenster setzen, aber ich komme ihm zuvor und werfe mich regelrecht vor ihm in den Sessel.

»Sag doch einfach, wenn du hier sitzen möchtest«, sagt er irritiert.

»Spontanentscheidung!«

»Gut, dann setze ich mich zu meinen Eltern auf die Couch.«

Familie Kaschinsky sitzt jetzt also wie ein Prüfungskomitee vor mir auf der Couch, mit dem Rücken zum Fenster. Björns Mutter greift hinter sich und zieht mit spitzen Fingern eine von meinen rosa Hello-Kitty-Socken aus der Sofaritze. Ich nehme ihr schnell die Socke ab und stecke sie in die Ritze meines Sessels, was Frau Kaschinsky mit angewidertem Gesicht und leichtem Kopfschütteln beobachtet. Noch bevor sie eine Maßregelung loswerden kann, poltert etwas in der Wohnung.

»Was war das?«, fragt Björns Mutter.

»Was war was? Also, ich hab nichts gehört!«, lüge ich, und kalter Schweiß bricht mir aus allen Poren. Ich schaue zum Auto und sehe, dass die Beifahrertür offen steht, aber bevor ich in irgendeiner Form reagieren kann, poltert es erneut, dieses Mal direkt aus dem Flur.

»Da, schon wieder!«

Wir schauen alle zur Wohnzimmertür, an der gerade Jesús vorbeischleicht, lediglich mit einem Handtuch bekleidet.

»Jesús?«, fragt Björn ungläubig.

Jesús, der seinen Namen gehört hat, bleibt ertappt stehen. »Sí! Hola!«

Er steht im Türrahmen, und alle starren ihn an.

»Wer ist das?«, fragt Björns Mutter ungläubig.

»Karla, hast du mir nicht hoch und heilig versprochen, dass Jesús heute nicht hier ist?« Björn schäumt vor Wut.

»Ja, schon, aber …«

»Jesus? Seid ihr in einer Sekte?«, fragt Björns Mutter, und Jesús fühlt sich ermutigt, ins Wohnzimmer zu kommen und sich vorzustellen. Ich sitze mit großen Augen und wie angenagelt auf meinem Sessel.

»Ich bin Jesús aus Kuba. Freut mich kennezulerne die Familia von Carlita!«

Ich bin unfähig einzugreifen, wahrscheinlich die totale Resignation, die meinen Körper ergriffen und die ihn in eine vollkommene Starre versetzt hat. Warum kann ich nicht einfach ohnmächtig werden wie die schönen Frauen in den alten Kinofilmen? Aber anstatt in den Keller zu fallen, rotiert mein Kreislauf, als würde ich gerade einen 100-Meter-Hürdenlauf absolvieren.

Jesús gibt der verdatterten Frau Kaschinsky umständlich einen Kuss auf die Wange, wobei ihm das Handtuch von den Hüften rutscht und er somit nackt vor ihr steht. Als er sich wieder aufrichtet, befindet sich sein Schwanz etwa in Höhe ihres Gesichts, und Frau Kaschinsky guckt, als ob ihr gerade der Satan persönlich erschienen sei. Jesús dagegen ist locker wie immer, er nimmt das Handtuch wieder vom Boden, wobei er Björns Vater seinen nackten Hintern ins Gesicht drückt, und wickelt es sich seelenruhig um die Hüften. Dann quetscht er sich neben Frau Kaschinsky auf die Couch, die anscheinend in eine ähnliche Schockstarre gefallen ist wie ich, sie sitzt mit offenem Mund da und rührt sich nicht. Björn springt auf, was Jesús einfach ignoriert, er fläzt sich sogar noch ein bisschen tiefer in die Couch.

»Un Sie sind also die Eltern von die süße Carlita?«

»Nein, wir sind Björns Eltern!«, antwortet Björns Vater entrüstet. »Und wer sind bitte Sie?«

»Ah, Sie sin die Eltern von die Schlafschlumpf! Ich bin Jesús!«

»Jesus?«, Herr Kaschinsky starrt Jesús entgeistert an. Zu meinem Entsetzen muss ich feststellen, dass Jesús in diesem Moment tatsächlich aussieht wie der Messias. Seine Haare hängen ihm wild ins Gesicht, und mit dem Handtuch um die Hüften könnte man meinen, er stünde kurz vor der Kreuzigung. Im Grunde fehlt nur noch die Dornenkrone.

»Und wieso ist mein Sohn ein Schlafschlumpf?«, fragt Björns Vater mit verärgerter Stimme. Ich verdecke mein Gesicht mit meinen Händen, in der Hoffnung, dass das, was ich nicht sehe, auch gar nicht da ist.

»Slaffeslump, nich Schlafschlumpf! Das ist spanisch und heiß so viel wie ›gebildete Mann‹.«

Slaffeslump? Jesús ist echt ein Künstler! Ich fange an zu lachen, laut, hysterisch und verzweifelt.

»Oh, Champagner! Krieg ich auch eine Glas?«, Jesús zeigt auf die Champagnerflasche.

»Nein!«, antwortet Björn wie aus der Pistole geschossen.

»Also, was ist hier eigentlich los?«, fragt Björns Vater entrüstet und quetscht sich dabei in die Ecke des Sofas, so weit weg von Jesús wie nur möglich.

Der nimmt's gelassen: »Keine Champagner is vielleich auch besser so, wegen die Psychopharmka.« Jesús gähnt ausgiebig, während wir ihn immer noch anstarren.

»Du gehst jetzt besser, Jesús, und zwar sofort!« Björn macht drohend einen Schritt auf Jesús zu, der sich tatsächlich erhebt. »Muss ich glaub noch ein, drei Stündchen schlafe, bin sehr müde!«, damit schlurft er Richtung Wohnzimmertür. Das Handtuch hält er vorne fest, aber sein muskulöser Hintern bleibt unbedeckt.

Wir vier starren ihm fassungslos hinterher.

»Psycho … was?«, durchbricht Björns Vater die Stille.

»Psychopharmaka. Jesús nimmt zur Zeit Psychopharmaka«, antworte ich ihm.

»Psychopharmaka, na das wird ja immer toller! Wer um Himmels willen ist dieser Irre?«, fragt Björns Mutter mit zitternder Stimme.

»Ein Freund von Karla, der zu Besuch ist und der eigentlich heute gar nicht da sein sollte. Ich weiß auch nicht, wie das passieren konnte. Tut mir leid, Mama.«

»Also, so was hab ich wirklich noch nicht, also noch nie …« Frau Kaschinsky ist außer sich und findet keine Worte, um ihrem Entsetzen Ausdruck zu verleihen.

»Karla! Kannst du mir erklären, was dieser Typ schon wieder hier macht?« Wütend starrt Björn mich an.

»Nein, kann ich nicht.« Ich bin nicht bereit, vor seinen Eltern mit Björn darüber zu diskutieren.

»Also, das ist ja wohl jetzt die Höhe! Erst verkündet uns unser einziger Sohn, dass er diese … diese unordentliche Person heiraten will, und dann taucht auch noch dieser nackte Verrückte auf, der sich für Jesus hält. Das ist doch kein Haushalt, das ist ein Irrenhaus. Mir reicht's! Komm, Helmut, wir gehen.«

Björns Eltern erheben sich synchron von der Couch.

»Und eins sag ich dir, Björn, wenn du diese Frau heiratest, sind wir geschiedene Leute!«, Frau Kaschinsky zeigt mit einem fuchtelnden Finger auf mich.

»Wen soll er denn deiner Meinung nach heiraten? Eva Herman ist bereits vergeben, und den Bund Deutscher Mädel gibt's nicht mehr«, entfährt es mir und ich erschrecke mich selbst über das, was ich da gesagt habe.

»Also, das ist doch …!«, Frau Kaschinsky schnappt nach Luft, und Björn gerät sichtlich in Panik.

»Mama, es tut mir wirklich leid, ich weiß auch nicht, was in Karla gefahren ist … jetzt wartet doch bitte!« Björn fleht seine Eltern regelrecht an, ich schweige.

Herr und Frau Kaschinsky hören nicht auf Björn und stampfen aus unserem Wohnzimmer. Björn rennt ihnen hinterher, während ich einfach stumpf sitzen bleibe.

Zwei Minuten später kommt Björn wieder ins Wohnzimmer.

»Sag mal, tickst du eigentlich noch richtig? Bist du total bescheuert geworden?«

»Ich hab nur die Wahrheit gesagt, nämlich, dass ich nicht erklären kann, was Jesús nackt im Wohnzimmer macht, und außerdem hat deine Mutter mich auch beleidigt. Gleiches Recht für alle!«

»Du hast mir hoch und heilig versprochen, dass dieser Typ weg ist, Karla! Und dann platzt der hier nackt rein. Vor meinen Eltern!« Björns Gesicht ist wutverzerrt. »Wieso kriegst du eigentlich nichts auf die Reihe? Weder im Job noch privat!« Er schaut mich bösartig an, aber ich bin zu geschockt, um auf seine Frage zu antworten, ich starre ihn nur an. »Du bist echt das Letzte, Karla!«, fügt er noch hinzu.

Meine Erstarrung löst sich, weil die Wut in mir ausnahmsweise mal die Überhand gewinnt. »Björn, weißt du was?«, sage ich. »Wenn ich so schrecklich bin, dann kannst du ja gleich mit Mami mitfahren, dann kann sie dir dein Lieblingsgericht kochen und ihr könnt einen auf glückliche Familie machen. Bitte! Ich werde dir nicht im Wege stehen.«

»Weiß *du* was?«, Björns Stimme ist kalt wie Eis, »vielleicht hat meine Mutter recht, vielleicht bist du tatsächlich nicht die richtige Frau für mich. Ich gehe!«

29. Die Chamäleondame

Ich sitze völlig bewegungslos im Wohnzimmer und versuche zu rekonstruieren, was eigentlich passiert ist. Björn und ich wollten heute unsere Verlobung bekannt geben, und jetzt? Seine Eltern sind gegen die Hochzeit, Björn will mich nicht mehr sehen, und im Arbeitszimmer pennt ein sedierter Kubaner. War es das? War das das Ende unserer fast achtjährigen Beziehung? Der Gedanke, in Zukunft allein zu sein, ohne Björn, macht mir riesige Angst. Single? Mit über dreißig? Wo soll man denn heutzutage noch einen vernünftigen Mann kennenlernen? Die Guten sind alle vergeben, und der Rest besteht aus Himbeertonis und Psychopathen. Ich könnte auf die erste Scheidungswelle warten, in der Hoffnung, dass diese das ein oder andere akzeptable Exemplar auf den Markt schwemmt. Aber bin ich bis dahin nicht alt, fett und hässlich? Dann bliebe ja nur noch *Bauer sucht Frau*. Kommt allerdings schon deshalb nicht in Frage, weil ich noch nicht mal einen Ochsen von einer Kuh unterscheiden kann, geschweige denn, dass ich zu einer Uhrzeit aufstehen möchte, die für mich die Menschenrechte verletzt. Oder ein älterer Mann, dem die Tatsache genügt, eine wesentlich jüngere Frau zu haben, und der ansonsten wenig Ansprüche stellt. Vielleicht bleibe ich ja auch den Rest meines Lebens allein, werde eine alte Jungfer, die zwanzig stinkende Katzen in ihrer Wohnung versorgt und den Müll der letzten achtunddreißig Jahre an den Wänden stapelt. Meine Zukunft liegt schwarz und schwer vor mir, ich fühle mich von allen alleingelassen. Tränen laufen mir ungebremst über das Gesicht. Ich gehe ins Arbeitszimmer, in der Hoffnung, dass Jesús mich vielleicht aufmuntern kann. Ich öffne leise die Tür, Jesús liegt noch immer nackt auf dem ausgezogenen Schlafsofa.

»Jesús?«

Jesús rührt sich nicht, er atmet ruhig und lächelt im Schlaf.

»Jesús?«, schniefe ich ein bisschen lauter, aber Jesús dreht sich lediglich auf die andere Seite, um entspannt weiterzuschlafen.

Ich gehe in die Küche, hole mir eine Familientüte Maoam aus dem Schrank und schlurfe wie eine Neunzigjährige mit einem akuten Gichtanfall zurück ins Wohnzimmer. Nach einer weiteren Stunde, in der ich mir mein einsames Leben in den dunkelsten Farben ausgemalt habe, und nach sieben wasserfallartigen Heulkrämpfen fühle ich mich so leer wie die Tüte Maoam, die neben mir liegt. Jesús hat sich immer noch nicht blicken lassen, und das Display meines Handys ist seit Stunden schwärzer als das Schwarze unter Heiners Fingernägeln. Ich drücke auf den On-Knopf, obwohl ich sehr genau weiß, dass das Handy nicht kaputt ist, offensichtlich bin ich heute masochistisch drauf und will mir mein Elend noch mal vor Augen führen: null Anrufe in Abwesenheit, keine SMS. Ich werfe das Handy in die Ecke.

Um mich von meinem Elend abzulenken, schalte ich den Fernseher ein. Nachdem ich mehrere Minuten wild durch das Programm gezappt habe, bleibe ich beim WDR hängen. Dort läuft eine Tierdoku über Chamäleons in Madagaskar. Die Tierforscher begleiten eine Chamäleondame durch den Busch. Das Tier ist wunderschön, und bei den Farben, die es, je nachdem auf welchem Boden es läuft oder auf welchen Baum es klettert, annimmt, könnte man echt vor Neid erblassen. Ich wünschte, ich wäre auch ein Chamäleon, wunderschön, farbenprächtig und vor allem frei von Liebeskummer. Ein Chamäleon hat aufgrund seiner perfekten Tarnung fast keine natürlichen Feinde und beschäftigt sich den ganzen Tag lediglich damit, die Farbe zu wechseln, etwas zu fressen zu finden, was in Madagaskar kein Problem ist, und sich zur Fortpflanzung ab und zu mal ein Chamäleonmännchen zu suchen, das es danach sofort wieder zum Teufel jagt. Ich träume von einem Leben als Chamäleon, so lange, bis der WDR zeigt, wie sich die Chamäleondame einer asphaltierten Straße nähert, die, wie der Sprecher mitteilt, nie hätte gebaut werden dürfen. Mir schwant Übles. Ich starre gebannt auf den Bildschirm und sehe, wie das mittlerweile straßenbelagschwarze Chamäleon sich sehr langsam und bedächtig auf den unendlich langen Weg auf die andere Seite macht. Die Kamera zeigt ein Auto, das auf das Chamäleon zurast, und ich beiße in den Ärmel meines Pullovers. Die werden doch das arme Chamäleon nicht in den Tod laufen lassen? Nicht bei den Öffentlich-Rechtlichen!, versuche ich mich zu beruhigen. Kurze Zeit später liegt die Chamäleondame angefahren am Straßenrand und versucht erfolglos, sich auf die gebrochenen Hinterbeinchen zu stellen. »Wahrscheinlich hat es schwere innere Verletzungen«, kommentiert der Sprecher. Erneut schießen mir Tränen in die Augen. Die Kamera hält unerträgliche drei Minuten lang auf das verendende Tier, ich versuche wegzuschauen, meine Augen bleiben aber gebannt an der Mattscheibe kleben, in der Hoffnung, dass dem armen Chamäleon irgendjemand zu Hilfe eilt. Ich hoffe umsonst:

»Zwei Tage dauert der Todeskampf des Chamäleons, bis es zum letzten Mal die Farbe wechselt«, erzählt der Sprecher lapidar, dazu sieht man die nun tote Chamäleondame in einem strahlenden Gelb am Straßenrand liegen. Es ist einfach nur grausam und schön. Wenn ich sterbe, möchte ich auch so wunderschön aussehen. Ich fange wieder an zu heulen, bis plötzlich mein Handy klingelt. Ich stürze vom Sofa und robbe zu meinem Telefon auf dem Boden. Hat Björn es sich doch anders überlegt? Vielleicht will er sich ja sogar bei mir entschuldigen, mir sagen, dass alles ein Fehler war und dass ich natürlich die Frau seines Lebens bin, die er heiraten wird, selbst wenn seine Eltern ihn enterben und verstoßen.

Es ist Yvette.

»Hi, Karla, wollte mal fragen, ob alles gutgegangen ist mit Björns Eltern.« Offensichtlich hat Yvette ein schlechtes Gewissen, weil sie mich vorhin so brutal abgewürgt hat.

Anstatt zu antworten, schluchze ich lediglich in den Hörer.

»Um Himmels willen, was ist denn passiert?«, fragt Yvette besorgt.

»Das Chamääääääääääleon ist tot!«

30. Das kommt alles von den Drogen

Am übernächsten Morgen sitze ich vollkommen zerknittert und wie in Watte gepackt im Büro. Den Sonntag habe ich heulend im Bett verbracht, Björn hat sich nicht gemeldet, und Jesús war den ganzen Tag in seinem Zimmer und hat gemalt. Ein paarmal hat er an meine Tür geklopft, aber ich wollte niemanden sehen oder sprechen, auch Yvette nicht, die mehrfach angerufen hat. Meine Kollegin Marie hat Gott sei Dank einen Termin, und ich bin zunächst allein im Büro. Alle fünf Minuten drücke ich gegen jede Vernunft auf das *Empfangen*-Symbol in meinem E-Mail-Account, in der Hoffnung, dass Björn sich meldet und bei mir entschuldigt, aber es landen lediglich nervige Kundenanfragen in meinem Postfach. Dazwischen google ich Begriffe wie *Liebeskummer, Broken-Heart-Syndrom, Bauer sucht Frau, Chamäleon-Schutzprojekt, Jung sucht alt* und *Katze aus dem Tierheim*. Kurz vor der Mittagspause kommt Marie von ihrem Termin.

»Mein Gott, was ist denn mit dir los? Du siehst gar nicht gut aus«, begrüßt sie mich und macht ein besorgtes Gesicht.

»Ach, nur 'ne Magenverstimmung. Nicht so schlimm«, lüge ich.

»Bist du sicher? Ich meine, in deinem Zustand …«

»Alles in Ordnung, Marie«, beschwichtige ich sie.

»Aber ich bestehe darauf, dass du was isst. Komm, wir gehen in die Kantine.«

»Auf keinen Fall. Ich kann jetzt nichts essen.«

»Karla, du musst was essen! Wenigstens eine Suppe, das hilft immer.«

Da ich zu schwach bin, um nein zu sagen, gehe ich also mit

Marie in die Kantine. Als ich gerade meinen Teller Nudelsuppe in Empfang genommen und mich umgedreht habe, um zu Marie an den Tisch zu gehen, kommt Björn den Gang entlang. Unsere Blicke treffen sich. Ich will gerade hallo sagen, als Björn den Blick wieder abwendet und ohne ein Wort an mir vorübergeht wie an einem schmutzigen Penner, der einen mit saurem Alkoholatem nach ein bisschen Kleingeld fragt. Ich starre ihm mit offenem Mund hinterher, wobei ich nicht bemerke, dass ich den Suppenteller schief halte und sich die Hälfte der Brühe bereits über meine Schuhe ergossen hat. Erst als die Wärme das Leder meiner Schuhe durchdringt, löst sich meine Erstarrung. Ich laufe Björn hinterher.

»Björn, jetzt … jetzt warte doch mal …«, er dreht sich zu mir um, als ich hinter ihm stehe, sein Blick bringt mich fast um. »Björn, hör zu, ich finde, wir sollten uns noch mal unterhalten. Ich meine, was da vorgestern passiert ist …« Björns Blick wandert an mir herunter, und ich folge ihm. Meine Strumpfhose ist verschmiert, und auf meinen Schuhen kleben ein paar Nudeln und ein Stück Möhre. Er dreht sich wortlos wieder um und setzt sich zu seinen Kollegen, die die Szene interessiert beobachtet haben, an den Tisch.

Ich stelle den Teller mit den Resten der Nudelsuppe auf irgendeinen Tisch und renne heulend auf die Toilette, wo ich mich einschließe und mit Yvette telefoniere, die erfolglos versucht, mich zu beruhigen. Nach ein paar Minuten kommt die besorgte Marie auf die Toilette.

»Karla, bist du hier?«

»Mmmmmh.«

»Alles in Ordnung? Hast du den flotten Otto?«

»Flotter Otto? Wovon redest du?«

»Na, du weißt schon … von wegen Verdauung und so.«

Marie ist wirklich unfassbar, sie ist so verklemmt, dass sie noch nicht mal das Wort Durchfall in den Mund nehmen will.

»Flott ist untertrieben«, antworte ich ihr leidend.

»Oh … kann ich irgendwas für dich tun?«

»Nein, es geht schon. Ich brauche nur noch ein paar Minuten, dann ist bestimmt alles raus.« Das ist definitiv mehr Information, als Marie ertragen kann.

»Oh, gut, dann geh ich mal wieder an meinen Schreibtisch.«

»Ja, mach das, ich komm hier schon klar.«

Eine halbe Stunde später schleiche ich mich zurück ins Büro und sage Marie, dass ich nach Hause gehe. Da ich mittlerweile aussehe wie eine Feuerqualle, die man an die Wand geworfen hat, bietet Marie – hilfsbereit, wie sie nun mal ist – sofort an, sich um die noch ausstehenden Arbeiten zu kümmern. Marie ist wirklich ein Traum von einer Kollegin.

Ich packe meine Tasche, und mir wird klar, dass ich mich beeilen sollte. Eine Kleinigkeit nämlich hatte ich die ganze Zeit vergessen: Sie heißt Jesús und ist seit ein paar Stunden allein in der Wohnung.

31. Männerbande

Als ich keine zwanzig Minuten später den Haustürschlüssel ins Schloss stecke, höre ich Stimmen in der Wohnung. Ich rechne mit dem Schlimmsten und trotzdem falle ich fast in Ohnmacht, als ich sehe, wer da in unserer Wohnung ist.

»Björn? Was machst du denn hier? Ich dachte, du bist im Büro«, frage ich verdattert.

»Offensichtlich bin ich das nicht«, antwortet er kühl, während er verschiedenste Gegenstände in eine Sporttasche räumt.

»Hola, Carlita!«, begrüßt mich Jesús, der putzmunter im Flur steht, kein Hauch von Panikattacke.

»Ziehst du endgültig aus?«, frage ich Björn entsetzt, der mich aber ignoriert und stattdessen zu Jesús sagt: »Jesús, könntest du mir mal bitte den rosa Kulturbeutel aus dem Bad geben?«

»Sí, como no«, Jesús verschwindet im Bad.

»Moment mal. Rosa Kulturbeutel? Das ist doch meiner! Was willst du mit meinem Kulturbeutel?«

»Ich will damit überhaupt nichts, Karla, aber ich dachte, du willst ihn vielleicht mitnehmen.«

»Mitnehmen? Aber wieso …«

»Wieso? Weil du ausziehst.«

»Ich? Wieso ich? Du bist doch zu Mami und Papi gelaufen und wolltest so schnell nicht wiederkommen!«

»Das war vor zwei Tagen. Ich muss mich auf meinen Job konzentrieren, und das kann ich nicht, wenn ich bei meinen Eltern wohne. Du bist diejenige, die sich hier verhalten hat wie die Axt im Walde, also ziehst du aus.«

»Was?«

»Was genau an ›Du ziehst aus‹ hast du denn nicht verstanden?«

»So ziemlich alles. Das ist nämlich genauso meine Wohnung wie deine!«

»Darf ich dich daran erinnern, dass ich den Großteil der Miete bezahle?«

»Ja und? Wir haben uns damals darauf geeinigt, weil du wesentlich mehr verdienst als ich!«

»Du sagst es: damals.«

»Is diese hier?«

Jesús steht mit meinem rosafarbenen Kulturbeutel in der Hand in der Badezimmertür.

»Ja, genau der. Danke, Jesús.«

»Ja, genau der. Danke, Jesús«, äffe ich Björn nach. »Seit wann so freundlich? Bisher konntest du es doch gar nicht erwarten, bis Jesús endlich verschwindet. Das machst du doch jetzt nur, um mich zu ärgern.«

»Ich pack dir noch eine Flasche Schnaps ein.«

Ich schnappe nach Luft. In meinem Magen befindet sich plötzlich ein riesiger schwerer Klumpen, der mich nach unten zieht. Meine Beine zittern und drohen nachzugeben. Mir ist schlecht. Wie kann man nur so ekelhaft sein? Ich finde das Ganze so unbegreiflich, dass es mir tatsächlich die Sprache verschlägt. Selbst die friedliebende Mother T. in mir ist stinkwütend und findet plötzlich, dass Deeskalation der totale Schwachsinn und Gewalt sehr wohl eine Lösung ist. Es ist an der Zeit, meine Aggressionen endlich auch mal nach außen zu richten. In dem Moment, in dem ich die Hand erheben will, um Björn eine zu scheuern, drückt er mir die Sporttasche in dieselbige: »Ich glaube, du gehst jetzt besser!«

Ich bin so verdattert, dass ich mich von Björn in Richtung Haustür schieben lasse, und plötzlich, ich weiß gar nicht, wie, stehe ich vor der Tür, die bereits zu ist. Wie in Trance laufe ich die Treppen hinunter auf die Straße, wo ich eine ganze Weile einfach nur so dastehe. Als sich ein freies Taxi nähert, winke ich es heran und steige ein.

»Zu Yvette, bitte.«

Ich starre gedankenverloren aus dem Fenster, bis das Taxi in einer Gegend anhält, in der ich noch nie war.

»Wo sind wir?«, frage ich den dürren, graugesichtigen Taxifahrer und schaue mich um.

»Na, bei Yvette.«

Ich schaue in die Richtung, in die der Taxifahrer deutet. Ich sehe ein dunkles Ecklokal, über dem eine große Reissdorf-Kölsch-Werbung leuchtet. Hinter den spärlich beleuchteten Fenstern sieht man vertrocknete Pflanzengestecke, die wahrscheinlich den Zweiten Weltkrieg noch miterlebt haben. Nikotingelbe, zerschlissene Vorhänge runden das einladende Bild ab. Über der schweren Holztür hängt ein Schild, auf dem steht: *Bei Yvette – Kölsch, Mett & mehr!*

32. Sozialer Abstieg

»Björn hat was?«

Yvette und ich sitzen in ihrer großen Wohnküche am Tisch.

»Du hast schon richtig verstanden. Er hat mich rausgeworfen. Aus unserer gemeinsamen Wohnung!«

»Das darf echt nicht wahr sein. Hat er das mit Jesús rausgekriegt?«

»Nein. Wenn es so wäre, hätte er ja einen Grund gehabt, mich vor die Tür zu setzen, aber so?«, seufze ich frustriert.

In diesem Moment kommt Sveni in die Küche geeimert, doch statt einer Begrüßung für uns beide fragt er Yvette: »Was kannst du nicht glauben?«

»Dass dein Freund Björn meine Freundin Karla aus der Wohnung geworfen hat!«

»Das ist hart, echt.«

»Ist das das Einzige, was du dazu zu sagen hast?«

»Neee, ich hab außerdem tierischen Kohldampf. Was gibt's denn zu essen?«

»Toast.«

»Schon wieder?«

»Ja, schon wieder. Hallo? Hast du gehört, was mit Karla passiert ist?«

»Klar, aber was hat das denn mit unserem Abendessen zu tun?«

»Sveni?«, Yvettes Stimme klingt jetzt drohend.

»Schon gut, schon gut. Ich mach mir 'nen Toast.«

Er holt eine Packung Toast, natürlich aus reinem Weißmehl, heraus und steckt vier Scheiben in den Vierscheibentoaster.

»Ich hab keinen Hunger«, sage ich zu Sveni.

»Bild dir bloß nichts ein, Karla, die macht er für sich«, meint Yvette.

»Vier Scheiben?«, frage ich ungläubig.

»Und das ist erst der Anfang!«

Sveni beschmiert die vier fertigen Toasts mit Erdnussbutter und setzt sich mit seiner *Macwelt*-Computerzeitschrift zu uns an den Küchentisch. Ich würde viel lieber allein mit Yvette quatschen, aber vielleicht sollte ich es mir nicht sofort mit Sveni verscherzen. Was schwerfällt, wenn man sieht, wie er sich die Toasts reinwürgt und die Erdnussbutter in seinem fusseligen Bart hängenbleibt. Wie kann Yvette das nur jeden Abend ertragen?

»Und was hast du jetzt vor?«, fragt mich Yvette.

»Ehrlich gesagt, ich weiß es nicht«, schniefe ich, »ich weiß nur, dass mein Leben in Trümmern liegt und dass es so nicht weitergehen kann.«

»Weißt du denn schon, wo du wohnen wirst?«, fragt Sveni schmatzend.

»Ähm … ich dachte … also, erst mal vielleicht …«

Jetzt weiß ich, wie Jesús sich gefühlt haben muss, als er gemerkt hat, dass Björn ihn nicht in der Wohnung haben will. Yvette kommt mir zu Hilfe.

»Karla wohnt natürlich erst mal bei uns!«

Sveni verschluckt sich an seinem Toastbrot und fängt an zu husten, wobei er zahlreiche feuchte Krümel über den Tisch verteilt.

»Und wie lange?«

»So lange, wie es eben dauert.«

Sveni zieht ein Gesicht, als hätte man ihm Salzsäure in die Erdnussbutter gemischt, und meine Augen werden feucht. Yvette nimmt mich in den Arm.

»Karla, du kannst bleiben, solange du willst. Sveni ist abends immer gestresst vom Job, da ist er manchmal ein bisschen ruppig, er meint es nicht so, nicht wahr, Sveni?«

Sveni grunzt.

»Was heißt das denn, wenn er so grunzt?«

»Er gibt mir recht.«

»Ach, es ist sowieso alles egal … mein Leben ist so gut wie vorbei.«

»Ach, komm schon, Karla, soooo schlimm ist das alles nun auch wieder nicht.«

»O doch! Im Gegensatz zu meinem Leben war Dresden 1945 eine heile Welt.«

»Karla, du übertreibst!«

»Ich übertreibe? Mein Verlobter will nichts mehr von mir wissen, ich habe keine Wohnung mehr, ich werde auf der Straße enden, plattgefahren und nach drei Tagen an inneren Verletzungen sterben!«

Sveni stopft ungerührt einen Toast nach dem anderen in sich hinein.

»Komm schon, Karla, du hast einen Job, und falls sich das nicht mehr einrenkt mit Björn, was ich nicht glaube, kannst du dir immer noch eine eigene Wohnung mieten.«

»Ich will nicht mehr in die Bank!«

»Was soll das heißen, du willst nicht mehr in die Bank?«

»Ich werde kündigen!«

Es ist eigenartig, bisher hatte ich diesen Beschluss noch gar nicht gefasst, aber mir wird klar, dass ich genau das will. Ich bin selbst ein bisschen baff.

»Was? Bist du bescheuert? Das ist doch die totale Kurzschlussreaktion, Karla. Das kommt bestimmt wieder alles in die Reihe!«

»Ganz ehrlich, Yvette, ich glaub da nicht mehr dran. Du hättest sehen sollen, wie Björn meine Sachen gepackt hat und was er mir für einen Blick zugeworfen hat, als er die Flasche Schnaps in meine Tasche hat plumpsen lassen. Er hat mich angeguckt, als ob ich Abschaum bin, der so schnell wie möglich entsorgt werden muss.«

Sveni schaut von seiner Computerzeitschrift auf und mustert mich neugierig.

»Hast du den Schnaps dabei? Was ist das denn für einer?«

»In meiner Tasche.«

»Darf ich die aufmachen?«

»Ja. Steht im Flur.«

»Ach, Karla, das war doch bloß ein Blick, deswegen kündigt man doch nicht!«

»Das war nicht nur ein Blick, das war ein Statement. Noch nie hat er mich so abschätzig, so von oben herab und so voller Kälte behandelt, noch nicht mal, als ich mit dem BMW gegen die Parkuhr gefahren bin. Wie soll ich denn mit so einem Menschen arbeiten? Ihn jeden Tag sehen im gleichen Gebäude, ständig Angst haben, dass wir uns über den Weg laufen!«

Sveni kommt mit meiner Schnapsflasche zurück in die Küche und setzt sich. »Hammer! Das ist einer von den guten Österreichischen.«

Wir ignorieren ihn.

»Aber Karla, selbst wenn das mit Björn nicht mehr funktioniert, kannst du doch nicht wegen ihm deinen Job aufgeben. Ich meine, wenn ich jedes Mal gekündigt hätte, wenn Sveni mich doof angeguckt hat, dann stünde ich wahrscheinlich im Guinnessbuch der Rekorde als die Frau mit den meisten Jobs weltweit.«

»Häh?«, Sveni, der sich gerade den Rest des letzten Erdnussbutter-Toasts in den Mund geschoben hat und mit seinen fettigen Fingern eine Seite in seinem Computermagazin umblättert, schaut auf. »Wasch isch mit mir?«, fragt er mit vollem Mund.

»Siehst du, das wäre schon wieder ein neuer Job!«

Wir müssen beide ein bisschen lachen und ignorieren Sveni einfach.

»Aber das ist doch was ganz anderes, Yvette, ihr arbeitet doch auch nicht zusammen. Du vergleichst Äpfel mit Birnen.«

»Genau, ich vergleiche Obst mit Obst. Ich finde, das kann man schon machen.«

»Von mir aus«, seufze ich. »Aber ich kündige trotzdem.«

»Karla, das kannst du echt nicht bringen.«

»Warum nicht?«

»Weil du dann kein Geld mehr verdienst!«

»Das ist mir egal«, antworte ich trotzig.

»Dann is aber Essig mit euren teuren Urlaubsreisen«, meint Sveni, und man hat fast das Gefühl, dass er sich darüber freuen würde.

»Glaub mir, Sveni, selbst das lässt mich vollkommen kalt. Ich kann und will einfach nicht mehr in die Bank.«

»Mag ja sein, aber denk dran, wenn erst mal der Job weg ist, kann's schnell gehen«, sagt Sveni, ohne den Blick von seinem blöden Computerheftchen zu nehmen. Offensichtlich hat er doch zugehört.

»Was genau meinst du?«, frage ich ihn.

»Na, erst ist der Job weg, dann die Wohnung, und rucki, zucki lebt man unter der Brücke.« Während er das sagt, schaut er auf seine Armbanduhr. »Oh, gleich acht. Die Tagesschau fängt an.«

Er steht auf und geht zur Tür, seinen mit Erdnussbutter und Krümeln beschmierten Teller lässt er stehen. Bevor er die Küche verlässt, dreht sich Sveni noch mal um. »Ich meine, wenn du schon absolut nicht mehr in die Bank zurückwillst, warum lässt du dich dann nicht zumindest kündigen? Du bist doch schon ein paar Jahre dabei, da sollte doch eine schöne Abfindung drin sein.«

Daran hatte ich noch überhaupt nicht gedacht. Klingt ausnahmsweise mal gar nicht so blöd, wie Sveni aussieht.

»Aber wie soll ich das machen? So einfach wird man doch nach so langer Zeit nicht gekündigt«, frage ich ihn.

»Na, das kann ja wohl nicht so schwer sein. Es muss irgendwas sein, was der Bank schadet, aber von dem man dir nicht nachweisen kann, dass du mit schlechten Absichten gehandelt hast. Ich bin mir ganz sicher, dass dir irgendwas Schwachsinniges einfällt.«

»Danke für dein Vertrauen in meine Fähigkeiten, Sveni!«

Aber der ist schon verschwunden, und ich höre, wie im Wohnzimmer der Fernseher angeht.

»Also, manchmal hat mein Freund wirklich völlig bekloppte Ideen«, meint Yvette kopfschüttelnd, aber da bin ich schon aufgesprungen und habe mir meine Jacke angezogen.

»Wo willst du denn noch hin?«

»Mülheimer Brücke.«

»Mach keinen Scheiß, Karla!«

»*Unter* die Mühlheimer Brücke.«

»Aber ich hab doch gesagt, dass du so lange hier schlafen kannst, wie du willst!«

»Mach dir keine Sorgen, ich bin in ein, zwei Stunden wieder da.«

Ich lasse Yvette im Flur stehen und verlasse die Wohnung. Beim Rausgehen höre ich, wie Sveni sagt: »Na, die hat's ja echt eilig mit ihrem sozialen Abstieg!«

33. Alkohol, Waffen und Tabak

Die nächsten Tage im Büro verbringe ich damit, den ebenso genialen wie bösen Plan, den ich mit Manfred unter der Mülheimer Brücke ausgeheckt habe, in die Tat umzusetzen. Es ist das erste Mal in meiner Bankerlaufbahn, dass ich mich so intensiv und voller Elan mit Wertpapieren beschäftige. In den Nächten liege ich viele Stunden wach, um über mein verkorkstes Leben nachzudenken und in Yvettes Kissen zu heulen. Weder von Björn noch von Jesús habe ich einen Ton gehört, es ist fast so, als hätte man mich komplett aus meinem Leben gekegelt. Einfach so, als hätte ich in den letzten 32 Jahren keine Spuren hinterlassen. Wenn ich jetzt sterben würde, stünde in meinem Nachruf:

Karla Freytag starb am 29. November im Alter von 32 Jahren an gebrochenem Herzen. Die Menschheit hat ihr nichts zu verdanken. In der Bank, in der sie mehr als ein Jahrzehnt beschäftigt war, hinterlässt sie keine Lücke, ihre Stelle wurde innerhalb eines Tages von einer Praktikantin neu besetzt. Karla Freytag führte ein unausgefülltes, kinderloses Leben. Dass sie so früh aus dem Leben scheiden musste, ist wenig tragisch und auch für ihre wenigen noch lebenden Verwandten zu verschmerzen.

Yvette ist der Meinung, dass ich unter Schock stehe und ganz bestimmt bald wieder zur Vernunft kommen werde. Wenn wir uns abends sehen und ich mit ihr über die Kündigung spreche, versucht sie, mir meine Pläne auszureden. Dass es dafür bereits zu spät ist, habe ich ihr nicht gesagt. Allein schon, weil ich nicht möchte, dass Sveni Wind davon bekommt und es Björn erzählt.

Trotzdem ist Yvette mir eine wahre Freundin, nicht eine Sekunde lang gibt sie mir das Gefühl, dass ich störe oder nicht länger bei ihr wohnen kann. Es gibt vielleicht doch ein paar Dinge im Leben, die Bestand haben, und ich bin wirklich stolz auf meine Freundin, dass sie sich in diesem Punkt nicht von Sveni beeinflussen lässt, der es lieber sehen würde, wenn ich so schnell wie möglich ausziehen würde. Die Abende verbringen Yvette und ich zum Großteil am Küchentisch, während Sveni vor seinem Computer sitzt und *World of Warcraft* spielt. Er sammelt wie ein Bekloppter Holz, Gold und Öl und kämpft als Mitglied der Allianz stundenlang gegen virtuelle Zwerge, Gnome und Trolle. An anderen Tagen spielt er Fußball. Manchmal habe ich das Gefühl, dass auch Yvette ganz froh ist, dass sie abends jemanden zum Reden hat, auch wenn sie das vor mir natürlich nicht zugeben würde.

Als ich ein paar Tage später ins Büro komme, ist Marie ganz aufgeregt.

»Karla, du sollst sofort zum Chef kommen.«

»Gut!«

»Ehrlich gesagt, klang er ziemlich sauer.«

»Sehr gut!«, sage ich und bin erleichtert, dass die Zeit des Wartens anscheinend vorüber ist und mein Plan in die zweite und hoffentlich letzte Phase tritt. Marie guckt mich an, als hätte ich ihr gerade eröffnet, dass Herr Dreher und ich ab sofort ein Paar sind.

Ich ziehe meinen Mantel aus und gehe ins Vorzimmer meines Chefs. Seine Sekretärin, Frau Hoffmann, schaut ziemlich betreten, als ich reinkomme, und bedeutet mir mit einer knappen Kopfbewegung, dass ich direkt durchgehen kann. Ich atme noch einmal tief durch und betrete das Büro meines Chefs.

Herr Reinhardt sitzt an seinem Schreibtisch. Er trägt ein gelbrot kariertes, spacksitzendes Jackett, das ihm im Grunde jeden Respekt abspricht.

»Frau Freytag, setzen Sie sich doch bitte«, sagt er und deutet auf den Stuhl, der vor seinem Schreibtisch steht. Ich setze mich und versuche, irgendetwas aus Herrn Reinhardts Gesichtsausdruck herauszulesen, aber er guckt mich verschlossen an, und ich werde langsam etwas unsicher. Hat mein Plan doch nicht funktioniert?

»Waren Sie schon einmal in Las Vegas, Frau Freytag?«, fragt er mich, als hätte ich ihn gerade um einen Tipp für meinen nächsten Urlaub gebeten.

»Äh … nein.«

»Aber Glücksspiel sagt Ihnen schon zu, nehme ich an. Was spielen Sie denn lieber, Roulette, Black Jack …?«

»Nichts von alledem, ehrlich gesagt.«

»Haben Sie denn eine Waffe im Keller?«

»Nein!«

»Hätten Sie gern eine?«

»Äh, nein …«

»Aber Sie halten Krieg für ein gerechtfertigtes Mittel zur Lösung von Problemen?«

»Also … eher nein.«

Herrn Reinhardts Faust knallt auf seinen Schreibtisch, so heftig, dass ein Bild von seinen Kindern, das vor ihm auf dem Tisch steht, scheppernd umfällt. Sein Kopf wird schlagartig knallrot, und an seinem schwabbeligen Hals pochen die Adern so dick wie Fahrradschläuche. »Was genau haben Sie sich dabei gedacht, Frau Freytag?« Seine Stimme ist laut und dröhnend, seine Augen sprühen vor Wut, aber ich bin ja vorbereitet, alles läuft nach Plan.

»Was genau meinen Sie, Herr Reinhardt?«

»Was ich meine? Sie wissen doch genau, was ich meine!«

Ich schaue ihn unschuldig an.

»Hier! Das haben Sie doch verbrochen, oder?«, er schiebt mir einen Zettel herüber.

Ich nehme den Zettel und bin zufrieden. Es ist eine Aufstellung über die Aktien, aus denen ich einen neuen Fonds zusammengestellt habe. »Ach, das meinen Sie.«

»Haben Sie diesen Fonds zusammengestellt und ins Portfolio unserer Bank aufgenommen?«, zischt Herr Reinhardt.

»Ja, richtig, das war ich!«, sage ich selbstbewusst.

»Sind Sie noch bei Trost? Wie kommen Sie dazu, solche Aktien in einen Fonds zu stecken?«, brüllt er, und ich bin mir ziemlich sicher, dass man ihn bis runter in die Kantine hören kann.

»Ich dachte, es wäre eine interessante Mischung für unsere Kunden.«

»Eine interessante Mischung?«, Herr Reinhardt steht jetzt definitiv kurz vor einem Herzinfarkt. »Wissen Sie, was das für Aktien sind?«, schreit er mich an und versprüht einen nicht unerheblichen Spuckeregen auf seinem Schreibtisch.

»Sicher. In dem Fonds befinden sich unter anderem Aktien von Lockheed Martin, MGM Resorts International, Las Vegas Sands, der Altria Group, General Dynamics ...«

»Sehr gut, Frau Freytag. Dann können Sie mir ja auch mit Sicherheit sagen, in welchen Branchen diese Unternehmen tätig sind, in die unsere Kunden investieren sollen!« Herr Reinhardt klingt in diesem Moment mindestens so bedrohlich wie Osama bin Laden in einem seiner Terrorvideos.

»Das sind unterschiedliche Branchen, welche wollen Sie denn wissen?«

»Verdammt nochmal, tun Sie doch nicht so! Sie wissen ganz genau, dass diese Unternehmen allesamt in umstrittenen Branchen tätig sind. Das sind alles ausschließlich Aktien aus den Bereichen Tabak, Alkohol, Rüstung und Glücksspiel! Das ist ein gottverdammter Lasterfonds, den Sie da zusammengestellt und ohne Rücksprache mit mir in unser Portfolio aufgenommen haben! Und woher hatten Sie überhaupt den Zugang zum System?«

Ich schaue ihn an und zucke mit den Schultern, was Herrn Reinhardt noch wütender macht. Aber selbst wenn er mir androht, aus dem Fenster zu springen oder mich aus selbigem zu werfen, werde ich ihm nicht verraten, dass ich mir das Passwort von Björn geklaut habe. Auch wenn er sich mehr als arschig verhalten hat, will ich Björn da auf keinen Fall mit reinziehen.

Das Telefon fängt an zu klingeln. Herr Reinhardt nimmt den Hörer wütend ab und schreit: »Ich habe Ihnen doch gesagt, dass ich auf keinen Fall gestört werden will. Bin ich denn nur noch von Idioten umgeben? … Ach so, ja. Sagen Sie ihm, wir sind in fünf Minuten oben!«, dann legt er auf. »Herr Brill will, dass wir sofort nach oben kommen, es geht um den Fonds. Das wird Sie den Kopf kosten, Frau Freytag, das garantiere ich Ihnen! Ich werde mich nicht vor Sie stellen, bei so viel Blödheit haben Sie es nicht anders verdient. Ich hätte Sie schon längst entlassen sollen, Sie waren schon immer total unfähig, eine Schande für unsere Bank.«

Auch wenn ich mich im Geiste auf diese Situation vorbereitet habe, treffen mich die Worte von Herrn Reinhardt jetzt doch mehr, als ich gedacht hätte. Aber ich habe nicht lang Zeit, darüber nachzudenken.

Herr Reinhardt steht bereits in der Tür: »Jetzt kommen Sie schon, oder sind Sie damit auch überfordert?«

Ich stehe wortlos auf und gehe ihm hinterher.

Wir fahren mit dem Aufzug in die oberste Etage – die Vorstandsetage –, ohne ein weiteres Wort zu verlieren. Herr Reinhardt atmet schnell und unregelmäßig. Bisher hatte ich noch nicht das Vergnügen, in die heiligen Vorstandshallen vorzudringen, und ich staune über das edle Entrée mit den weichen schwarzen Ledercouchen und den sehr teuer aussehenden Kunstwerken an den Wänden. Wir betreten das Vorstandssekretariat, in dem drei

Damen sitzen, die Herr Dreher immer die »Die drei Damen vom Brill« nennt und sich darüber halb kaputtlacht. Die Jüngeren kapieren gar nichts, weil sie die Siebziger-Jahre-Vorabendserie noch nie gesehen haben.

»Guten Tag, Frau Weber, Herr Brill wollte mich und meine Mitarbeiterin sprechen.«

»Richtig, er wartet bereits auf Sie.«

Herr Reinhardt und ich betreten den Raum, der hinter dem Sekretariat liegt und damit von den drei Damen bewacht wird. Das Büro ist unglaublich groß, und ein kurzsichtiger Mensch könnte Herrn Brill am Ende des Raumes lediglich erahnen. Der Boden besteht aus feinstem Fischgrätparkett, alle Möbel sehen nach italienischem Design aus, und an dem gläsernen Konferenztisch finden mindestens zwanzig Menschen Platz. Ich fühle mich klein und unterprivilegiert und bin mir sicher, dass das auch beabsichtigt ist.

»Kommen Sie, setzen Sie sich«, Herr Brill winkt uns zu sich. Er hat etwas längeres, gewelltes graumeliertes Haar, trägt eine randlose Brille und einen teuer wirkenden dunklen Anzug. Rein äußerlich erinnert er mich schwer an Prügelprinz Ernst August von Hannover, und ich kann nur hoffen, dass sich kein Regenschirm in seiner Nähe befindet.

Herr Reinhardt fängt schon an, sich für mich zu entschuldigen, bevor wir den Schreibtisch von Herrn Brill überhaupt erreicht haben.

»Herr Brill, es tut mir wirklich leid, was da passiert ist. Ich hatte absolut keine Ahnung von diesem Fonds, meine Mitarbeiterin hat da vollkommen eigenmächtig gehandelt!« Die Art und Weise, wie Herr Reinhardt das sagt, ist so schmierig, dass ich Angst habe, auf seinen Worten auszurutschen und Herrn Brill auf den Schoß zu fallen.

»Das ist wirklich gut zu wissen, Herr Reinhardt«, antwortet Herr Brill distanziert.

»Herr Brill, Sie können mir glauben, wenn ich gewusst hätte, was Frau Freytag vorhat, hätte ich das natürlich verhindert!«

»Sicher, Herr Reinhardt, sicher.« Herr Brill wendet sich mir zu. »So, und Sie sind also Frau Freytag.«

»Ja, das bin ich«, versuche ich so selbstbewusst wie möglich zu sagen, klinge aber eher nach einer eingeschüchterten Supermarktkassiererin, die gerade dabei erwischt wurde, wie sie einen liegengelassenen Pfandbon eingelöst hat.

»Und Sie haben diesen Fonds zusammengestellt?«

»Ja, richtig.«

»Ich habe davon wirklich nichts gewusst, Herr Brill, das müssen Sie mir glauben!«

»Herr Reinhardt, wie konnte der Fonds überhaupt ohne Ihr Wissen dahingelangen, normalerweise sollten da doch mehrere Kontrollmechanismen greifen?«

»Jaaaa natürlich, Herr Brill, normalerweise tun sie das ja auch, aber ich war in letzter Zeit sehr beschäftigt …«

»Sie waren zu beschäftigt, um zu prüfen, welche Fonds in unser Portfolio kommen?«

»Nun ja …«, Herr Reinhardt fängt unkontrolliert an zu schwitzen, und unter seinen Achseln verfärbt sich das gelbrote Sakko, »Frau Freytag hatte ja eigentlich gar keinen Zugang zum System, und deshalb konnte ich ja nicht ahnen … also, das ist wirklich ganz ohne mein Wissen … Ich werde natürlich dafür sorgen, dass der Fonds sofort wieder aus unserem Portfolio genommen wird, Herr Brill, umgehend!«

»Das werden Sie nicht tun.«

»Nicht?« Herr Reinhardt schaut wie ein verschrecktes Eichhörnchen, dem man gerade seine letzte Nuss gestohlen hat.

»Nein, Herr Reinhardt. Wenn Sie sich die Wertentwicklung des Fonds mal angesehen hätten, wüssten Sie auch, warum. Er ist – sagen wir es mal passend zum Inhalt – eingeschlagen wie eine Bombe. Sagenhaft!« Ich starre Herrn Brill verständnislos an.

»Ich muss zwar zugeben, dass ich anfangs ziemlich entsetzt war über den beschreibenden Text zu dem Fonds, aber anscheinend haben Sie bei unseren Kunden einen Nerv getroffen, Frau Freytag.« Er schaut erst lächelnd mich an, dann in seinen Rechner und fängt an vorzulesen: »*In unsicheren Zeiten sollte man in krisenfeste Unternehmen investieren. Die Geschichte der Menschheit hat gezeigt, dass in unserem bescheidenen Dasein nur drei Dinge wirklich Bestand haben: Es wird immer Kriege geben, es wird immer gesoffen, geraucht und es wird immer gespielt. Investieren Sie deshalb in Rüstung, Glücksspiel, Tabak und Alkohol. Hier liegen Ihre Chancen für hohe Renditen bei geringem Risiko!* Ganz ehrlich, das ist großartig. Es ist höchste Zeit, dass wir uns von anderen Banken eindeutiger abgrenzen mit innovativen Investitionsangeboten. Noch nie hat ein Fonds in so kurzer Zeit so viele Investoren gezogen.«

Ich starre Herrn Brill mit offenem Mund an. Herr Reinhardt schaut auch nicht intelligenter, seine Gesichtsfarbe hat sich mittlerweile dem weißen Designerteppich, der unter Herrn Brills Schreibtisch liegt, angepasst. Fast könnte man glauben, Herr Reinhardt habe chamäleonhafte Eigenschaften.

»Allerdings, Frau Freytag, Sie haben mit dieser Aktion ganz klar Ihre Kompetenzen überschritten, Sie haben sich unerlaubt in ein System eingeloggt, zu dem Sie eigentlich keinen Zugang haben, Sie haben sich über Ihren Vorgesetzten hinweggesetzt …«, sagt Herr Brill nun in einem strengeren Tonfall, und ich schöpfe Hoffnung.

»Das ist mir jetzt auch klargeworden, Herr Brill. Ich bin da völlig über das Ziel hinausgeschossen, und ich habe vollstes Verständnis, dass man sich unter diesen Umständen trennen muss …«

Herr Brill lehnt sich zurück, nimmt die Brille von der Nase und lässt sie durch seine Finger gleiten. Er mustert mich dabei intensiv, die Zeit scheint stillzustehen. Als das allgemeine

Schweigen fast nicht mehr zu ertragen ist, fängt er endlich an zu sprechen.

»Sie haben recht, eigentlich müsste ich Sie entlassen …« Herr Reinhardt und ich nicken verständnisvoll. »Aber wissen Sie was?«, ich schüttle den Kopf, und Herr Brill lehnt sich jetzt über den Schreibtisch in meine Richtung. »Ich mag Menschen, die Mut haben, die über Grenzen gehen und innovativ denken. Davon brauchen wir mehr in dieser Bank!«

»Aber … aber das kann doch nicht sein, ich meine, dieser Fonds, der ist doch wirklich das Allerletzte …«, sage ich panisch. Das kann der doch nicht ernst meinen, der muss mich doch entlassen für diesen Fonds, er muss einfach!

»Frau Freytag, der Fonds läuft hervorragend, und außerdem hat mir der Personalchef erzählt, dass Sie auch innovative Ideen in Sachen Imagepflege der Bank haben, also, ich muss sagen, diese Integrationsgeschichte … nicht schlecht. Ein schöner Kontrast zu dem Fonds. Sie sind vielseitig, Frau Freytag, das muss ich schon sagen, aber …«, Herr Brill schaut mich über den Rand seiner randlosen Brille streng an, »Strafe muss sein. Sie werden ab sofort nicht mehr im Investment-Service arbeiten.«

»Ach, da bin ich jetzt aber erleichtert …«, rutscht es mir heraus, was Herr Brill aber ignoriert.

»Sie arbeiten ab sofort im Fondsmanagement! Morgen werde ich die entsprechenden Abteilungen informieren, und am Nachmittag gibt es dann einen kleinen Empfang, wo wir Sie offiziell in Ihren neuen Verantwortungsbereich einführen. Ich freue mich auf eine gute Zusammenarbeit!«

34. Hochgevögelt

Als ich ein paar Minuten später fix und fertig in mein Büro komme, hebt Marie sofort den Blick. Sie hat schon auf mich gewartet.

»Ach du lieber Himmel, was ist denn mit dir? Du siehst aus, als wärst du einem Gespenst begegnet. Ist was passiert?«

Ich lasse mich auf meinen Bürostuhl fallen und vergrabe das Gesicht in den Händen.

»Kein Gespenst, nur Herr Brill«, schluchze ich.

»Unser Vorstandsvorsitzender?«

»Genau!«

»Aber was ist denn, was wollte er denn von dir?«

Ich bin mit den Nerven völlig am Ende und nicht in der Lage, Marie eine Antwort zu geben.

»Soll ich dir einen Beruhigungstee machen?«, fragt sie mich besorgt.

»Neeeeeeeein!«

»Hier, nimm erst mal das Taschentuch«, Marie reicht mir ein Tempo. Ich nehme es und schnäuze laut in das Papiertuch. »Ist es wirklich so schlimm?«, fragt sie mich mitfühlend.

»Schliiiiiiimmer!«

»O mein Gott, hat man dich … bist du entlassen worden?«, jetzt wird auch Marie blass.

»Neeeiiin!«

»Aber was denn dann? Was kann denn nur so schlimm sein … jetzt red doch endlich!« Marie hockt sich neben mich und nimmt beruhigend meine Hand.

Ich schluchze noch ein paarmal, dann sage ich: »Ich … ich … ich bin befördert worden.«

»Du bist was?«, Marie lässt schlagartig meine Hand wieder los.

»Ich soll … ich soll morgen meine neue Stelle als Fondsmanagerin antreten.«

»Aber … aber wie kann das denn sein? Warum befördern die dich?«

In diesem Moment steckt Herr Dreher, bewaffnet mit einer Tasse Kaffee, seinen Kopf zur Tür herein. »Die Damen, was ist der Unterschied zwischen einem Banker und einem Eimer Mist?«

Marie und ich starren ihn an.

»Herr Dreher jetzt nicht, bitte!«, sagt Marie.

»Ah! Sie wissen es nicht! Es ist der Eimer«, Herr Dreher lacht und geht wieder, ohne eine Reaktion von uns abzuwarten.

»Wie viele noch?«, frage ich Marie lahm.

»Na, dich muss das doch nicht mehr interessieren, jetzt, wo du Fondsmanagerin wirst«, sagt Marie, die mittlerweile wieder an ihren Platz gegangen ist, und ich erschrecke über ihren bissigen Ton. Ich schaue sie verwundert an, ihr Gesichtsausdruck ist verkniffen.

»Aber Marie, da kann ich doch jetzt nichts für, das war weiß Gott nicht meine Idee!«

»Ist klar. Man hat dich einfach mal so eben befördert, ohne triftigen Grund.«

»Nein, es ist wegen …«

Marie unterbricht mich. »Ich arbeite hier seit zehn Jahren, bin immer pünktlich, kriege im Gegensatz zu dir meine Sachen immer rechtzeitig fertig, ich war noch nie krank! Seit zehn Jahren warte ich darauf, endlich befördert zu werden, und was machen die? Die befördern *dich*! Das kann doch nicht mit rechten Dingen zugehen!« Maries Stimme zittert, so emotional habe ich sie in all den Jahren, in denen wir zusammenarbeiten, noch nie gesehen. Sie steht auf und nimmt ihren Mantel, sie hat Tränen in den Augen.

»Marie, jetzt warte doch mal …«

»Ich geh in die Mittagspause.« Marie verlässt das Büro, ohne mich eines weiteren Blickes zu würdigen, und ich kann es ihr noch nicht mal verdenken. Wenn hier jemand eine Beförderung verdient hätte, wäre es tatsächlich sie und nicht ich. Aber wer immer leise fleißig ist und hofft, dass es irgendwann mal jemand bemerkt, macht nun mal keine Karriere in einer von Alphamännchen dominierten Bank, da muss man schon menschenfeindliche Fonds zusammenstellen.

Wahrscheinlich glaubt Marie, dass ich ein Verhältnis mit Herrn Brill und mich hochgeschlafen habe. Und irgendwie könnte man ja sogar schon sagen, dass ich mich über den ein oder anderen Umweg nach oben gevögelt habe, allerdings nicht mit Herrn Brill. Mir schwirrt der Kopf. Fondsmangerin? Ich? Das ist doch vollkommen absurd! Und wie wird Björn reagieren, wenn er morgen davon erfährt?

Da ich nicht die leiseste Ahnung habe, was ich noch im Büro soll, packe ich meine Sachen und gehe. Ich muss unbedingt mit Yvette reden.

Da Yvette im Hotel Frühschicht hatte, ist sie Gott sei Dank schon zu Hause. Bei einer Tasse Kaffee erzähle ich ihr, was passiert ist.

»Karla, du musst diesen Job einfach machen. Es nicht zu tun, wäre absoluter Schwachsinn«, ist Yvettes erste Reaktion.

»Yvette, ich habe diese Position angeboten bekommen, weil ich einen verdammten Lasterfonds zusammengestellt habe!«

»Ja und? Was glaubst du, wie die ganzen Manager an ihre Jobs gekommen sind? Ganz bestimmt nicht, weil sie für Unicef spenden.«

»Nur weil andere sich mit miesen Geschäften bereichern, muss ich das noch lange nicht tun.«

»Ach, Karla, sei doch mal vernünftig. Wenn du den Job erst mal hast, kannst du doch andere Fonds zusammenstellen, zum

Beispiel einen mit Demeter, Amnesty International und dem Müttergenesungswerk.«

»Du meinst einen Big-Mother-T.-Fonds?«, frage ich.

Yvette lacht. »Genau.«

»Selbst wenn ich es so sehen würde, ändert das doch nichts an der Tatsache, dass ich immer noch mit Björn in einem Unternehmen arbeite. Es wird sogar noch schlimmer, wir sind plötzlich gleichberechtigt und werden ständig miteinander zu tun haben.«

»Wie lange hast du mir damit in den Ohren gelegen, dass du die viel schlechtere Position von euch beiden hast, Björn sich so immer überlegen fühlt und es gut wäre, wenn du auch ein bisschen mehr beruflichen Erfolg hättest? Außerdem bin ich mir sicher, dass sich das mit Björn wieder einrenkt. Ihr hattet einfach eine Krise, das haben doch viele Paare, kurz bevor sie heiraten.«

»Ich weiß nicht. Ich weiß noch nicht mal, ob ich will, dass sich alles wieder einrenkt«, sage ich leise.

Es klingelt an der Tür, und Yvette steht auf, um zu öffnen. Kurz darauf kommt sie zurück, in der Hand einen riesigen Strauß roter Rosen, mindestens fünfzig Stück.

»Von Sveni?«, frage ich erstaunt.

»Nein«, seufzt Yvette, »der ist für dich.«

»Für mich?«

»Mmmh.«

Sie gibt mir die Rosen, ich suche sofort nach einer Karte und werde auch fündig. Mit zittrigen Fingern öffne ich den Umschlag, während Yvette den Strauß in eine Vase stellt. Laut lese ich vor: *»Liebe Karla, ich weiß, dass ich viele Fehler gemacht habe. Es tut mir so leid! Lass uns bitte noch mal über alles reden. Heute Abend? Um acht, bei uns? Bitte! Dein Björn.«*

Ich lege die Karte auf den Küchentisch, Yvette stellt eine riesige Vase mit den herrlichen roten Rosen daneben.

»Aber Karla, das ist doch großartig! Neuer Job, alte Liebe …

ach, ist das schön«, freut sie sich und nimmt mich überschwänglich in die Arme. »Ich bin mir sicher, jetzt wird wieder alles gut.«

»Du glaubst doch wohl nicht, dass ich da hingehe?«, sage ich entrüstet.

»Natürlich gehst du da hin! Höchste Zeit, dass ihr euch mal aussprecht.«

»Ach, wenn der feine Herr Kaschinsky sich aussprechen will, dann soll ich springen. Der braucht gar nicht glauben, dass er mit ein paar roten Rosen alles wiedergutmachen kann. Rote Rosen! Was Besseres ist ihm anscheinend nicht eingefallen …«, wettere ich.

»Also, ich würde mich freuen, wenn Sveni mir so einen Strauß schenken würde«, Yvette lächelt versonnen.

»Ich freu mich aber nicht, und ich gehe auf keinen Fall heute Abend da hin!«

35. Rosamunde Pilcher für BWLer

Als ich den Schlüssel in die Tür zu unserer gemeinsamen Wohnung stecke, bin ich sehr nervös, und das nicht nur, weil ich Björn wiedersehe. Ich habe keine Ahnung, wo ich im Moment stehe, und das ist auch der Grund – sieht man mal von dem immensen Druck, den Yvette auf mich ausgeübt hat, ab –, warum ich mich letztendlich doch entschieden habe, heute Abend hier hinzukommen. Es ist höchste Zeit, Klarheit zu schaffen. Klarheit über meine Zukunft, sowohl privat als auch beruflich. In diesem Moment weiß ich nur, dass ich rein gar nichts weiß.

Ich öffne die Tür. Im Flur brennen Kerzen. Auf dem Boden liegen bunte Maoams, die den Weg ins Wohnzimmer weisen, wie bei Hänsel und Gretel, die Brotkrumen im Wald verteilt haben, um den Weg nach Hause zu finden. Bei Hänsel und Gretel ist die Sache – wie wir wissen – allerdings schiefgegangen. Ich folge den Maoams ins Wohnzimmer. Der Esstisch ist gedeckt, auf dem Tisch stehen noch mehr Kerzen und eine Flasche Champagner in einem Kühler mit Eis. Ich bin geplättet. Ich kann mich nicht erinnern, dass sich Björn in all den Jahren, in denen wir zusammen sind oder waren, jemals so viel Mühe gegeben hat.

»Karla?« Björn steht in der Wohnzimmertür, er trägt Jeans und ein buntes Hemd, seine Zehen stecken in Flipflops, und er hat sich eine Schürze umgebunden. »Du bist ja schon da! Wie schön«, er legt die Schürze ab, kommt auf mich zu und nimmt mich in den Arm.

Ich lasse es geschehen, allerdings ohne in irgendeiner Form aktiv zu werden. Der Schmerz, den er mir zugefügt hat, sitzt einfach zu tief, und ich möchte ihm nicht das Gefühl geben, dass mit ein paar Rosen, Maoams und Kerzen alles wieder in Ordnung ist. Und trotzdem fühlt es sich gut an, umarmt zu werden.

»Setz dich doch! Essen ist gleich fertig.«

Björn geleitet mich zu einem der Stühle, dann öffnet er die Flasche Champagner und gießt unsere beiden Gläser voll.

»Schon wieder Alkohol?«, frage ich ihn, und er versteht die Anspielung sofort.

»Heute ist ein sehr wichtiger Abend für mich, und deshalb dachte ich, dass wir ihn mit dem richtigen Getränk beginnen sollten.«

»Hast du dir die Flipflops von Jesús geliehen?«, frage ich ihn.

»Nein, die hab ich mir extra gekauft. Ich wollte, dass du merkst, dass ich nachgedacht habe und bereit bin, mich zu ändern, in allen Belangen.«

»Und deshalb auch das Hawaiihemd?«

»Genau!«, sagt er stolz.

»Ich bin mir nicht sicher, ob das reicht, Björn.«

»Natürlich reicht das nicht! Aber wie ich dir schon gesagt habe, ich habe nachgedacht, und mir ist ziemlich viel klargeworden. Um es kurz zu machen: Ich liebe dich Karla, und ich möchte, dass wir heiraten!«

Da ist er der Satz, den ich hören wollte. Klar und deutlich. Ich sitze auf meinem Stuhl und lasse ihn kurz wirken. Einerseits freue ich mich natürlich über Björns Liebeserklärung, aber andererseits? Ich werde das Bild aus der Kantine nicht los, sein Blick voller Verachtung, ich kann nicht so leicht vergessen, wie er mir meine Tasche mit der Flasche Schnaps in die Hand gedrückt und mich aus der Wohnung geworfen hat. Die Bilder haben sich in mein Herz gebrannt und lassen sich nicht so leicht löschen, auch wenn ich es gern tun würde.

»Vor ein paar Tagen warst du dir da nicht mehr so sicher«, sage ich deshalb kühl.

»Das habe ich im Affekt gesagt! Ich war einfach überfordert

mit der Situation. Und du musst zugeben, dass der Auftritt von Jesús nicht gerade passend war für einen Verlobungskaffee mit meinen Eltern.«

»Glaub mir, ich hab mir das auch anders vorgestellt«, seufze ich.

»Aber Karla, das ist doch jetzt Vergangenheit. Ich möchte, dass wir das einfach vergessen!«

Ich schaue ihm in die Augen, sein Blick hält meinem stand.

»Und deine Mutter? Die will dich doch verstoßen, wenn du mich heiratest.« Ich stelle Björn mit dieser Frage auf die Probe, ich will wissen, ob er es wirklich ernst meint.

»Das ist mir egal!«, er schaut mich an und nimmt meine Hand, »du bist mir das Wichtigste, und wenn meine Eltern damit nicht zurechtkommen, dann ist das ihre Sache.«

Ich bin vollkommen geplättet, man könnte meinen, dass ein anderer Mensch vor mir sitzt. Das ist nicht der Björn, der vor wenigen Tagen gesagt hat, dass ich wohl doch nicht die richtige Frau für ihn bin, das ist ein neuer Björn, und ich muss mir eingestehen, dass er mir ganz gut gefällt, sieht man mal von dem albernen Hawaiihemd ab.

»Aber jetzt hol ich das Essen, hab immerhin über eine Stunde gekocht!«

Björn steht auf und geht in die Küche, ich blicke ihm hinterher und kann es nicht fassen. Wie kann sich ein Mensch innerhalb so kurzer Zeit dermaßen drehen? Hat er wirklich nachgedacht? Hat er tatsächlich gemerkt, dass sein Verhalten absolut nicht in Ordnung war? Soll ich ihm eine zweite Chance geben? Da ich ja nun mal auch nicht ganz frei von Schuld bin, wäre es im Grunde wahrscheinlich nur fair, aber ist es auch richtig? Ich schaue mich im Wohnzimmer um, das in romantisches Licht getaucht ist. Es ist gemütlich und warm, und ich merke erst jetzt, wie sehr mir mein Zuhause in den letzten Tagen gefehlt hat. Ich beginne, mich wieder als Teil dieser Wohnung zu sehen. Vielleicht hat Yvette ja tatsächlich recht, dass wir nur eine Krise hatten, dass wir beide kalte Füße bekommen haben, Angst vor dem nächsten großen Schritt. Aber eine Krise ist ja auch immer eine Chance, die Chance für einen Neuanfang, ein reinigendes Gewitter, das Altlasten wegschwemmt. Vielleicht ist es wirklich an der Zeit, zu verzeihen und von vorn anzufangen.

Björn kommt wieder ins Wohnzimmer, bewaffnet mit zwei Tellern in der Hand.

»Ist dir was aufgefallen?«, fragt er mich, als er mir den Teller vor die Nase stellt. Er hat die Pasta mit Garnelen gemacht, die ich so gern mag.

»Außer deinem komischen Hemd und den Flipflops?«

»Nein, ich meine in unserem Wohnzimmer.«

Ich blicke mich erneut um und weiß ziemlich schnell, was er meint. »Die Lampe von deiner Oma ist weg!«

»Ich hab sie in den Keller gestellt, sie war wirklich ein bisschen altbacken«, er lächelt mich an, und so langsam wird mir die Sache doch ein bisschen unheimlich.

»Sag mal, wo ist eigentlich Jesús?«, frage ich Björn, der mir jetzt gegenübersitzt.

»Der ist in der Bar, kommt immer erst sehr spät nach Hause.«

»Du hast ihn also nicht rausgeworfen?«

»Na hör mal, ich bin doch kein Unmensch! Und Jesús ist ein netter Typ, ich hätte ihn nicht so schlecht behandeln dürfen, schließlich hat er so einiges mitgemacht.«

»Und wie stellst du dir das vor, wenn ich wieder einziehe? Wohnen wir dann zu dritt hier?«, frage ich ihn und finde es ziemlich amüsant, dass Jesús nun zu Björns Problem geworden ist.

»Natürlich nicht! Jesús wird nach Berlin gehen, eine Galeristin hat seine Bilder gesehen und möchte eine Ausstellung mit ihm machen. Sie besorgt ihm sogar eine Wohnung.«

Aber im Gegensatz zu mir hat Björn natürlich eine Lösung.

»Das ist ja großartig!«, freue ich mich aufrichtig.

»Ja, das ist es.« Björn nimmt meine Hand und schaut mir in die Augen. »Karla, meinst du, du kannst mir verzeihen?«

Also, wenn ich nicht wüsste, dass Björn bei Rosamunde-Pilcher-Filmen sofort den Raum verlässt, könnte man fast denken, er hätte sich diesen Dialog genau da abgeschaut. Leise Zweifel versuchen sich Gehör zu verschaffen, Zweifel, ob das, was Björn da von sich gibt, wirklich ehrlich gemeint ist. Es ist alles so übertrieben, so perfekt. Zu perfekt? Oder suche ich einfach ständig nach dem Haar in der Suppe und mache mir damit das Leben schwer? Manchmal kann man es mir wahrscheinlich nicht recht machen. Ich überlege noch ein paar Sekunden, in denen mich Björn gebannt anstarrt, dann verscheuche ich die Zweifel aus meinem Kopf und sage: »Also, wenn wir uns darauf einigen können, dass wir den Björn von heute Abend und den Björn der letzten Jahre in einen Mixer stecken und ich dann mit dem Björn zusammen bin, der dabei rauskommt, dann schon.«

Björn muss lachen. »Das verspreche ich dir!«

»Und was ist mit der Zeitung auf dem Klo?«

»Von mir aus gehe ich ab sofort auch ohne Zeitung aufs Klo.«

Er scheint es tatsächlich ernst zu meinen. Jetzt gibt es im Grunde nur noch eins, was zwischen uns steht.

»Björn, da gibt es allerdings noch etwas, das ich dir sagen muss.«

»Nur raus damit, du kannst mir alles sagen!« Er guckt mich gespannt an.

Ich habe ein bisschen Angst vor seiner Reaktion auf meine Beförderung, immerhin bin ich dann plötzlich beruflich auf einer Ebene mit ihm, und die meisten Männer gehen mit solchen Machtverschiebungen nicht gerade souverän um.

»Es ist so, also in der Bank … da hat sich was getan … also … ich mach's kurz, ich bin befördert worden.«

Der Satz hängt kurz zwischen uns, dann fängt Björn an zu lachen.

»Aber Karla, das weiß ich doch!«

»Du weißt …? Aber … woher? Der Brill wollte das doch erst morgen …«

»Ach, Karla, mein Chef hat mit mir drüber gesprochen, er dachte, ich wüsste sowieso Bescheid, weil wir ja zusammen sind.«

Ich starre Björn an.

»Keine Angst, ich hab so getan, als wüsste ich es tatsächlich schon. Lass uns anstoßen, auf das erfolgreiche Bankerpärchen Kaschinsky!« Björn hebt sein Glas und will mit mir anstoßen, ich reagiere aber nicht.

»Du hast das gewusst, bevor du mir die Blumen geschickt hast?«

Björn stellt sein Glas wieder auf dem Tisch ab.

»Davor, danach, ich weiß es nicht mehr, aber das ist doch nicht so wichtig. Auch wenn ich keinen blassen Schimmer habe, wie du das hingekriegt hast … anscheinend steht der Brill auf dich …«, er lacht, »aber ist ja auch egal … ich finde es auf jeden Fall großartig. Stell dir nur mal vor, was wir uns demnächst alles leisten können! Wir können uns endlich eine Eigentumswohnung kaufen, und ein Zweitwagen ist da auch noch drin!«

»An was für einen Wagen hattest du denn gedacht?«, frage ich Björn. Den drohenden Unterton in meiner Stimme scheint er nicht zu bemerken, er antwortet unbefangen.

»Ich will unbedingt den neuen Audi! Die haben da grad großartige Sonderrabattaktionen …«

»Und dass wir bald gleichberechtigt zusammenarbeiten, damit hast du kein Problem?«, unterbreche ich ihn.

»Na ja, was heißt schon gleichberechtigt. Ich meine, nimm's mir nicht übel, Karla, aber von Fondsmanagement hast du nun mal absolut keine Ahnung, du wirst schon auf mein Wissen zurückgreifen müssen. Aber das Gute ist, dass wir dann gemeinsam an einem Strang ziehen und das komplette Fondsmanagement umstricken können, so wie wir es wollen.«

»Du meinst, wie *du* das willst.«

»Nun ja, ich hab da schon die ein oder andere Vision ...« Björn grinst breit, und ich starre ihn entsetzt an.

»Björn, eine Frage, inwieweit hat meine Beförderung Einfluss auf dieses Versöhnungsessen hier gehabt?«

»Ach, Karla, das war doch nicht ausschlaggebend! Aber ich finde schon, dass eine erfolgreiche Frau an meiner Seite besser zu mir passt als eine, die unmotiviert und ehrgeizlos ist. Da ist doch nichts dabei, oder?«

»Hättest du dich auch mit mir versöhnt, wenn ich nicht befördert worden wäre?«

»Ach, komm schon, Karla! Hätte, hätte. Das ist doch eine rein hypothetische Frage. Es zählt doch, was ich jetzt in diesem Moment für dich empfinde!«

Der Felsbrocken der Erkenntnis knallt nun endgültig auf mich herab. Bei dem ganzen Theater, das er hier veranstaltet hat, ging es ihm gar nicht um mich. Es geht ihm einzig und allein um seine beschissene Karriere! Er will nicht mich an seiner Seite, sondern eine Karrierefrau, die ihm den Weg ebnet.

»Björn?«

»Ja?«

»Ich würde gerne wieder hier einziehen.«

»Aber natürlich ziehst du wieder ein, am besten sofort!« Björn strahlt.

»Es gibt nur eine Bedingung«, sage ich ruhig.

»Was immer du willst.«

»Gut. Ich möchte, dass du ausziehst.«

»Was?« Björn starrt mich entgeistert an.

»Björn, ich habe ab morgen einen anspruchsvollen Job, und da kann ich nicht bei Yvette wohnen. Das verstehst du doch, oder?« Ich erhebe mich von meinem Stuhl, nehme meine Jacke und gehe zur Tür. »Du hast Zeit bis morgen.«

36. Marlène

Ziellos irre ich durch die Stadt und versuche meine Gedanken zu ordnen. Nachdem ich eine ganze Zeit lang durch das schmutzige Köln gestolpert bin, stehe ich plötzlich vor der *Cubana Bar*. Offensichtlich hat mein Unterbewusstsein mich hierhergeführt. Ich schaue durchs Fenster in die rotbeleuchtete Bar und sehe Jesús hinter der Theke. Spontan betrete ich die Bar, die um diese Zeit schon voller ist als beim letzten Mal. Die Tische im hinteren Bereich sind alle besetzt, und auch an der Theke stehen ein paar Gäste; viele von ihnen sehen aus wie Kubaner, wahrscheinlich auf der Suche nach einem kleinen Stück Heimat im kalten Deutschland. Hinter der Theke ist Jesús gerade dabei, einen Cocktail zu mixen. Ich setze mich in seine Nähe an die Bar und beobachte ihn. Was mich sofort irritiert, ist sein Aussehen. Jesús hat sich verändert. Er trägt ein weißes Hemd, eine graue Anzughose mit einem schwarzen Gürtel und schwarze Lederschuhe und steht damit in krassem Kontrast zu Björn im bunten Hemd und Flipflops.

»Hola, Carlita! Was machs du denn hier?«, sagt er überrascht.

»Einen Cocktail trinken?«

»Aber bis du nich mit Björn bei die Versöhnungsessen?«

»Das war kein Versöhnungsessen, das war ein Abschiedsessen. Es ist endgültig Schluss.«

»Hab ich ihm gleich gesagt, dass eine richtige Mann nich kochen soll! Das kann nich funktioniere«, meint Jesús ungewöhnlich emotionslos.

»Also, am Essen lag es nicht«, seufze ich traurig.

»Aber wieso dann? Wieso bis du nich bei ihm gebliebe?«, fragt mich Jesús, während er ein paar Limetten auspresst.

»Weil er nur an seine bescheuerte Karriere denkt! Es geht ihm überhaupt nicht um mich, und deshalb hab ich ihn verlassen.«

»Ach, chica, bis du sicher, dass das war eine gute Entscheidung?«

Irritiert schaue ich Jesús an. Ich dachte, dass er mir um den Hals fallen und mir zu dieser großartigen Entscheidung gratulieren würde.

»Warum findest du das plötzlich nicht gut?«

»Weil Björn is keine schlechte Typ, weiß viel. Vielleicht überlegst du dir noch mal.«

»Kein schlechter Typ? Auf einmal? Vor kurzem hast du ihn noch als Schlafschlumpf bezeichnet und steif und fest behauptet, dass er nicht der richtige Mann für mich sei!«

»Aber da kannt ich ihn noch nich so gut.«

»Ach? Und jetzt kennst du ihn, oder wie?«

»In die letzte Tag haben wir uns eine bisschen besser kennegelernt, er hat mir sehr geholfe mit meine Job und meine Bilder.«

»Wie schön.« Ich bin total enttäuscht und habe das Gefühl, dass meine Umgebung vollkommen verrücktspielt. »Krieg ich jetzt einen Cocktail?«, frage ich ihn leicht genervt.

»Claro!«

Jesús fängt damit an, mir einen Mojito zu machen, und ich muss an unseren gemeinsamen Abend auf Kuba denken. Ist das wirklich erst so kurze Zeit her? Mir kommt es vor, als wäre es in einem anderen Leben gewesen.

»Trinkst du einen mit?«, frage ich Jesús.

»No, kann ich nich, hab ich gleich noch eine wichtige Termin mit einer Frau, die ausstelle will meine Bilder!«

»Die aus Berlin?«

»Sí!«

»Trägst du deshalb die steifen Klamotten?«

»Is wichtig auszusehe serös!«

»Du meinst seriös. Es ist wichtig *seriös* auszusehen. Hat Björn dir das erzählt?«

»Sí!«

»Und ich dachte, was für dich zählt, sind nur die Innereien«, seufze ich.

»Das is richtig, aber die sieht man ja nich sofort!«

Jesús zupft ein paar Minzeblätter von einem Stängel und packt sie in ein Cocktailglas.

»Ich bin übrigens befördert worden«, erzähle ich ihm.

»Befördert? Aber Karla, warum so traurig, das is doch wunderbar!«

»Aber es ist ein Job, bei dem ich mit Alkohol, Tabak, Waffen und Glücksspiel Geld verdiene!«

»Das is doch super«, Jesús' Blick geht über mich hinweg zur Tür. »Aber ich muss jetzt mal zu Marlène!«

Jesús verlässt den Barbereich und geht zur Tür. Ich drehe mich um und sehe eine schicke Blondine, die gerade die Bar betreten hat. Sie trägt ein kurzes schwarzes Kleid, schwarze Nylonstrumpfhosen mit Naht und Schuhe, die so hoch sind, dass ich sie noch nicht mal im Sitzen tragen könnte, weil mir dann meine Knie im Gesicht hängen würden. Jesús begrüßt die Dame sehr galant mit zwei Küsschen auf die Wange, nimmt ihr den garantiert sehr teuren Kaschmirmantel ab und geleitet sie an einen kleinen Tisch im vorderen Bereich, auf dem ein *Reserviert*-Schild steht. Dann kommt er wieder hinter die Bar, öffnet eine Flasche Prosecco und gießt zwei Gläser ein.

»Carlita, hab ich jetz leider kein Zeit, is eine wichtige Termin!« Er schaut mich ernst an, und fast erkenne ich den Jesús nicht mehr, der vor ein paar Tagen in Flipflops vor meiner Tür stand.

»Schon gut. Ich muss jetzt eh mal los.«

»Claro! Drink geht aufs Haus!«

Dass er mir den Mojito noch gar nicht gegeben hat, scheint Jesús entgangen zu sein. »Un, Carlita, herzliche Glückwunsch zu die neue Job, da machen wir noch ein kleine Fiesta, um zu feiern!«, gibt er mir noch mit auf den Weg.

»Mmmmh. Wir sehen uns morgen in der Wohnung. Björn zieht aus.«

Ich bin mir nicht sicher, ob Jesús das noch gehört hat, denn jetzt sitzt er bereits breit grinsend bei der attraktiven Blondine, die ihn dermaßen anschmachtet, dass ich es kaum ertragen kann. Die beiden sind ganz ineinander vertieft, und ich bin abgeschrieben. Eine kleine Nadel der Eifersucht versetzt meinem Herz einen Stich, als ich die beiden so sehe, und so langsam glaube ich, dass auch ich verrückt werde.

37. Michelin-Männchen

Langsam laufe ich durch die Straßen Richtung Rhein. Ich will noch nicht zu Yvette, die mir garantiert erzählen wird, dass ich total bescheuert bin, Björn nicht zurückzunehmen, und mir dann wahrscheinlich einen Vortrag darüber hält, wie schwer es mit 32 Jahren ist, noch einen vernünftigen Mann abzukriegen. Ich bin vollkommen durcheinander.

Am Rhein angekommen, setze ich mich auf ein Mäuerchen, starre aufs Wasser und lasse die letzten Tage noch mal Revue passieren. Die Bilder flackern vor meinem geistigen Auge wie ein Film, der in sechzehnfacher Geschwindigkeit und in willkürlicher Szenenabfolge abgespult wird: Björn, der mir die Tasche in die Hand drückt, Jesús, der in meinem Bett liegt, die Vaginabilder, die kubanische Fiesta, das Versöhnungsessen, der Verlobungskaffee. Nur die letzte Szene stimmt zeitlich: Ich sitze allein auf einem Mäuerchen am Rhein, ohne Verlobten, dafür mit einem Job, den ich eigentlich nicht will.

»Hallo, Karla!«

Ich erschrecke fürchterlich über die Stimme aus dem Nichts, drehe mich schnell um und sehe eine undefinierbare Gestalt auf mich zukommen. Die Umrisse erinnern mich an das Michelin-Männchen, und ich bekomme es mit der Angst zu tun, obwohl das Michelin-Männchen ja nicht unbedingt dafür bekannt ist, Frauen zu vergewaltigen. Trotzdem schiebe ich mir den Haustürschlüssel zwischen die Finger, ein Tipp aus einem Selbstverteidigungskurs. Erst als das Ding einen Meter von mir entfernt stehen bleibt, sehe ich, dass es nicht das Michelin-Männchen ist, sondern Manfred, der mal wieder sieben Schichten unförmiger

Klamotten übereinander trägt. Er setzt sich neben mich, und ich lockere den Griff um meinen Schlüssel.

»Und, wie ist es gelaufen? Hat unser kleiner Plan funktioniert? Haben sie dich entlassen?«

»Nein, man hat mich nicht nur nicht entlassen, man hat mich sogar befördert! Morgen soll ich offiziell Fondsmanagerin werden.«

»Nicht dein Ernst!«

»Doch«, sage ich traurig.

Manfred lacht. »Mein Gott, manchmal ist diese Welt wirklich verrückt, ich bin für diesen Fonds vor sieben Jahren hochkant rausgeflogen!«

»Tja, die Welt wird halt nicht besser.«

»Und jetzt? Machst du den Job?«

»Ich weiß nicht«, seufze ich, »alles andere wäre wahrscheinlich unvernünftig.«

»Wieso?«

»Wieso? Na, ich hätte einen sicheren Job, ich würde gutes Geld verdienen, ich könnte mit der großen Karriere beginnen.«

»Und? Willst du das denn?«

»Will das nicht jeder?«

»Das hab ich nicht gefragt, ich habe gefragt, ob *du* das willst.«

Wir sitzen schweigend da, ich schaue aufs Wasser und überlege. Nach einer ganzen Weile sage ich: »Nein, ich glaube, ich will es nicht.«

»Dann solltest du es auch nicht tun.«

»Aber ich muss doch von irgendwas leben! Ich bin ganz allein, mit Björn ist Schluss, Jesús geht nach Berlin, was soll denn aus mir werden?« Ich fange an zu weinen, und Manfred legt die Hand auf meine Schulter.

»Mein Gott, Mädchen, du bist doch noch so jung, dir stehen doch noch viele Wege offen.«

»Jung?«, heule ich, »ich bin weit über dreißig!«

»Aber mal ehrlich, was hat sich denn jetzt für dich verändert? Du wolltest doch sowieso kündigen, deshalb haben wir den Fonds doch zusammengestellt.«

»Aber ich wollte doch eine Abfindung, damit ich mir zumindest finanziell erst mal keine Sorgen machen muss. Ich könnte doch noch nicht mal die Wohnung halten, wenn ich jetzt kündige. Es wäre schwachsinnig, den Job nicht zu machen.«

»Geht es dir wirklich um Geld? Um Sicherheit? Was ist mit deinem Glück? Noch hast du die Zeit, das zu machen, was dich wirklich befriedigt, du bist jung genug, einen Neuanfang zu wagen. Nutze deine Chancen!«

»So wie du?«, frage ich sarkastisch und sofort tut es mir leid.

»Ich habe viele Fehler gemacht in meinem Leben, weiß Gott, aber deshalb musst du sie nicht auch machen. Vielleicht kannst du aus meinen Fehlern lernen.«

»Tut mir leid … ich …«

»Schon gut, ich weiß, dass ich nicht gerade ein Vorbild bin.«

»Was war denn der größte Fehler, den du gemacht hast?«, frage ich Manfred.

»Mein größter Fehler war, dass ich immer auf andere gehört habe. Dass ich gemacht habe, was andere von mir erwartet haben. Karriere, eine solide Ehe, Kinder, ein Haus. Ich wollte das eigentlich nie, ich wäre viel lieber Schäfer geworden.«

»Schäfer? Gibt es die heutzutage überhaupt noch?«

»Sicher, es sind zwar nicht sehr viele, aber es gibt sie noch.«

»Aber warum hast du es nie versucht?«

»Ich hab dem gesellschaftlichen Druck nachgegeben. Alle haben von mir erwartet, dass ich Karriere mache, schließlich hatte ich BWL studiert. Ich konnte meine Eltern, die das Studium mit Mühe und Not finanziert haben, nicht enttäuschen. Dann kam die Familie, die genauso Erwartungen an mich gestellt hat wie mein Chef, die Kollegen, die Freunde. Heute weiß ich, dass meine

Affäre mit meiner Sekretärin lediglich ein kläglicher Versuch war auszubrechen, ich habe diese Frau noch nicht mal geliebt.«

Ein riesiger Kohlefrachter fährt tuckernd an uns vorüber, ich blicke ihm nachdenklich hinterher.

»Du meinst also, ich sollte kündigen?«, frage ich ihn.

»Karla, du hast es immer noch nicht verstanden! *Du* musst wissen, was du tust, es ist dein Leben, und du musst entscheiden, was du willst. Das kann dir keiner abnehmen und ich schon gar nicht!«

»Du meinst also, dass ich bisher eine unselbständige, von anderen geleitete Persönlichkeit war, die nicht in der Lage ist, ihr Leben in die Hand zu nehmen?«

»Ich weiß es nicht, aber du solltest vielleicht mal drüber nachdenken.«

Und genau das tue ich in dieser Nacht. Noch lange, nachdem sich Manfred von mir verabschiedet hat, sitze ich auf dem Mäuerchen und schaue den Schiffen hinterher. Je länger ich über alles nachdenke, desto bewusster wird mir, dass ich mich irgendwie befreit fühle. Nach und nach habe ich das Gefühl, dass diese Katastrophe, die über mich hereingebrochen ist, auch etwas Gutes hat. Das erste Mal seit vielen Jahren denke ich wirklich darüber nach, was ich eigentlich will, und das erste Mal bin ich wirklich ehrlich zu mir. Ich wollte im Grunde nie in einer Bank arbeiten, mein Job hat mir noch nie Spaß gemacht. Ich wollte immer etwas tun, von dem ich überzeugt bin, etwas, bei dem ich das Gefühl habe, dass es einen Sinn hat. Ich habe mich in den letzten Jahren immer in Rollen eingefügt, habe mich angepasst und mich dabei selbst verloren. Ich habe einem Leben hinterhergetrauert, das ich vielleicht hätte führen können, wenn nicht dieses oder jenes passiert wäre. Ich habe nicht zugelassen, darüber nachzudenken, ob ich es ändern könnte, schließlich war mein Leben bisher ja nicht schlecht. Im Grunde hab ich das getan, was alle anderen von mir erwartet haben, so wie Manfred es getan hat und letztlich daran gescheitert ist.

In dieser Nacht, in der ich fröstelnd allein auf einer Mauer am Rhein sitze, wird mir klar, dass ich an einem Punkt in meinem Leben angekommen bin, an dem sich endlich etwas Grundlegendes verändern wird.

38. Es lebe Mother T.!

Ich betrete gemeinsam mit Herrn Brill den Konferenzraum. Es sind bestimmt 20 leitende Angestellte anwesend, die ich zum Großteil noch nie gesehen habe. Auch Björn ist da. Er schaut extrem schlecht gelaunt aus der Wäsche, und als ich an ihm vorbeigehe, zischt er mir zu: »Falls es dich interessiert, ich bin ausgezogen. Aber glaub ja nicht, dass ich noch einen Cent Miete bezahle!« Ich lächle ihn lediglich an und gehe mit Herrn Brill weiter. Nach außen hin versuche ich, total cool zu sein, in mir wütet allerdings eine monströse Nervosität, die meine Hände und Knie zum Zittern bringt und an der selbst Dr. Bachs Original-Notfalltropfen scheitern, von denen ich mir vor ein paar Minuten eine komplette Flasche einverleibt habe.

Herr Brill und ich sind mittlerweile am anderen Ende des Raumes angekommen, so dass wir jetzt vor den Kollegen stehen. Eine von Brills Sekretärinnen reicht uns ein Glas Sekt. Herr Brill ergreift das Wort.

»Werte Kollegen, ich habe Sie heute hierhin eingeladen, um Ihnen eine neue Mitarbeiterin vorzustellen. Das ist Frau Freytag«, er zeigt auf mich. »Der ein oder andere wird sie vielleicht aus der Abteilung Investmentkonto-Service kennen, wenn nicht, werden Sie Frau Freytag in den nächsten Tagen mit hoffentlich vielen neuen und innovativen Ideen kennenlernen.« Ich schaue in die Gesichter der Herren und sehe zum Großteil kritische Mienen. Herr Brill scheint das auch bemerkt zu haben. »Einige werden sich vielleicht fragen, warum wir uns ausgerechnet für Frau Freytag entschieden haben, die bisher in einer eher fachfremden Abteilung beschäftigt war. Meine Herren, ich kann Ihnen sagen, warum: Unser zurzeit attraktivster Fonds, der *No-Risk-High-Raise*-Fonds, wie wir ihn nennen, stammt von Frau Freytag!« Herr Brill macht eine bedeutsame Pause, ein Raunen geht durch den Raum, und es folgt ein kurzer Applaus. »Meine Herren, wie wir alle wissen, brauchen wir dringend innovative Produkte, um unseren Marktwert zu steigern, und deshalb hat der Vorstand sich zu dieser etwas ungewöhnlichen Personalie entschieden. Frau Freytag, wir freuen uns sehr, Sie in unseren Reihen begrüßen zu dürfen.«

Er erhebt das Glas, und die anderen tun es ihm gleich, danach schauen mich alle gespannt an. Ich räuspere mich.

»Ähm ... erst mal vielen Dank für die netten Worte«, beginne ich ein wenig stockend. »Also ... äh ... wie Herr Brill schon sagte, ich bin Karla Freytag, ich war bisher in der Abteilung Investmentkonto tätig, und es wird Sie wahrscheinlich interessieren, wie ich auf diesen Fonds gekommen bin.« Ich schaue in die ausdruckslosen Gesichter der Männer, nur einer zeigt Emotionen, und das ist Björn, es handelt sich allerdings nicht um positive. »Wissen Sie, es war ganz einfach, ich habe mir lediglich überlegt, was denn die miesesten Produkte sind, mit denen man Geld verdienen kann. Ich habe mir eine sehr einfache Frage gestellt: Was sind die größten Verbrechen an der Menschheit? Welche Firmen liefern Produkte, durch die Menschen missbraucht, abhängig gemacht, ermordet und ausgebeutet werden?« Ich schaue in die Runde. So langsam kommt Bewegung in die Sache und in die Gesichter der Herren Banker, und trotzdem ist es so leise, dass man das Fallen einer Stecknadel hören könnte. »Meine Herren, die Antwort liegt auf der Hand: Waffen, Alkohol, Glücksspiel und Tabak, das sind die Produkte, die die Menschheit früher oder später zugrunde richten werden. Von den Unternehmen, die in diesen Branchen tätig sind, habe ich mir die übelsten ausgesucht und sie zusammen in diesen Fonds gesteckt. Ein Fonds, der gegen jede Menschlichkeit verstößt! Sie werden sich jetzt sicherlich fragen, warum ich so gehandelt habe, warum ich so einen niederträchtigen Fonds zusammengestellt habe. Meine Herren, ich bin ehrlich zu Ihnen: Ich habe gedacht, dass man mich rauswirft, wenn ich das tue, dass man mich in hohem Bogen vor die Tür setzt. Ich dachte, keine Bank kann so skrupellos sein, dass sie solche Unternehmen noch in dieser Form unterstützt. Aber wie Sie gerade gehört haben, ist das nicht der Fall, im Gegenteil, man will mich für diesen grausamen Fonds auch noch belohnen. Aber ich will mich nicht für etwas belohnen lassen, dass ich selbst für abgrundtief schlecht halte, und aus diesem Grund …«, ich schaue in das entsetzte Gesicht von Herrn Brill, »… kündige ich und zwar fristlos! Ich hoffe, dass Sie auch weiterhin ruhig schlafen können, während Kinder durch Streubomben sterben, die von Firmen produziert werden, die Sie unterstützen. Einen schönen Tag noch.«

Es ist immer noch totenstill, nur Björn applaudiert spontan, was ihm irritierte Blicke der anderen einbringt. Ich drücke Herrn Brill mein Glas Sekt in die Hand und rausche davon. Als ich an Björn vorbeikomme, sehe ich, dass er ein breites Grinsen im Gesicht hat. »Hab ich doch gewusst, dass du das nicht packst«, raunt er mir zu, aber ich ignoriere ihn. Kaum bin ich aus der Tür, schwillt in dem Raum ein wildes Durcheinander von Stimmen an.

Ich gehe in mein Büro, wo Marie sitzt und mich mit dem Arsch nicht anguckt.

»Marie, du musst nicht mehr sauer sein, ich habe soeben gekündigt.«

»Du hast was?«, jetzt dreht sie sich doch zu mir um.

»Gekündigt, ich gehe, und zwar jetzt!«

Ich nehme einen leeren Kopierpapierkarton und packe meine vier persönlichen Sachen hinein.

Marie starrt mich mit offenem Mund an. »Aber, ich verstehe nicht …«

»Marie, ich erklär's dir irgendwann, vielleicht bei einem Glas Wein.«

»Und was ist mit Jesús?«

»Keine Sorge, Marie, dem geht's gut«, lache ich. »Er hat einen Job in Berlin.« Marie starrt mich aus großen, ungläubigen Augen an. »Aber jetzt muss ich los. Danke für alles und mach's gut!«

Mit meinem Karton in der Hand gehe ich aus unserem Büro. Auf dem Flur begegne ich Herrn Dreher.

»Herr Dreher, was sind 2000 Banker auf dem Meeresgrund?«, frage ich ihn. Herr Dreher ist so irritiert, dass er mich nur fragend anschauen kann. »Ein guter Anfang!«, sage ich und gehe lachend weiter.

Als ich mit meinem kleinen Karton vor der Tür stehe, blicke ich noch einmal auf das Bankgebäude, in dem ich so lange ein- und ausgegangen bin, und bin mir in dem Moment so sicher wie noch nie in meinem Leben, dass ich die richtige Entscheidung getroffen habe. Fröhlich vor mich hin pfeifend besorge ich im Supermarkt eine Flasche Champagner und fahre nach Hause.

39. Cuba-Feeling reloaded

»Jesús, es gibt was zu feiern, lass uns zusammen ein Glas Champagner trinken!«, platze ich ins Arbeitszimmer, in dem Jesús vor seiner Staffelei steht. Er malt einen Apfel. »Was ist das denn? Seit wann malst du Obst?«

»Hola, chica. Deutsche mögen Obst!«

Ich betrachte das Gemälde. »Ich weiß nicht, ich finde die anderen Bilder besser.«

»Marléne sagt, brauch ich mehr unterschiedliche Motive für die deutsche Kunstmarkt«, meint Jesús, wobei er »Marlène« extrem französisch ausspricht.

»Sagt Marlène, aha! Hat Björn heute Morgen seine Sachen mitgenommen?«

»Weiß nich, war ich nich so früh wach.«

Ich gehe ins Bad und schaue in unseren Allibert. Björns Zahnbürste ist weg, sein Kulturbeutel ebenfalls. Im Schlafzimmer schaue ich in seinen Kleiderschrank. Auch die Anzüge und Hemden sind weg. Er ist tatsächlich ausgezogen! Ich gehe in die Küche, um den Champagner noch mal kurz kalt zu stellen. Auf dem Küchentisch liegt ein Zettel, er ist von Björn:

Nächste Woche hole ich die Kaffeemaschine und den Plasma!

Ich muss lächeln, das ist typisch Björn: Das Erste, woran er nach unserer Trennung denkt, ist die Kaffeemaschine und der Fernseher. Ich zerknülle den Zettel und werfe ihn in den Mülleimer. Dann mache ich das Radio an, es läuft gerade *Celebration* von Kool and the Gang. Wieso spielen die Radiosender eigentlich ständig die Musik, die ich gehört habe, als ich 15 war? Man könnte fast meinen, dass die Musikindustrie die letzten 20

Jahre im Koma lag. Ich singe trotzdem lautstark mit und tanze ein bisschen durch die Küche. Ich fühle mich leicht wie eine Feder.

»Jesús, kommst du?«, rufe ich in Richtung Arbeitszimmer.

Als er kommt, habe ich uns schon zwei Gläser Champagner eingeschenkt.

»Du hast die neue Job?«, fragt er und nimmt das Glas.

»Nein, ich hab gekündigt!«

»Aber was feiern wir denn jetz? Dass du keine Job mehr has oder dass du keine Freund mehr has?«

»Beides!«

»Versteh einer die Deutsche! Hab ich gedacht, dass ich so langsam weiß, wie ihr tickt, aber du ticks jetzt völlig aus der Reihe. Bis du denn nich traurig?«

»Hm, ich glaube, ich bin traurig, dass es auf diese Art und Weise passieren musste. Ich bin traurig, dass Björn und ich so viele Jahre zusammengelebt haben, ohne uns und unsere Träume wirklich zu kennen. Aber es ist nicht so, dass ich traurig wäre, weil ich Björn nicht zurückhaben kann. Ich will ihn nicht zurück. Die Liebe ist erloschen.«

»So wie glühende Kohle, die man in eine See wirft?«, fragt Jesús.

»Ja, so in etwa«, lache ich.

»Is meine Schuld?«, fragt mich Jesús und wirkt plötzlich sehr bedrückt.

»Nein! Es ist nicht deine Schuld, Jesús. Ich weiß jetzt, dass die Sache zwischen dir und mir nicht einfach so passiert ist. Es gab einen Grund, und der hat nichts mit dir zu tun. Mach dir keine Gedanken. Ich bin mir sicher, dass eine Ehe mit Björn nicht funktioniert hätte. Sehr wahrscheinlich hätten Björn und ich uns in ein paar Jahren sowieso getrennt, und wer weiß, ob ich dann noch die Kraft für einen kompletten Neuanfang gehabt hätte.«

»Hat nix mit mir zu tun? Wills du sagen, du fandes mich gar nich attraktiv?«

»Doch, natürlich fand ich dich attraktiv! Aber jetzt lass uns ein bisschen feiern«, ich fülle unsere Gläser auf und merke, dass ich mich das erste Mal wohlfühle in der Gesellschaft von Jesús. Die letzten Tage hab ich ihn nur als Problem gesehen und darüber den Menschen vergessen.

»Und weißt du was, Jesús? Du kannst jetzt sogar hier wohnen bleiben.«

»Geh ich morgen nach Berlin, Carlita!«

»Was? Morgen schon? Aber …«

»War ich lange genug gesessen in deine Pelle.«

Nachdem ich die letzten Tage panisch versucht habe, Jesús loszuwerden, bin ich in diesem Moment traurig, dass er geht. Aber wenn er in Deutschland Fuß fassen will, gibt es wahrscheinlich keine andere Möglichkeit.

»Nun ja, wenn du gehen musst, dann ist das eben so, aber umso mehr ein Grund, dass wir heute noch ein bisschen feiern.«

»Aber was is mit meine Bild?«

»Ach, komm schon, Jesús, den Apfel kannst du später auch noch malen, der läuft dir doch nicht weg. Das Leben ist zu kurz, um lang zu arbeiten. Deutsches Sprichwort!«

Jesús muss lachen. »Das is gute Sprichwort! Also gut.«

Im Radio läuft jetzt *La Camisa Negra* von Juanes. Ich drehe die Musik auf, ziehe Jesús von seinem Stuhl und tanze mit ihm. Jesús greift um meine Taille und zieht mich an sich. Unsere Beine berühren sich, und auch unsere Hüften nähern sich an. Wieder steigt mir sein männlicher Geruch in die Nase und macht mich ganz verrückt. Da ist es wieder, das Cuba-Feeling! Wir tanzen noch ein paar Lieder und lassen uns dann atemlos auf unsere Stühle fallen.

»Jesús, mal ehrlich, habe ich dich in unserer Nacht wirklich angefleht, zu mir nach Deutschland zu kommen?«, frage ich Jesús.

Der wird plötzlich ernst, überlegt kurz, und ich merke, dass ihm die Antwort auf meine Frage nicht leichtfällt.

»No.«

»No?«

»No!«

»Heißt das, ich hab dir gar nichts versprochen in dieser Nacht?«

Jesús seufzt. »Bin ich ehrlich zu dir, Carlita, weil du bis eine gute Mensch. Ich bin keine gute Mensch, du has mir nix versproche in diese Nacht. Ich hab ausgenutzt, dass du wars sehr betrunken.«

»Aber, aber … wir haben doch miteinander geschlafen, oder?«

»No!«

»Nein? Wir hatten keinen Sex?« Mir wird schwindelig.

»Es tut mir leid, Karla!« Jesús bedeckt sein Gesicht mit den Händen. »Wir haben nur eine bissche geküsst in die Nacht, dann bis du auch schon eingeschlafe un has noch irgendwas von trinkende Zwerg erzählt.«

»Aber warum, Jesús? Warum hast du mich die ganze Zeit in dem Glauben gelassen, dass wir Sex hatten?«

»Carlita, hab ich mich ein bisschen verliebt in dich, das is wahr, un hab ich gedacht, vielleicht das wird was mit uns, aber das war nich der Grund, warum ich gekomme bin nach Deutschland. Du muss mich verstehen, ich wollte schon so lange nach Europa, un das war meine große Chance. Aber ich wollte nich deine Leben kaputtmache, und ich fühle mich so schlecht deswegen.«

Ich fasse es einfach nicht. Ich bin Björn – mal abgesehen von ein paar Küssen – gar nicht fremdgegangen! All das hätte gar nicht passieren müssen. Jesús hat mich ausgenutzt und zwar aufs Schamloseste! Ich überlege kurz.

»Jesús, es ist tatsächlich schlimm, was du gemacht hast, aber du hast mein Leben nicht kaputtgemacht. Mein Leben ist nicht kaputt, es ist nur neu!«

»Aber du has keine Job un keine Schlafschlumpf mehr.« Jesús hat eine kleine Träne im Augenwinkel, die er sich mit seinem Hemdsärmel wegwischt.

»Du findest also doch, dass Björn ein Schlafschlumpf ist?«

»Is größter Schlafschlumpf in die nördliche, südliche, westliche und östliche Hemisphäre!«

»Und du hast das nur nicht mehr gesagt, weil du nicht wolltest, dass wir uns trennen, richtig?«

»Exacto! Hat aber nich funktioniert. Carlita, wenn ich irgendwas tun kann für dich, dann sag Bescheid! Ich mache alles wieder gut, und wenn ich verkauft habe die erste Bild, du bekommst die ganze Geld.«

»Hmmm, Geld will ich nicht, aber es gibt da tatsächlich eine Sache, die ich noch ganz gerne wissen würde.«

»Was, Carlita? Ich sag dir alles!«

»Das kannst du mir nicht sagen, dass musst du mir zeigen.«

»Was soll ich dir zeige?«

»Komm mit!«, ich nehme Jesús an der Hand und ziehe ihn ins Schlafzimmer.

Er versteht ziemlich schnell, was ich von ihm will, und innerhalb von Sekundenbruchteilen hat er sich das Hemd ausgezogen, um sich danach sofort an meiner Bluse zu schaffen zu machen. Kurz darauf liegen wir beide nackt im Bett, seine Hände sind überall, seine Küsse ein leidenschaftliches Feuerwerk, und sein 26-jähriger Körper ist straffer als die Pelle einer Teewurst. Ich hätte es nicht für möglich gehalten, aber ich komme das erste Mal in meinem Leben in den Genuss eines multiplen Orgasmus, von dem ich immer dachte, dass er eine Erfindung von dämlichen Frauenzeitschriften ist. Es ist mit Abstand der beste Sex, den ich je hatte.

Am nächsten Morgen werde ich geweckt, weil Jesús wie von der Tarantel gestochen aus dem Bett springt.

»Hey, was ist los?«, frage ich ihn verschlafen.

»Meine Zug nach Berlin! Geht gleich!«, Jesús springt in seine Klamotten und sucht seine Malsachen und seine anderen Habseligkeiten zusammen, packt alles schnell in seinen kleinen Koffer und nimmt die Staffelei in die Hand.

Ich beobachte sein hektisches Gerenne in aller Ruhe vom Bett aus.

»Carlita, ich muss!«, Jesús steht schnaufend im Türrahmen, schon in seiner Jacke.

»Warte noch kurz!« Ich schäle mich schnell aus dem Bett und gehe splitternackt zu ihm, dann nehme ich ihn in den Arm und flüstere ihm ins Ohr, dass das die beste Nacht war, die ich jemals hatte, und dass er auf jeden Fall bald wiederkommen soll.

»Mach ich, Carlita, aber jetz muss ich wirklich …«

»Stopp, du musst mir noch deine Adresse geben, damit ich dir schreiben kann!« Ich nehme einen Zettel und einen Stift von der Kommode und halte ihm beides hin.

Jesús schaut mich ernst an, ich sehe in seinem Gesicht, dass er ein klein wenig besorgt ist, aber dann kritzelt er schnell seine Adresse auf den Zettel und verschwindet.

Ich gehe mit dem Zettel in der Hand zurück ins Bett. Berlin? Das letzte Mal war ich vor sieben Jahren in Berlin. Soll sich viel getan haben da. Sollte man mal hin. Vielleicht sogar für länger …

ENDE

Danke!

Tommy (für alles!), **Susanne Halbleib** (für viele gute Anregungen und die anhaltende Begeisterung für den Stoff), **Dr. Dr. Matthias Siessegger** (für medizinische Beratung), **Joachim Schmitt** (für die Beratung in Sachen Bank), **Eva Beulker** (fürs Lesen und Motivieren), **Carmen Buszello** (für einen unvergesslichen Kuba-Urlaub).